徳間文庫

公儀鬼役御膳帳

六道　慧

徳間書店

目次

第一章　鬼の舌

一

「『鬼の舌』だとよ」

通り過ぎざま、男の言葉が耳に飛びこんできた。

――なんだと？

木藤隼之助（きとうはやのすけ）は、思わず足を止めて、振り返る。場所は馬喰町（ばくろうちょう）の旅籠（はたご）街、時刻は八つ（午後二時）になろうという頃か。師走の冷たい風が、懐（ふところ）の寂しい身にとってはことさら厳しく感じられる。

「どういう意味なんだろうな。盗人（ぬすっと）の呼び名なのか、それとも品物の名前なのか。わけがわかりゃしねえ」

男は手に持った瓦版を、隣にいる仲間らしき男に渡した。よりにもよって『鬼の舌』のことが、瓦版に載るとはどういうことなのか。隼之助は急いで瓦版売りを探した。

天保九年（一八三八）十二月。

奥州街道の出発点にあたる馬喰町は、地方からの商用や江戸見物、あるいは訴訟などのために滞在する者たちで賑わう町である。ふだんから人通りの絶えない場所だが、あと半月ほどで年が変わるとなれば、いつも以上に混雑していた。あちこちに歳の市が立ち、商家では新しい暖簾に掛け替えたりと、いかにも師走らしい風景が広がっている。

「おい、おれにも一枚、くれ」

隼之助は、土橋の近くにいた瓦版売りから、もぎ取るようにして瓦版を買った。が、記されていたのは短い言葉のみ。

「『鬼の舌、あらわる』か」

苦笑したとたん、だれかにぶつかって、よろめいた。目つきの悪い男に睨みつけられる。すまぬ、と、小さく会釈して詫び、旅籠街の方に戻って行った。腰に携えていた二本の大小刀がないことに、まだ身体が慣れていない。ぶつかるとすぐに均衡をくずしてしまい、どうにも塩梅が悪かった。

「皮肉なものだな」

二度目の苦笑には、さまざまな意味が含まれている。あれほど嫌っていた侍なのに、こうやって町人髷を結うと、不安になるのはなぜだろう。二度と戻れないのではないか、いや、それならそれでよいではないか、あの家と訣別できるとなればせいせいする。いっそこのまま町人になって、などなど、複雑な思いが去来していた。

「それにしても、おかしな瓦版が売られるものよ。父上にお見せしたら、さぞ驚くであろうな。いや、例によって例のごとく、眉ひとつ動かさぬやもしれぬが」

独り言のように呟き、懐に瓦版を押しこむ。

「あっ」

ない。

懐にあったはずの財布がない。ついさっきまで、そうだ、瓦版を買うまでは……。

「やられた」

忌々しげに舌打ちする。ぶつかったときだ、目つきの悪いあの男は、掏摸だったに違いない。睨みつけられて、とっさに会釈して詫びた己の間抜けさに今更ながら腹が立ってくる。

「くそっ、おれのような貧乏人から盗んでなんとする。犯さず、殺さず、貧乏人からは奪わずであろう。盗人の誇りはどうした、ええ、わずかなりとも慈悲の心はないのか。まことにもって……」

「もし、そこにおられるのは、隼之助さんではありませんか」

呼び掛けられて、振り向いた。馬喰町二丁目の一軒の旅籠から、ほっそりとした面差しの女が顔を覗かせている。見世の前に下げられた提灯には、〈切目屋〉の屋号が見て取れた。腹立ちまぎれの怒声を聞かれただろうか。

「これは、女将」

頭を掻きながら近づいて行った。

「瓦版を買ったときに、財布を掏られてしまったらしい。自分で自分に呆れていたところよ。江戸生まれの江戸育ちとは、とても思えぬ、ではなくて、思えないであろう」

侍言葉を慌て気味に言い直したが、女将はさして気にかけていない。「まあ」と気の毒そうに見つめた。

「災難でございましたね。番屋に知らせましょうか」

問いかけの調子が加わったのは、知らせたところで金はもちろんのこと、財布が戻って来る可能性が低いことを知っているからだ。もちろん自称江戸育ちの田舎者も、それぐらいはわかっている。

「恥をかくだけだからやめておこう。一分と十六文では、役人に笑われるのがおちだろうからな」

「さようでございますか。なんだか悪いことをしてしまったみたいで……申し訳ありません。わたしが来てくれと使いを出さなければ、掏摸に遭うこともなかったでしょうに」

女将——志保は痛ましげに眉を寄せた。隼之助の家は、ここからさほど遠くない橘町の裏店なのだが、昨日、具合が悪くなって道端に座りこんでいた志保を助けたという経緯がある。

「気にするな。それと、昨日のことであれば、礼などは不要。困っているときはお互いさまよ」

「こんなところではなんですから、おあがりくださいな。難儀していたところを助けていただき、本当にありがたいと思ったんです。そうそう、隼之助さんが煎じてくださった薬が効いたようで」

話しながら志保は、さっさと見世に入る。礼などは不要と口では言いつつも、いっそう軽くなった懐を押さえれば、断る言葉が出るはずもない。隼之助は女将に続き、見世の帳場にあがって、案内されるまま、奥座敷に落ち着いた。

「隼之助さんは」

志保がじっと見つめる。

「もとはお武家でございましょ?」

年は三十なかばぐらいだろう。昨日、容態が落ち着くのを待って送り届けたときは、亭主らしき男の姿はなかった。後家なのかもしれない。とりたてて美人ではないが、落ち着いた物腰の中にも、どこか芯の強さが感じられる。しかし、色白の顔は、今ひとつ生気が足りないように思えた。

「そんなところだ。実家は貧乏旗本でな。ご多分に洩(も)れず、無駄飯喰らいの厄介者よ。五日前に橘町の裏店に引っ越して来たばかりさ。これもなにかの縁。薪(まき)割り、使い走りと、頼まれればなんでもやる。仕事の口があれば、紹介してくれると助かるのだが」

「今、おいくつなんですか」

「年が明ければ、二十二だ」

つい力が入ったのは、馬鹿にされたくないという気持ちが働いたからかもしれない。

相手は旅籠の女将、こちらは二本差しを無理やり奪われた青二才。なめられてたまるか、町人の姿をしていても心は侍だ。そんな気負いを知ってか知らずか、

「いいですねえ、若いというのは。堂々と年を告げられるのが、本当に羨ましいですよ。身体もすらりとしていて、見るからに足が速そうな感じがしますねえ。背丈はどれぐらいあるんですか」

志保は、おっとりと問いかけた。

「背丈は五尺六寸（百七十センチ）程度だ。普通よりは大きいかもしれないが、わたしの盟友は六尺（百八十二センチ）を超える大男。いつも見おろされている」

「大きすぎるのもねえ、いいのか悪いのか。なんだか異人のようで、ちょいと怖く見えますよ」

下女が運んで来た酒肴の膳を受け取って、隼之助の前に並べる。当然のように酌をしようとしたが、

「酒は」

片手で制した。

〝昼酒とは、ずいぶんといい身分ではないか〟

という父の声が聞こえたように思えたからである。

「あら、駄目なんですか」

「うむ」

と、隼之助は女将の白い顔を見やる。

「昼酒はおれよりも、女将の方がよくないぞ。昨日も感じたのだが、顔色が今ひとつすぐれない。女将は、胃ノ腑(ふ)が弱いであろう。脾虚(ひきょ)と言ってな。女将のような色白で痩(や)せた者に多いのだ。全身のだるさ、特に手足のだるさが強いのが特徴よ。風邪をひきやすく、皮膚(はだ)も弱いのではないか」

「あら、まあ、そのとおりですよ」

「身体に熱が足りないため、寒さにやられやすいのだ。鰯(いわし)や大豆、栗、松の実などを多く摂(と)り、夜はできるだけ早く寝(やす)むことだな。食べたくないときは、無理をしてまで食べることはない。腹が空(す)くまで待って、食べるのが一番だ」

「へえぇ」

と感心した後、

「わたしも昨日、感じたんですけれど、隼之助さんのご実家は、お医者様ですか」

志保が訊(き)いた。

「いや、医者ではない。似たような知識は持っているが」

「もったいない。それを活かして、医者になればいいじゃありませんか。人仕事なんかやるよりも、ずっと稼げますよ」

「医者か」

　気のない返事になったかもしれない。

「気乗りしませんか。そう、それじゃ、公事師になるというのはいかがでしょ？」

「公事師？」

　問いかけに、問いかけを返していた。公事師はこの〈切目屋〉のような公事宿に出入りする非公認の訴訟代理人のことである。中には訴訟をけしかけたり、貸金の古証文を買い取って訴訟を起こすような不届き者もいるため、幕府はたびたび禁令を発しているが、むろん、禁令が守られることはない。

「おれには無理だ。訴訟のことなどわからぬ」

　我知らず侍言葉になっている。

「おいおい憶えていけば、いいじゃありませんか。薬のことに詳しくて、医者と同じような知識がある。他にはいかがでしょ。なにか得意なことはありませんか」

　いかがでしょ、が口癖らしい女将は、さりげなくまた酒を勧めたが、隼之助はふたたび手で断る。

「そうだな。食い物のことであれば、いささか人よりは詳しいやもしれぬ。味噌、醤油、酒、塩、砂糖。そういった品については、自信がなくもない」

「さようでございますか。では、公事師ならぬ、食べ物のことを専門にする食事師（くじし）というのはいかがでしょ」

「いかがでしょ、と言われても」

　当惑して、続けた。

「さいぜんも言うたように、訴訟、つまり、公事についてはなにも知らぬ。簡単にはいくまいさ」

「やってみなければわかりませんよ。ものは試しです。食べ物に関する訴訟が持ちこまれたときには、相談に乗っていただくということで、いかがでしょ」

「まあ、相談に乗るぐらいであれば」

　不承不承（ふしょうぶしょう）、隼之助は答えた。公事師の真似事をして生計（たつき）を立てる、それを父が知ったらなんと言うだろうか。冷笑を返されるような気がして、気持ちが暗くなる。

「お父上に……知られるとまずいですか」

　心を見透かされたように思い、ついむきになっていた。

「そのようなことはない。だいいち、今更、関わりのないことだ。追い出した倅（せがれ）がなにをしようと、父にとっては他人事よ」

　追い出したのくだりで、ずきりと胸が痛んだ。自分で発した言葉に傷つく自分がいやになる。いったい、なにを考えているのか。なにか理由があるのだろうか。

　よほど心細い表情をしていたのだろう。

「大丈夫ですよ」

　志保が穏やかに告げた。

「きっとお父上には、深いお考えがあってのことでしょう。隼之助さんが言ったとおり、これもなにかの縁。気楽にここへ出入りしてくださいな。少しであれば金子も融通いたしますよ。お米がなくなったときも、ね」

　悪戯っぽく笑いかける女将は、少女のように無邪気な顔をしている。

　――公事師ならぬ食事師か。

　いずれにしても、食い扶持を稼がなければならない。町人姿になったとたん、掏摸に出くわして素寒貧。師走の風が、ことさら身に沁みていた。

二

隼之助が暮らす橘町は、日本橋浜町堀の東に位置しており、一丁目から四丁目がある。明暦の大火までは北側の横山町に西本願寺があったため、立花を売る店が多く建ち並んでいたことから、立花町と呼ばれていた。

一丁目に千鳥橋、潮見橋が架かり、ともに西河岸の元浜町へ渡ることができる。北は通塩町、横山町一丁目に接し、南は村松町、東は横山同朋町に隣接している場所だった。

「おう、戻ったか」

家の戸を開けると同時に、土間にいた老婆が出迎えてくれた。名前はおとら、この〈達磨店〉の住人で、年は六十なかばぐらいだろう。取りあげ婆を生業としている。竈に薪をくべて、飯を炊いていた。

「うむ」

隼之助は渋面になる。土間の向こうは、薄汚れた壁や、すりきれた畳があるだけの四畳半の部屋。四十世帯ある家の中でも、ここまで見事になにもないのは、隼之助の家だけだろう。布団さえ持っていない。今日も寒さをこらえて、ごろ寝しなければならないと思うだけで、よけい気持ちが塞いだ。

「なじょした、元気がねえな」

おとらは奥州訛り丸出しの問いかけを発する。隼之助の背後を窺うように、ちらちらと見やっていた。昨日、志保を介抱するため、ここに連れて来たときも、おとらに見咎められている。

「今日はひとりだから寂しいのか」

言わなくてもいいひと言に、不愉快さをあらわにして答えた。

「財布を掏られた」

と、上がり框に腰かける。

「あら、やんだ。金は、どんぐれえ入ってたんだ」

「一分と十六文。金は諦めているが」

おとらが差し出した雑巾を受け取り、足を拭いたが、本音を言えば、金にも未練はある。だが、志保から幾ばくかの礼金をもらえたお陰で、ここ数日間の米には困らない。おとらはまたしても、お国訛りたっぷりに訊ねる。

「諦めきれねえのはなんだ」

「書き付けだ。母の手跡（て）による書き付けを、財布に入れておいたのよ。幼い頃のおれの名と、生まれた日を書いただけの簡単なものだがな。おれにとっては」

「宝物か」

おとらの問いかけに、無言で頷き返して、座敷にあがる。

「隼（はや）さんよ。おっかさんはどうしたんだ」

馴れなれしい呼び掛けだったが、五日でそれにも慣れていた。今は侍の木藤隼之助ではない。ろくに食い扶持も稼げぬただの町人だ。かなり立ち入った問いかけに、応ずる気持ちになったのも、投げやりな気持ちがあったからかもしれない。

「母は、おれを生んだときに死んだ。その後、母の祖母に本所（ほんじょ）の裏店で育てられてな。おとらさんのように、奥州訛りのある婆さんだったが」

母親は町人だったらしいが、木藤家へ武家奉公に出た折、父——木藤多聞（たもん）と男女の仲になり、身籠（みご）もったのを機に家を出ている。二人の間にどんなことがあったのか、父や祖母の口から語られたことはない。老いた祖母に時々、母の面影を見たように感じたこともあったが、今となっては、それさえもおぼろで、はっきりとは思い浮かべられなかった。黙りこんだことに焦（じ）れたのだろう、

「お婆様も死んだのか」

おとらが訊いた。

「ああ、十一年前にな」

しみじみ呟いていた。もう十一年も経ったのか、と取るか、まだ十一年しか経っていないのか、と取るかは、人それぞれだろう。隼之助はひどく長く感じていた。祖母と暮らした十年は、まさに光陰矢のごとしだったが、木藤家に引き取られてからの十一年は、ただただ暗く、冷たい印象しか残っていない。

——そうか。まだ十一年か。

裏店住まいを始めたせいだろうか。祖母が死んだ翌日、そう、父が、初めて来た日のことを思い出していた。

〝これを飲んでみろ〟

まず差し出したのは、竹の水入れだった。隼之助は訝しげに首をひねりながらも、言われるまま水を飲んだ。

〝その水はな、公方様より賜りし特別な水じゃ。旨いか〟

多聞の問いかけに、即座に首を振ったことだけは憶えている。竹筒の水は、本所近辺の井戸水よりは旨かったが、さして変わり映えのしない普通の味だったからだ。その返事が気に入ったのだろうか、

〃来い〃

ひと言、告げて、多聞は振り返りもせず、足早に屋敷へと向かったのである。歩幅の違う隼之助は、何度も転びそうになりながら、必死に父を追いかけた。あのときの後ろ姿もまた、忘れられない光景のひとつとして、脳裏に焼きついている。

――一度も振り返ろうとはしなかった。

妾腹(しょうふく)だからだろうか、下男を引き取ったとでも思っているのだろうか。以来、隼之助は木藤家において、笑顔とは無縁のような暮らしを送ってきたのだが……。

「ほらよ、白湯(さゆ)」

おとらの声で、我に返った。

「え?」

「なにぼんやりしてるだ。喉(のど)が渇いてるんじゃねえのか」

湯飲みを突き出されて、目をしばたたかせる。

「あ、ああ、すまん。ちと考えごとをしていた。おとらさんの国訛りが、やけに懐かしゅうてな。思い出さずともよいことまで浮かんでしもうたわ」

「隼さんは、もとはお侍かい」

炊きあがった飯を竈から降ろして、今度は鍋を竈に載せた。外にいるのとさほど変わらない裏長屋には、竈がひとつしかない。汁の身の大根を刻み始めたおとらを、隼之助は見るともなしに眺めている。

「さいぜんも同じことを訊かれた」

多くは語らず、逆に問い返した。

「おれも、ひとつ、訊いてもよいか」

「おお、なんでも訊け。おらにわかることならば、なんでも答えてやるわい」

「おれは不思議でならないのだ。赤の他人のおとらさんや、他の婆さん連中が、なぜ、朝と晩におれの家に来て、うちの飯を食べるのか」

「………………」

一瞬、皺だらけの顔の中で、目がまん丸く見開かれる。が、次の瞬間、豪快な笑い声が響いた。

「はははは、なんじゃ、そんなことか」

「そうだ、ははは、そんなことよ」

つられて、隼之助も笑った。笑い合っているうちに、戸ががたぴしと音をたてて開いた。噂の二人が丼や風呂敷包みを手にして、姿を見せる。

「おや、まあ、賑やかだこと」

「おとらさんや、あたしを差し置いて、色男を口説いていたんじゃないだろうね」

はじめの声がお喜多(きた)、自称、もとは大店(おおだな)の御内儀という話だが、もしかすると、夢の話をしただけかもしれない。続いた声は、お宇良(うら)で、これまた本人だけが今も現役の美人芸妓だと信じている。二人とも七十に手が届こうかという年であるのは言うまでもない。おとら、お喜多、お宇良の三人は、〈達磨店〉の主(ぬし)とも言うべき恐怖の三(さん)婆(ばば)なのだった。

「だれが口説くかね、お互いの役目について、話していたところさ」

代表格のおとらは、涼しい顔で告げる。

「隼さんは米を出して、わしらは賄(まかな)い役をする。片づけるのも、わしらの役目さ。たったひとりで冷や飯を食うよりも、こうやって、集まって食う方が何倍も旨いからな。のう、隼さん」

「まあ、それはそうかもしれんが」

「それに、隼さんの家の味噌や塩は旨い。おらも味噌は自分で作るが、こんなに旨い味噌は初めてじゃ。だれが作ったものかは知らんが、まあ、ようでけとる」

「味噌は、実家の義母(はは)が作ったものだ。塩や味噌や醤油、そして、最低限の米を持たせてくれたのよ。味噌はおれも旨いと思うが、塩や醤油は同じであろう。ついでに言うとだな、普通、飯を炊くのは、朝だけではないのか。夜にはささっと湯漬けかなにかを簡単に食って寝るのが……」

「朝、炊いた飯は、朝、なくなってしまうわい。綺麗に片付いてしまうがの」

「それは」

婆さんたちが一緒に食うからであって、という訴えは、口の中で消えた。おとらは、唇を尖らせて反論する。

「言っておくがこの米は、おらが出したもんだで。隼さんの米櫃はとうに空じゃ。昨夜、育代さんとこのお産を手伝うてもらったからの。その礼金じゃ」

正しくは、無理やり手伝わさせられたのだが、とても言い返す勇気はない。

――こんなに早く米櫃が空になったのは、だれのせいだ。婆さんたちのせいではないか、ええ、違うのか。

と腹の中で罵るのがせいぜいだ。

「あ、そうそう。お産で思い出しましたよ」

すでに座敷にあがりこんでいたお喜多が、持っていた風呂敷を広げた。竹の皮に包んだ赤飯と、丼に入った煮染めが出てくる。

「おっ、赤飯か」

　大好物に隼之助は目を輝かせたが、炊きあがった飯を蒸らしている釜にも目が行った。

「今宵は飯を炊かずともよかったのではあるまいか」

「いいじゃねえか、明日、食えばよ。男がいちいち細けえこと言うんじゃねえ。出世できねえぞ」

　おとらに一喝されて、飯については終わりとなる。すりきれた畳の上に、赤飯と煮染め、お宇良が持って来た糠漬けなどが並んだ。引っ越して以来、三婆との夕餉が日課のようになっている。

「今、汁ができるから待ってろ」

　おとらに言われたが、空腹には勝てない。隼之助は丼の煮染めから、里芋をひとつ取り、口に放りこんだ。

「いつっ」

　とたんに、顔をしかめる。舌を針で刺したような痛みが走ったのだ。

三

「どうしたんですか」

「慌てるから。舌でも嚙んだんでしょうよ」

お喜多とお宇良の言葉に、小さく首を振る。

「わからぬが、急に舌が痛くなった」

答えつつ、遠い記憶を探っていた。憶えのある痛みだが、いつ、どこでこの痛みを感じたのか。確かに同じ痛みをどこかで感じたはずだが……すぐには思い出せない。

お喜多が里芋を頰張(ほおば)ったのを見て、問いかける。

「舌が痛くないか」

「いいえ、平気ですよ、美味(おい)しいこと。育代さんはいい嫁女ですねえ。ご亭主は幸せ者ですよ」

「本当に」

と、お宇良も味見をして、これまたいつものように、本人だけが艶(つや)っぽいと思っている流し目をくれた。まともに目を合わせると、悪夢にうなされてしまいそうなので見ないようにする。

「どうやら痛みを感じるのは、おれだけらしいが」

「要らねえよ！」

突如、怒声が轟いた。

「要らねえと言ってるだろうが、持って帰れっ」

狭い長屋ゆえ、筒抜けである。隼之助はおとらと顔を見合わせた。

「徳丸爺さんだ」

飛び出したおとらの後を追いかける。斜め向かいの家で小さな諍いが起きていた。若い男が竹包みを持ち、茫然と戸口に突っ立っている。

「どうしたんだい」

おとらの言葉に、ほっとしたような顔で振り向いた。

「どうしたもこうしたもねえや。おいらは、赤飯を持って来ただけさ。赤児が生まれた祝いの、お裾分けをと思ってよ。それをいきなり『要らねえよ！』と怒鳴りつけられちまって」

昨夜、子を生んだ育代の亭主に違いない。当惑したように、家の中とおとらを交互に見ている。

「ここは、おらにまかせておきな。あ、それは預かっておくよ」

「それじゃ、あとは宜しく頼むよ」

　男から竹包みを受け取り、おとらは、家を覗きこんだ。

「本当に要らないのかい、徳丸さんや」

「要らねえったら、要らねえんだよ。赤火は不浄火、縁起が悪いことこのうえねえ。声を掛けられただけでも、気分が悪くてならねえってのによ。そんなもんを喜んで食うのは、女子供だけだ」

　土間に仁王立ちになっているのは、六十前後の年寄りだった。おとらたちよりは多少、若く見えるが、髪はほとんどが白髪で、色黒の顔の額や眉間には、今までの人生を表すかのような深い皺が刻まれている。小柄ながらもがっちりした体躯に、隼之助はいやでも目を引きつけられた。

「それじゃ、おらがもらっておくわ」

　おとらが掲げた竹の皮の包みに、徳丸は嫌悪をこめた一瞥を投げる。

「さっさと去ね」

　ぴしゃりと大きな音をたてて戸を閉めた。隼之助とおとらは、ふたたび顔を見合わせずにいられない。

「うんにゃ、いつもあんな調子さ。気むずかしい爺さんでの。挨拶もろくにせん。なにをして生計をたてているのやら、得体の知れないところのある爺さんよ」

「年の割には、いい身体をしているように見えたが……働いていないのか」

「ああ、働きに出たところは見たことがない。訪ねて来る者もいねえが、店賃だけはきちんと支払っているらしゅうての。大屋に気味が悪いと訴えても、聞こえないふりをされるだけよ。まったく、銭さえ入ればいいと思っているんだから始末におえんわ。近頃は、なんでもかんでも、銭、銭、銭じゃ」

　ぶつぶつと言い続けるおとらの背を押して、家に戻った。年寄りは愚痴や文句が始まると長い。小さな諍い、あわや喧嘩の騒ぎ。それらのことが隼之助の頭の中で、繰り返し響いている。祝いの赤飯と煮染めを前にして、何度も首をひねった。

「喧嘩、喧嘩、と」

　そうだ。

　ぽんと膝を叩いた。

「夫婦喧嘩だ」

「思い出したぞ、そう、夫婦喧嘩よ。親父殿と義母が、言い争いをした夜の夕餉を口にしたとき、さいぜんの痛みが舌に走った。間違いない。育代さんだったか。ご亭主と喧嘩をした後に、赤飯を炊き、煮染めを作ったのではあるまいか」

「へ？」

おとらはぽかんと大きな口を開ける。何本か抜けた前歯が目立ち、お世辞にも品のある顔とは言いがたい。そのままの顔で、他の二人に答えを求めるような目を向けたが、婆さんたちは赤飯と煮染めをひたすら口に運んでいる。

「はて、隼さんは、おかしなことを言うのう」

「そうか」

隼之助は答えたが、これ以上、舌が痛い云々の話はしない方がいいと判断した。

「すまんが、おれはおとらさんが炊いてくれた飯を食べる。汁はできたか」

急いで話を変える。それにしても、と、うまい具合に、お喜多が話を継いでくれた。

「徳丸爺さんが言っていた赤火というのは、なんのことでしょうねえ。鬼のように恐(こわ)い顔をしてましたけれど」

穏やかな話し方や物腰は、着る物を変えれば、確かに大店の御内儀に近いものがあるかもしれない。大口を開けて食べるおとらやお宇良と違い、おちょぼ口で少しずつ食べるあたりもそこそこ品が感じられた。

「赤火というのは、お産があった家で使う産後七日間の火のことだ。徳丸爺さんが言っていたように、不浄火と言って嫌う者がいる。山の猟師や川漁などを行う山窩（さんか）といった者たちは、赤火を嫌うと聞いた」

隼之助の言葉に、三婆は「へえぇ」と声を洩らした。

「なんだ？」

「いや、物知りだと思ってよ。昨日、〈切目屋〉の女将を連れこんだときも思ったんだがな。薬にもけっこう詳しかったじゃねえか。おらがお産の手伝いをさせたときも、黙って動いてくれたしよ。隼さんは、いろんなことを知ってるんだな」

「つ、連れこんだわけではない、あれは、女将が持病の癪（しゃく）を起こしたゆえ、介抱しただけのことよ。人聞きの悪い言い方はするな」

癪は、胸や腹が痛む病だが、原因ははっきりしていない。女子（おなご）に多いとされているものの、厚かましい三婆には、無縁の病といえる。

「そうそう、壁に耳あり、障子（しょうじ）に目あり。特におとらさんは、油断ができないものね」

お宇良がちらりと、おとらを見た。

「なんだと、お宇良。おめえだって、人のことは言えねえだろが。だいたいがだ。おらは産婆、お喜多は縫い物と、てめえの食い扶持はちゃんと稼いでいるがよ。おめえは、わしらの世話になるばかりじゃねえか。少しは働け」

　最後のひと言が、ずきりと胸にきた。

「今のは、おれの耳にも痛い」

「おや、今度は舌じゃなくて、耳が痛むんかい。忙しいのう、隼さんは」

「邪魔するぞ」

　腹にとおる声と同時に、たてつけの悪い戸が勢いよく開いた。雲つくような大男が、ひょいっと器用に首を曲げて土間に入って来る。盟友のひとり、溝口将右衛門(みぞぐちしょうえもん)で、年は二つ上の二十三。年が明ければ、二十四だ。

「お、今宵もまた飯時であったか」

　ごくりと唾(つば)を飲む音が、はっきりと聞こえた。親どころか、先祖代々浪人暮らしという友とは、七年ほど前、隼之助が通っている小野派一刀流の道場で知り合っている。家を借りて以来、毎日のように姿を見せるが、目当てはもちろん隼之助ではない。

「将右衛門。よいところに来た、おまえも食え。祝い事があったため、赤飯と煮染めも貰(もろ)うてな。珍しく飯が余っているのだ」

　先んじて勧めた。よけいな気遣いは無用と、目顔で告げている。

「そうか、すまぬ。では、お言葉に甘えて、御相伴に与るとしよう。いや、毎日では流石にすまぬと、わしも思うておるのだがな。今日は荷担ぎの仕事にもあぶれてしまい、一文にもならぬ有様よ。幼子と乳飲み子を抱えておるゆえ、嫁女や子には飯を食わせてやらねばならぬと思い、ひもじさを水でごまかしながら、昼間はしのいだ次第。いや、ありがたい。恩にきるぞ、隼之助」

話し終わる前に、早くも赤飯をかっこんでいた。二十三の若さながらも、すでに二人の子持ちとあって、隼之助よりもさらに台所事情は逼迫している。きつい人足仕事もこなしているが、仕事にあぶれれば、その日の飯にも事欠く有様。無言で食べ続ける巨体の男を、三婆は呆れ顔で見やっている。

「炊き立ての飯と汁もあるぞ。そんなに焦らずともよい。飯は逃げぬゆえ、落ち着いて食え」

隼之助の言葉にも、箸を動かす手は止まらない。

「おぬしはそう言うがな。食べるのをやめたとたん、飯が消えてしまうやもしれぬ。夢ではそうじゃった。ゆえに食えるときはひたすら食うのみよ」

その迫力に押されたのか、

「んでまず、隼さんよ。またお明日」

おとらが暇を告げ、残る二人もそれに倣った。茶碗や湯飲みは、三婆の持ちこみ品だが、それらは早くも洗って片づけてある。持ち帰らずに置いて行くのは、明日もここで食べるという意味であろうか。

「ああ、またな」

隼之助は答えて、ようやく飯を食べ始める。将右衛門は立ちあがり、自分で味噌汁を椀によそった。

「それにしても、この家の味噌汁は旨いな。知らぬ間に足が向いてしまうのは、旨い味噌汁のせいやもしれぬ。一度、食べると忘れられぬわ」

「おとら婆さんと似たような世辞を言うではないか。されど、それは義母が作った味噌ゆえ、褒められると悪い気はせぬ」

「ほう、お義母上の味噌か。それはありがたい」

将右衛門は大仰に椀を掲げてから、隣に戻って来る。ひと口、味噌汁を啜りあげて、言った。

「旨い」

二度、三度と目を細めて汁を飲み、独り言のような呟きを洩らした。

「塩が違うのであろうか。この味の深みはなんであろうかの」

「そういえば、おぬしは、おれの家にあまり来たことがなかったな。雪也(ゆきや)は何度も飯を食うたことがあるゆえ、うちの味噌汁の旨さをすでに知っているが」

雪也とは、もうひとりの盟友、殿岡(とのおか)雪也のことで、隼之助と同い年の二十一。四谷の番町近くに屋敷を持つ木藤家とは、家も近所で昵懇(じっこん)の間柄である。三男坊という気楽な身分だが、なんの保証もない立場であることは、隼之助と変わらない。深川に住む三味線の師匠の男妾(おとこめかけ)に甘んじているのだが、それが性に合っていると言えなくもなかった。隼之助や将右衛門から見れば、羨ましいような暮らしを送っている。

「そうじゃ、雪也で思い出したわ」

不意に大男が箸を止めた。

「ささやかな引っ越し祝いを行うゆえ、この後、深川に来いという言伝(ことづて)をもろうたのじゃ。味噌汁のあまりの旨さに、危うく忘れるところであった」

将右衛門も深川の裏店に住んでいる。ときには、雪也と二人で用心棒を務めることもあるらしく、密に連絡を取り合っていた。

「祝いの宴(うたげ)か」

無意識のうちに、頭に手をやっている。盟友たちとはすでに対面を済ませているが、雪也の相手の師匠にこの姿で会うのは初めて。流石に気が引けた。将右衛門は大男だが、決して鈍い方ではない。

「わしはもう見慣れた」

　ぽんと軽く肩を叩いた。

「雪也とて、同じであろうさ。五目（ごもく）の師匠もさして気にはすまい。町人姿を気にしているのは、おぬしだけよ」

　五目の師匠とはつまり、雪也の相手――おきちのことだ。三味線だけでなく、小唄に踊りと、なんでもござれの師匠ゆえ、五目の師匠と呼ばれている。さる大店の主（あるじ）の世話になっているという噂だが、そのあたりの話は詳しく聞いたことがない。

「ま、ここでくすぶっていても仕方がないな。師走の宴に招（よ）ばれるとしようか」

　隼之助は重い腰をあげる。町人姿に慣れていない、いや、受け入れていないのは自分だけ。確かにそうかもしれないと思っていた。

四

　冷たい風が吹き荒（すさ）ぶ夜の町には、軒提灯（ちょうちん）や高張（たかはり）提灯が出されて、師走独特の賑わいを見せている。

永代橋を渡って東の河岸に来ると、団子や蕎麦といった屋台だけでなく、植木の露天なども床店を出していた。正月用の鉢植えだろう。南天やまだ蕾の固い福寿草などが並んでいる。

「両国の広小路は、もっと賑やかだったろうな」

隼之助はぽつりと言った。両国橋を利用すればよいものを、わざわざ永代橋を使ったのは、やはり、この姿をできるだけ他人の目に曝したくないという気持ちが働いたからに違いない。黙って従った将右衛門は、聞こえぬふりをしてくれた。

「手ぶらというのもまずいか」

さりげなく床店を眺めている。

「そうだな。おきちさんに、福寿草でも買うて行くか」

隼之助も話を合わせた。いつ、どんなときでも、互いに気になるのはひとつのこと。不安げに将右衛門が訊ねる。

「財布を盗まれたと言うていたではないか。金は大丈夫なのか」

夕餉の最中に、思わぬ災難のことは話しておいた。だからこそ、ふだん以上に懐具合が案じられるのだろう。屈みこんだ大男の目には、「つまらぬ見栄は張るな」という、友ならではの忠告も隠れている。

「うむ。善行のお陰であろうさ。思わぬ余禄があった」

旅籠の女将にもらった礼金から、福寿草を買い求めた。ひときわ強風が吹きつける河岸沿いに、二人は歩を進めて行く。志保を助けた経緯を手短に話して、公事師のことを口にした。

「女将は『いかがでしょ』と簡単に言うていたが、務まるかどうか。食い物に関わる食事師であればとは言うてきたが」

「なるほど、食事師か。公事宿でもときたま用心棒を雇うたりするようじゃ。わしも雪也もまだ頼まれたことはないがの。そもそも他人を訴えるために訪れるわけであろう。なにかと騒ぎが起きるのは間違いあるまい」

「それを嗅ぎつけて、うまく立ちまわるのが公事師というわけよ。騒ぎのないところには、わざと騒ぎを起こして、金を巻きあげたりもする。まともな商いとは言えぬわ」

それを父が知ったらなんと言うか。喉まで出かかった言葉を、かなり無理して呑みこんだ。たとえ親友と雖も、父親や実家のことまではなかなか相談できない。

「それを言うたら、われらの用心棒稼業も似たようなものじゃ。騒ぎあるところ、浪人ありよ。まあ、雪也は浪人ではないがの。貧乏旗本の三男坊では、わしとさほどの違いはあるまいさ。よいか、隼之助。仙人のように霞を食うて、生きていければよいがの。われらは生身ゆえ、そうはいかぬ。綺麗事では世の中は渡れぬぞ」

「わかっておる」

答えながら、木藤家のことを考えていた。少なくともあの家にいたときには、食い物と寝る場所の心配はしなくても済んだ。しかし、ろくに出歩くこともままならない不自由な暮らしを強いられたのもまた事実。

「自由がある分、今の方がましやもしれぬな」

江戸湾から吹きつける風を受け、思わず二、三歩、よろめいた。

「お、どうした」

大男は微動もしない。

「刀よ」

隼之助は目で将右衛門の腰を指した。

「それを外して歩いたのは、さよう、かれこれ十一年ぶりのことだ。自分でも驚いたのだが、身体の均衡がうまく取れぬ。腰が妙に軽うてな。重心が定まらぬのだ」

「ふぅむ、そういうものかの。家に帰って刀を外すと、わしは、ほっとするがな」

隼之助は答える代わりに、苦笑を返して、小さな橋を渡る。

深川大島町は、四方を水に囲まれた場所で、町屋としては、江戸の最も南にあたる区域だ。南側の堀を挟んだ向かい側には、松平下総守の屋敷がある。永代橋の河岸は師走の賑わいを漂わせていたが、このあたりまで来ると、流石に人けがない。

「雪也、いるか」

平屋の一軒屋の戸を、将右衛門は無遠慮に開けた。隼之助の家に来るときもそうだが、戸を叩くということをしない。おまけに大男の割には足音をたてないので、住人を驚かせることが多かった。

「まあ、吃驚した」

案の定、女主のおきちが目を見開いた。台所から居間に行くところだったのかもしれない。手には銚子を載せた盆を持っている。

「相変わらずですねえ、溝口様は。仁王様のようなお身体で、のっそり入って来られると、どきりとしますよ」

おきちは、明るく笑った。年は二十七、八。瓜実顔で柳腰の、どこかくずれた感じを与える女だが、あわよくばという気にさせるのも、手練手管のひとつだろう。雪也になにか言われていたのか、隼之助にも目を向けたが、特にこれといったことは言わなかった。

「いつも厄介をかけて済まぬ」

福寿草を差し出すと、切れ長の眸を無邪気に輝かせる。

「嬉しい。濃やかなお心配り、ありがとうございます。ささ、どうぞ。先程からお待ちですよ」

細かいことにこだわらないのは、生来の気質だろうか。

町人姿がお似合いですね、とでも言われれば、どうせおれは町人出の妾腹よと、憎まれ口を叩きたくなる。逆に似合わないと口にされれば、それはそれで腹が立つことはわかっていた。結局、なにを言われても気に入らないのだから、黙っていてくれた方がいい。少なからずほっとして、隼之助は将右衛門とともに奥座敷に足を運んだ。

「来たか」

居間では雪也が、主のような顔をして、手焙りに手をかざしていた。背は隼之助と同じぐらいだが、整いすぎていると言えなくもない顔立ちを見る度、世の中は不公平にできていると、怨みがましいことを思ったりもする。

「熱燗と手焙り、そして、美い女と、いつもながら羨ましいことよ」

隼之助は言わずにいられない。

「おれも色男に生まれたかったわ」

「隼之助とて醜男(ぶおとこ)ではない。その気になれば、務まると思うがな。特にその眸、天(あま)の邪(じゃ)鬼(く)な心根(こころね)をなぜか表さぬ澄みきった両目に、女子(おなご)は、くらり、と、くるはずよ。じっと見つめられると、心を見透かされているようで、わたしも落ち着かなくなるほどだ」

しれっとした顔でのたまう友は、優男(やさおとこ)に似合わぬ剣の遣い手である。女のような優しげな面(おもて)に油断した相手が、痛い目に遭うさまを、隼之助は何度となく見てきた。おきちの金主(きんしゅ)が訪れないときは色男役。金主の訪れによって家を追い出されたときは用心棒役と、巧みに使い分けているようだ。

「天の邪鬼な心根をなぜか表さぬ澄みきった両目か」

皮肉な笑みを滲(にじ)ませて、隼之助は言った。

「褒められているのか、けなされているのかわからぬが、いずれにしても、色男を気取るのは無理だ。おれは、おぬしほどまめやかではないからな」

心からの言葉が出る。隼之助は確かに醜くはないが、さりとて目を引くほどの美形ではない。剣術の方も身を守るぐらいはできるが、盟友たちに比べると、その差は歴然としていた。箸にも棒にもかからない中途半端な我が身を思うにつけ、今の町人姿が合っているように思えて、よけい辛(つら)くなる。そんな表情を察したのか、

「おぬしはそう言うが」

雪也が言った。

「色男の役目も、なかなかどうして、端(はた)で見るほど楽ではない。いつ旦那が来るかと気が気ではないわ。閨(ねや)の中でも耳をすまし、痛っ」

おきちに尻をつねられて、大きな声をあげる。隼之助はにやりと唇をゆがめた。

「女の恨み、いや、おれと将右衛門の恨み、思い知ったか。贅沢な悩みを言うでない。働かなくても食えるのは、だれのお陰だ」

「そうそう、木藤様の仰(おっ)しゃるとおりですよ。罰があたります」

「おまえまで調子に乗るな。いいから早く酒と肴を持って来い。支度を調(ととの)えたら、四の五の言わずに黙って寝ろ。この家に集まるのはひさかたぶりのこと。われらの邪魔をしてはならぬぞ」

横柄な口調には、友の前であるがゆえの見栄が働いている。おそらく後で詫びるのだろうが、閨の詫び事となれば、それさえも女にとっては楽しみのひとつ。おきちは艶然(えんぜん)と微笑(ほほえ)んだ。

「承知いたしました」

運んで来た銚子を、雪也の前に置き、座敷を出て行く。やわらかな尻の丸みに、つい目を吸い寄せられていた。羨ましいと思いつつも、想う女子はひとりでいい、などと心の中で強がっている。

「あとが怖い」

男妾がそっと囁いた。

「そうでもあるまいさ。口もとがゆるんでおるぞ、雪也」

隼之助の言葉に、つるりと顎を撫でる。

「そうか？」

「ええい、ぬけぬけと言いおって。今宵は飲むぞ、遠慮なくな。将右衛門、さあ、飲ろうではないか」

「おう、言われるまでもない」

男三人の酒宴は、三婆が相手のときより、当然、盛りあがる。肴は今ひとつだったが、酒は文句なく美味かった。

五

「あの長屋は、どういうわけか年寄りが多い」

差しつ差されつで飲むうち、身も心もほぐれてくる。昨日から今日にかけての話をまじえながら、隼之助は長屋のことを口にした。

「なぜだろうな」

「さあて、なぜかはわからぬが、〈達磨店〉は別名、姥捨て山とも言われているとか。馬喰町の近くがいいと、おぬしが言うたゆえ、将右衛門とも相談したうえで、あそこを勧めたのだ。気に入らぬか」

雪也の言葉に、小さく首を振る。

「いや、分相応だと思うておる。さいぜんも言うたが、三婆が主らしゅうてな。なにかと世話をやいてくれるのが、いいのか悪いのかよ」

「三婆か。隼之助の悪態がなりをひそめておるのは、婆さんたちの毒気にあてられたからやもしれぬの。雪也はまだ見ておらぬやもしれぬが、長屋では借りて来た猫のようにおとなしゅうてな。わしはいささか驚いておるのじゃ」

将右衛門がからかうように見やる。

「おれは年寄りには弱い。特におとらという婆様は、奥州訛りが強くてな。育ててくれたお婆様のことを思い出してしまうゆえ」

「逆だろう。年寄りの方が、おぬしに弱いのだと、わたしは思うているがな。隼之助は名うての爺婆たらし、年寄りが世話をやかずにいられぬのだ」

「爺婆たらしだと？」

　隼之助は雪也に目をあて、問い返した。

「そんな言葉があるのか」

「わたしが造った言葉よ。お婆様のことも聞いていたゆえ、あの長屋が合うのではないかと思うた次第。殿様のように上げ膳据え膳の様子ではないか。飯の支度をしなくて済むだけでも、ありがたいことであろう」

「炊くついでに、三婆は飯も食うていく。うちから持って来た米が、あっという間に底をついてしもうたわ。それに炊き方が違うのか、どうも飯の味がな、今ひとつなのだ。水が違うのやもしれぬ。よくよく考えてみると、家の水瓶には、小さな麻袋のようなものが入っていた。あれが水の味を変える秘密やもしれぬ」

　うちから持って来た米、義母が炊いた飯は旨い、食い物と寝床だけは与えられていた生活。それらのことが、ぐるぐると、頭の中を駆けめぐっている。ずっとくすぶり続けていた不満が、出口を探し求めていた。

「旨かったではないか。赤飯もだが、わしは白い飯も普通に旨いと思うたぞ」

「いや、義母上が炊く飯は、あんな味ではなかった。将右衛門はいつも空きっ腹ゆえ、なにを食うても旨いのであろうさ」

　皮肉を返した後、

「おれには、父上のお心がわからぬ」

　とうとう本音が口をついて出た。たまりにたまった不満が、一気にふくれあがり、堰を切ったかのようにあふれ出した。

「なにを考えておられるのか、まるで見当がつかぬ。忘れもせぬわ、月が変わったばかりの今月朔日よ。おれを呼びつけて、父上は言った」

〝明日からおまえは町人になれ〟

　無慈悲に告げて、父はいつもどおりに出仕する。義母がとりなしてくれたらしく、四、五日、猶予はもらえたものの、命令が変わることはなかった。

「それだけだ、たったひと言だ。正しく言えば、その後に『馬喰町近くの裏店に住め』とも言うたがな。あとは義母上から幾ばくかの金子をもらい、下男の伝八に髪を結い直してもらって、家を出たというわけだ」

　長男の弥一郎は、薄笑いを浮かべて、その様子を見ていた。

〝いいざまだ。さっさと出て行け〟

　口にはしないまでも、冷笑が心を如実に語っていた。あのときのことを思い出すだけで、腸が千切れそうなほどの怒りにつかまれそうになる。それを抑えるため、隼之助は拳を握ったり開いたりした。

木藤家は父の多聞、後添いの花江、長男の弥一郎、養子に出た二男の慶次郎、そして、妾腹の隼之助という家族構成になっている。長男と二男の生母は、多聞と折り合いが悪かったらしく、離縁して、実家に戻っているが、嫡男は弥一郎とだれもが認めていた。どういう因縁なのか、隼之助と弥一郎は同い年、それもわずか一日だけ、隼之助の方が早く生まれている。隼之助は妾腹のため、表向きは二男ということになっていた。

本妻と妾が同時期に出産。

それだけでも本妻にとっては、許し難いことであろう。弥一郎たちの腹立ちも、理解できなくはない。隼之助は深呼吸して、心をしずめた。

「ここからは、ひとりで勝手にやれ。そういうことなのやもしれぬ。この年まで育ててくれただけでも、ありがたいとは思うているのだ。ゆえに、木藤の家に対して未練はない、ないのだが」

さまざまな感情がないまぜになり、ふたたびやり場のない怒りにつかまれそうになる。隼之助は湯飲みに酒を手酌で注ぎ、一気に呷った。相手がこの二人なればこその話だが、愚痴をこぼす自分に腹をたててもいる。

「すまぬ」

「気にするな」

雪也が遠慮がちに告げた。

「今宵の宴は、おぬしのために開いたもの。喚くなり、怒るなり、泣くなり、好きにしてくれ。将右衛門とも話したのだが、木藤様の此度の仕儀については、われらも得心できぬ。なにゆえ、隼之助を町人にさせたのか。なにか、そう、木藤家の御役目に関わりがあることなのではあるまいか、と話したのだが」

「御役目?」

とっさに懐を探っていた。取り出したのは、昼間、手に入れた瓦版である。雪也にそれを手渡した。

「『鬼の舌、あらわる』か」

「どういう意味じゃ。これが木藤家の御役目に関わりがあるのか」

瓦版を覗きこんだ将右衛門が訊ねる。

「いや、関わりがあるとは思えぬ」

答える声が、多少、小さくなったかもしれない。木藤家の役目については、御膳奉行という、表向きの役目しか、二人は知らないはずだ。『鬼の舌』の話は他言無用と、幼い頃から言い聞かされている。ごく自然に警戒心が働き、心の扉を閉ざしていた。

「そもそも、この『鬼の舌』というのはなんだ？」

当然の疑問が、雪也の口から出る。隼之助は自嘲気味の笑いを返した。

「幽霊のようなものよ」

「なに？」

「いるいるとさんざん騒ぎ立てたものの、要は揺れる柳の枝を勘違いしただけのこと。それと同じだ。正体見たり、というやつよ。虚仮威しにすぎぬ」

「だが、わたしはこの瓦版、前にも一度、見たことがあるぞ」

「え？」

「確か先月の末あたりだったと思うがな。どんな文言だったかは忘れたが、『鬼の舌』のくだりだけは頭に残っておる。鬼となれば、やはり、強く印象に残るではないか。これと似たような内容の瓦版だったと思うが……おぬしはどうだ」

と、将右衛門に瓦版を渡した。

「わしは憶えておらぬ」

「将右衛門が憶えておるのは、酒と飯のことだけであろう。味噌汁の旨さは頭に残っても、瓦版のことなど残らぬわ。酒がらみの話であればともかくも、わけのわからぬ鬼の話ではな。見た瞬間に忘れてしまうさ」

悪態を吐いた隼之助を、雪也がちらりと見る。

「お、やっと調子が出てきたな。さいぜん将右衛門も言うていたが、長屋に住んでからこっち、毒のない蝮のごとき有様であったからな。どうなることかと思うたが」

「いかにも、らしくなってきた。隼之助はそうでなくてはいかん」

言葉を継いだ将右衛門が、大徳利を片手で持ち、酒を注いでくれた。湯飲みで受けながら、苦笑いを浮かべる。

「常のおれは、蝮のごとく、いやな男か」

「そこまでは言うておらぬ。ちくと毒を持っているところが、おぬしの魅力よ。物事を斜めに見るというか、別の方向から眺めるというか。ゆえに、面白い。転んでもただでは起きぬしたたかさがな、必ずや役に立つ」

将右衛門に言われても、素直に喜べない。

「褒められているのやら、けなされているのやら、だな」

「ひねくれ者め。褒めているのだ。わしは嘘をつくのが大の苦手じゃ、と、大嘘をついてしもうたな」

思わず笑ったが、複雑な気持ちになっている。

「されど、おれにはこれといった技がない。雪也のような節操のない女喰らいにはなれぬし、将右衛門ほど厚顔無恥な大酒飲みにもなれぬ。せめて、その巨体があれば、力仕事も進んでできるものを」

「女喰らいだと」

「わしのことは厚顔無恥ときた」

二人は顔を見合わせて笑い、続けた。

「おぬしは逃げ足が速いではないか。おまけに軽業師のごとく身も軽い」

「さよう、あれはいつだったか。辻斬りに遭うたとき、ひとりでさっさと逃げよった」

「それに舌も肥えておる」

「いかにも。場末の一膳飯屋で、この小松菜は本物の小松菜ではないだの、魚が古すぎるだのと、難癖をつけていやがられることもしばしばじゃ」

「逃げ足の速さと、並外れた舌の良さを売りにするのがよかろうさ」

「わしと雪也の折り紙つきじゃ。なんだったら、高名の覚えを記した紹介状を書いてもよいぞ」

悪態には悪態返し、どちらからともなく、笑いがこぼれた。たまりにたまっていた苦しみを吐き出して、まさに胸の痞え(つか)が取れている。

——持つべきものは友よ。

隼之助は思った。

裏店で町人として生きていくしかない、と。

第二章　外れ公事

一

木藤家から裏店に戻った母は、どうやって生計を立てたのだろうか。多聞はわずかなりとも金子を与えたのか。時々は様子を見に行っていたのか。

そう、あれはいつのことだったろう。

「おまえの母は殺められたのじゃ」

祖母は言った。

「病などではない、毒を盛られての。血を吐いて死んだ」

「だれが？」

夢現で、隼之助は訊ねる。

「お婆様、だれだ、だれが母上を？」

「それは……」

祖母の姿が消える、声が遠ざかる。

戸を叩く小さな音で隼之助が目覚めたのは、友との酒宴から三日後の未明だった。

「おいでですか、隼之助さん」

「待て、今、開ける」

飛び起きたとたん、身体中に痛みが走る。一昨日、昨日と、将右衛門に誘われて、荷担ぎの仕事をしたのだった。せめて布団だけでもほしいと思い、頑張ったのだが、わずかな賃金では思うように銭がたまらない。すりきれた畳の上にごろ寝では、よけいに足腰が痛くなる。顔をしかめつつ、戸を開けた。

「おはようございます」

中年の小男が、ぺこりと頭をさげる。

「馬喰町の旅籠〈切目屋〉の使いでございます。女将さんが、すぐにおいでいただきたいと」

「飯を食うてからではまずいのか」

「朝餉は、ご用意しておくとのことでした」

「わかった。しかし、このところ忙しくてな、湯屋に行く暇もなかったゆえ、顔だけでも洗いたい。支度を終え次第、すぐに行くと伝えてくれ」

忙しくてというのは、見栄を張ったにすぎないが、相手は皮肉っぽい笑みも言葉も返さなかった。

「畏まりました」

もう一度、ぺこりと頭をさげて、男は薄靄の中に消える。師走にしては多少、暖かかった。それで靄がかかっているのだろう。ただでさえ湿っぽい裏店は、いちだんと湿り気を帯びているように感じられた。起きている者はまだいない。建ち並ぶ家は夜明け前の静けさに包まれている。

「公事師、いや、食事師か」

小声で言い、一度、家の中に戻った。風呂敷に包まれた細長いものが、ごろ寝をしていた場所に、ぽつんと置かれている。抱きしめるようにして眠ったその包みを、あらためて開いた。

中から出てきたのは、七寸（二十一センチ）足らずの短刀だった。古い時代には腰刀として用いられていた品かもしれない。柄の部分に昇り龍が絡みつくような緻密な意匠が施されている。青貝でも嵌めこんであるのか、薄闇の中で両目が妖しく輝いていた。隼之助はこの短刀を何度か父の居室で目にしている。

――なぜ、父上は、これをおれに。

昨夜、疲れきって戻った隼之助に、おとらがこう告げた。

〝隼さんに渡してくれと言われたんじゃ〟

そのときは、倒れそうなほど疲れていたため、ろくに返事もできず横になってしまったのだが……泥のように一刻（二時間）ほど眠った後、おとらが作っておいてくれた握り飯を頬張り、そういえばと思い出して、包みを開いたのである。

――青龍は木藤家の隠し紋。

裏紋とも言われるそれを、意匠として施したいわくありげな短刀。飾り刀のように思えなくもなかったが、父はいつも真剣な表情で、これを手入れしていた。大事な品であることは、跡継ぎの弥一郎にもさわらせなかったことからも察せられる。それだけに疑問が湧いていた。

「なぜ？」

声になった問いかけに、答える声はない。町人になって、裏店に住め。今のこの境遇と関わりがあるように思えなくもなかったが、考えたところでわかるわけもない。

「まずは食う事よ」

短刀を懐に突っ込み、手拭いを持って、家を出た。井戸に向かって歩き出したとき、背後に人の気配を感じて振り返る。木戸を通り抜けた人影が、斜め向かいの家、徳丸の家の戸を叩いた。年は三十ぐらいだろうか。目が合うと、素早く顔をそむけた。

——珍しいこともあるものだ。

そう思った後で、苦笑を滲ませる。ここで暮らすようになってから、まだ十日足らずだというのに、すっかり馴染んでいる我が身がなんとなくおかしかった。三婆のせいというべきか、お陰と感謝するべきか。

おとらは、徳丸の家を訪ねて来る者などいないと言っていたが、こんなふうにして、夜明け前や真夜中に来る者がいるのかもしれない。人目を憚る様子が気になったものの、それぞれ事情がある。隼之助は手早く顔を洗い、口をゆすいだ。

「ふう。将右衛門は、よく続くものだ。家族を養う身なればこそだな。おれはたった二日で、身体ががたがただというに」

呟きが地獄耳に届いたのかもしれない。

「おや、もうお目覚めかね」

おとらが家から顔を突き出した。嵐が来れば吹き飛ばされかねない安普請の裏店、ましてや、井戸に近い家に三婆のひとりがいるとなれば、気づかれずに出かけるのは至難の業といえる。

「〈切目屋〉から使いが来てな。急ぎ行くことになった」

「そいじゃ、朝飯は」

「いらない。馳走してくれるそうだ。ああ、そうだ、飯で思い出したわ。一昨日と昨日はすまなかったな。握り飯を作ってくれておいたので助かったぞ。汁も熱いとはいかぬまでも、温もりが残っていたゆえ、多少なりとも身体が温まった」

「あたりまえだべ。隼さんは帰って来たとたんに倒れこんで寝ちまったがよ。起きるかもしれねえと思って、おらはしばらくの間、竈の様子を見ていたのさ。起きねえんで、火を落としたがよ。そうかい、少しはあったけえのが飲めたかい。そりゃなによりだ」

入れ、と、家の中を示されたが、長話をする暇はない。

「おれはすぐに行かないと」

「わかってる。けど、そこで話すと迷惑だからな」

二度目の言葉には抗えなかった。

「手短にな」

隼之助は念を押すように言い、おとらの家に入る。土間に立ったまま、促した。

「それで？」

「まんず、せわしねえこった」

　おとらはよっこらしょと座敷にあがり、奥に引っ込んで、すぐ戻って来る。小さな水屋、飯櫃、布団を隠しているのであろう衝立と、隼之助の家よりは暮らしの匂いに満ちていた。衝立に目が行ったのは、布団がほしいという気持ちの表れかもしれない。

「布団か」

　視線を読んで、おとらが言った。

「うむ。寒くてな」

　大袈裟に身震いする。今朝は幾分、寒さがゆるんでいるものの、夜になれば寝るのが辛いほどの寒さが戻ってくるに違いない。荷担ぎで泥のように眠れたのは、むしろ幸いなことだったのかもしれなかった。

「紙で作った布団でよければ、安く手に入るぞ。綿の代わりにボロ切れを突っ込み、漉き直した浅草紙で仕立てた安物の布団だがよ。ごろ寝よりゃ、ましかもしれね」

「そんなものがあるのか」

「隼さんは、なんも知らねえんだな。だから、ついつい手出し口出しとなるわけさ。どうするんだ、要るのか、要らねえのか」

「頼む。金は戻って来てから払うゆえ、立て替えておいてくれ。それで？」

厚意はありがたいが、どこまで話が横道に逸れるか、わかったものではない。明るくなり始めた外に、いやでも目が向いた。

「これよ」

おとらは小さな紙切れを差し出した。訝しげに受け取ったものの、それを開いたとたん、思わず小さな声をあげる。

「あっ」

掏られた財布に入れておいた母の手跡による書き付けだった。十一歳まで使っていた壱太という幼名と、生まれた日が記されているだけの書き付け。二度と戻らぬと思っていたこれが、どうして、戻って来たのか。

「ありがたい。しかし、どうやって」

「色々と伝手がある」

にぃっと、おとらは笑った。

「お宇良に頼んだのじゃ。元は芸妓と言っているが、あいつは、元遊女での。吉原で年季明けまでご奉公した後、遣り手婆になって生計を立てていたのじゃ。その頃の繋がりでの。岡っ引きばかりでなく、裏の稼業に通じた者たちにも知り合いがおる」

「吉原の遊女だと!?」

「しっ、声が大きい」

「あ、い、いや、すまん。しかし、あのお宇良さんがな。吉原でご奉公していたとは」

　言われてみればと思えなくもないが、昔日の面影を今の姿に求めるのは、かなりむずかしいものがあった。遣り手婆はいかにもという感じだが、華やかな花魁姿はどうしても思い浮かべられない。

「色々な昔があるものだな」

「あいつが働かねえのは、遣り手婆のときに貯めこんだ金があるからさ。けど吝ん坊だから、なかなか金を出しゃしねえ。時々若い男を引っ張りこむこともあるからよ。隼さんも気をつけろ」

「その忠告、肝に銘じておく」

　真顔になったのが可笑しかったのか、おとらは、白い息を吐き出しながら笑った。

「またなにかあれば、力になるがよ。まあ、今回はそれが戻っただけで、よしとしてもらうしかねえわさ。金は諦めてもらうしかねえ」

「もとより、諦めておる。これが戻っただけで重畳よ。まさに『老馬の智』だな」

「婆の智恵かい」

「馬の字だが、まあ、似たような意味だ。年寄りは智恵の宝庫、大切にしなければならぬというような教えよ」

面倒なので詳しい説明を省いた。正しくは「道に迷ったとき、老馬の後について行くと道がわかった。また飲み水が切れたとき、蟻塚(ありづか)の下を掘ると水が出た。たとえ賢者であろうとも『其(そ)の知らざる所に至っては、老馬と蟻とを師とするを難(はば)からず』、まして聖人の智恵を学ばないのは愚の骨頂」というような意味である。

「その言葉遣い」

すかさず厳しい声が出る。

「気をつけねえと駄目だで。〈切目屋〉に公事師として出入りするんであればよ。侍だったときのことは忘れて、女将さんや番頭さんに可愛がってもらわねと」

「その言葉も肝に銘じておく」

答えながら、知らぬ間に長居していることに気づき、戸に手が伸びかけた。そこでまたおとらが呼び掛ける。

「あ、それから、育代(いくよ)さんのことだがよ」

「育代?」

はて、だれだったか。

「あんれまあ、もう忘れてしまったがね。お産をした育代さんじゃ。隼さんも赤飯と煮染めをもらったじゃねえか」

「ああ、思い出した。その育代さんがどうした。赤児の具合でも悪くなったのか」

「そうじゃなくて、そら、あのことよ。煮染めの里芋を食うたとき、隼さん、舌が痛いと言っていたじゃねえか、だから、喧嘩したんじゃねえかって。喧嘩した後、育代さんは、赤飯を炊き、煮染めを作ったんじゃねえかって」

おとらも引き止めてはならないと思い、焦(あせ)っているのかもしれない。その気持ちが逆に働き、話がくどくなっているように感じられた。落ち着かせるべく、隼之助は短く、はっきりと答える。

「確かにそう言った」

「おめえさんの言うとおりだったわ」

やけに神妙(しんみょう)な面持(おもも)ちになっていた。

「育代さんはよ、おらが赤児を取りあげたその夜に、亭主と喧嘩したんだと。大工の見習いなんだがな。悪い遊びを覚えちまったらしくて、近頃はまともに働きゃしねえんだとさ。これからはしっかり働いてくれないと、なんてことを言ったら、亭主と言い合いになっての。ぷりぷりしながら、それでも赤飯を炊き、煮染めを作ったんだとさ」

　ぐっと顔を突き出して、睨みつける。

「なしてだ、隼さんよ。なして、わかっただ」

「舌にぴりっときたのさ、痛みがな。以前にも何度か感じた痛みだったから、もしかしたらと思っただけよ」

「はあぁ、舌に痛みかい」

　背中を丸めて座った顔には、畏(おそ)れのようなものが浮かびあがっていた。感心しているのか、薄気味悪く感じているのか。隼之助は後者だと思ったが、

「そんなに舌が肥えているのならよ、蕎麦(そば)屋の立て直しに力を貸してやることはできねえだか」

　おとらは、意外な言葉を口にした。

「蕎麦屋の立て直しだと?」

「ああ、本所でおらの知り合いが蕎麦屋をやっているんだが、流行(はや)らなくてなあ。旦那は酒で憂(う)さを晴らすようになっちまって、どうにもなりゃしねえ。取り上げ婆をやったときの縁でよ。近くまで行ったときに寄ってみるんだが、こないだも女房に泣き

つかれてな。さて、どうしたものかと、ない智恵を振り絞っていたところよ」

「面白そうな話だが」

今はそれどころではない。隼之助は早口で暇を告げる。

「邪魔したな。では、行ってくる」

戸を半分、開けたところで、ふと思いつき、肩越しに後ろを見た。

「そういえば、昨日、おれの家にあの包みを届けに来た者のことだがな。すぐに寝ちまったもんで、おとらさんの話をよく憶えていないんだ。六十近い小柄な爺さんだったか」

「いや、三十前後、いやいや、お宇良は二十七、八と言っていたな。あいつは男の年を当てるのがうめえから、それぐらいだべ。それぐらいの年の、きりっとした、なかなかの男前だった」

「二十七、八の男」

はて、だれだろう。自分がいなくなった穴埋めに、下働きの男を新しく雇ったのだろうか。小さな疑問は湧いたが、考えている暇はない。ふたたび暇を告げて、今度こそ家を出る。靄は晴れて、眩い朝陽が昇り始めていたが、裏店は、相変わらず薄暗かった。

木戸を走り抜けて、隼之助は大通りに足を向ける。公事師としての初仕事となるかどうか。期待半分、不安半分で〈切目屋〉に急いだ。

二

「実は」

簡単な朝餉を終えた後、〈切目屋〉の女将、志保が口火を切る。

「一昨日からお泊まりになられているお方のことなんですよ。行徳からいらしたそうでしてね。宿帳に書かれた内容を信じるのであれば、お名前は祐吉さんで年は二十三、行徳では豆腐屋を営んでいるとか。一軒ではなく、豆腐料理の見世なんかもやっていると言っていましたよ。中店の若旦那といった風情でしょうか。そこそこ品はありましてね、宿代も前金で支払ってくれたんです」

「なるほど」

鷹揚に返事してすぐに、隼之助は言い直した。

「そうですか」

おとらの忠告が耳に残っている。加えて、女将の隣にいる番頭の与兵衛の仏頂面も気になっていた。この間はいなかったのだが、今日は目付役のように睨みをきかせている。礼儀を知らない若造が、というような目つきを意識せずにいられない。

「お話を伺う限りにおいては、不審な点はないように思いますが」

　慎重に言葉を選んで意見を発した。

「ええ、まあ、そうなんですけどね」

　志保はちらりと番頭を見やる。待ってましたとばかりに、与兵衛が身を乗り出した。

「女将さんは勘のいい人でな。どうも気になると仰しゃっているんだよ。本当は昨日、おまえさんに来てもらおうかと思ったんだが、昨日一日、様子を見ると仰しゃったんで」

　女将の杞憂が晴れなかったため、やはり、と使いを出したのだろう。与兵衛は頰骨が高く、えらの張った顔をした男で、気むずかしそうな印象を受ける。事実、そうなのかもしれない。

「それで、わたしはなにをすれば」

　隼之助が当惑気味に訊ねると、さも忌々しげに舌打ちした。

「調べろということですよ。おまえさんは、公事師として働くつもりなんだろう、だから、こうして呼んだんじゃないか。わかりきったことを訊くんじゃありませんよ」

棘のある言葉を浴びせかける。

「食う方の話ならまかせろと言ったらしいがね。食事師なんて、洒落にもなりませんよ。駄洒落で公事師ができるなら、だれも苦労しやしないんだ、ええ、わかるかい、おまえさんに、その大変さが」

苛々と膝を揺する与兵衛を、女将がしきりに手で窘めていた。目と目で交わし合う微妙な雰囲気、番頭はなにをこんなに苛立っているのか。

——この二人。

深読みせずにいられない。できているのではないか。それゆえ、女将の気を引いた若い男に、嫉妬の炎を燃やしている。気まずい空気を察したのか、

「ここは、わたしにまかせてくださいな」

志保が言った。

「ですが、女将さん。この男は初めてだという話じゃないですか。いきなり『外れ公事』を扱わせて、大丈夫なんですか」

外れ公事。

なにやら不穏な響きを含んだ言葉に、いやでも警戒心が湧いた。隼之助はちらりと志保に目を走らせる。大丈夫というように頷き返してから、志保は続けた。

「いいから番頭さんは帳場をお願いしますよ。祐吉さんは、まだ二階においでなんでしたね」

「はい。今のところ、出かける様子はありません」

「出かける素振りが見えたときには教えてくださいな。隼之助さんには、わたしから、よく話しておきますすよ」

「そうですか」

金壺眼で一瞥し、与兵衛は渋々といった感じで、重い腰をあげた。座っていたときは背が高く見えたが、立ちあがるとさほどでもない。すなわちそれは、極端に足が短いことを意味していた。

「すみませんでしたね、いやな思いをさせてしまって」

番頭が出て行くと、志保はすぐに戸を閉める。

「いえ」

よけいなことは、なるべく言わないようにした。色々訊きたいことがある隼之助にしてみると、いささか不満ではあるが、おとなしくしている分には悪く思われまい。

殊勝に頭を垂れる姿をどう思ったのか、

「うちでは、遠慮しなくてもいいんですよ。本当はご飯と味噌汁のお代わりをしたかったんじゃないんですか。若いんだから、お腹が空くでしょうに」

見当違いのことを口にする。不味くてとても食べられなかったのだとは、口が裂けても言えない。飯はもちろんだが、味噌汁の不味さときたら、飲みこむのに苦労するほどだったのである。遠慮してお代わりをしなかったのではなく、お代わりしたいと思わなかっただけのこと。が、ここで飯談義をするつもりはなかった。

「先程、番頭さんは『外れ公事』と言っていましたが」

気になった事柄を問いかけに変える。

「なんのことですか」

「そうそう、『外れ公事』」

女将はいったん言葉を切り、二階の様子を窺うように、天井に目を向けた。階段を降りて来る音や気配に、少しの間、耳をすましていたが、

「言葉どおりですよ」

そっと告げた。

「人の道に外れた公事、いえ、正しく言うのであれば、人の道に外れそうな公事のことですよ。どういうわけか、わたしは、そういうのがわかるんです。このあたりに」

こめかみを指して、続ける。

「きりきりと、差し込むような痛みが走りましてね。頭が痛くなって、ひどいときは寝込んでしまうんです。昨日、使いをやらなかったのは、そのためでしてね。今もずきずきと疼いちまって」

細い指で、両のこめかみを軽く押した。五感以外のなにか、隼之助も時折、覚える不思議な感覚をこの女将も持っているのかもしれない。目の下の隈は、よく眠れなかったことを示している。

「つまり……面倒な公事ということですか」

隼之助は躊躇いがちに訊いた。人の道を外れた公事となれば、刃傷沙汰も当然、覚悟しなければなるまい。面倒どころか、危険極まりない仕事のように思えた。公事と籤を掛けて、いかにも軽く言い表しているが、外れだの当たりだのという話ではないだろう。

「ま、ありていに言うと、そうなるかもしれませんけど」

ありていに言っているとは思えなかったが、反論するのはこらえた。気乗りしない様子を見て取ったのだろう、慌て気味に言い添える。

「いえね、今度のは、そんなに危ないことはないと思うんですよ。ほら、公事というのは、どっちにしても、面倒なことじゃありませんか、だれかを訴えるわけですからね。怒鳴りこまれたり、小さな諍いが起きたりなんていうのは、日常茶飯事なんですよ。そんなに心配しなくても、ね」

青白い顔が、ぱぁっと赤く染まっている。若い隼之助をこういう道に引きこむことに、少なからず心を痛めているのではないだろうか。

——案外、まともな女らしいな。

いたって冷静に、そんなことを思ったりした。天の邪鬼、臍曲がり、曲者、などなど、盟友たちには色々言われるが、どれも的を射ているとは言い難かった。万華鏡のように多彩な心を持っていると、自分では思っている。煌めく美しい絵が、明日には必ずや実現するはず。こんなところで立ち止まるわけにはいかない。

「日帰りできなくもない行徳の商人が、訴訟を請け合う宿に泊まりながら、なにも相談しないというのは確かに気になりますね」

天井を見あげて、呟いた。

「そうでしょう、そうなんですよ。今日で三日目ですからね。なにを考えているのやら、ですよ」

「わかりました」

隼之助は、思いきって、第一歩を踏み出した。

「それで、わたしは、なにをすれば宜しいですか」

「こういう段取りにいたしましょう。隼之助さんのことは、うちの奉公人というふうに話をします。そもそも公事については、祐吉さんはまだなにも言わないんですよ。江戸見物に来たような顔をしていますから、案内役として、隼之助さんを引き合わせようと思うんですが、いかがでしょ」

　十八番（おはこ）の口癖が出たので、隼之助は唇をほころばせる。

「案内役と言われましても、わたしは、江戸生まれの江戸育ちでありながら、江戸のことはあまり知らない田舎者。うまく務まりますかどうか」

　雪也（ゆきや）たちと月に一、二度、岡場所に行くぐらいは見のがしてもらっていたが、ほとんどはひたすら学問と剣術の稽古に明け暮れていた。時折、父に連れられて出かけることもあったが、寺や神社、醤油問屋や油問屋、薬種（やくしゅ）問屋や塩問屋といったお店（たな）ばかりである。気の利いた場所に案内できる自信はない。

「大丈夫ですよ、隼之助さんならできますよ」

「女将さん。二階から祐吉さんが降りて来ました」

　番頭の知らせで、隼之助は立ちあがる。

——外れ公事か。

そうならないことを祈るばかりだった。刃傷沙汰はご法度、女将の勘働きが外れてくれるのを密かに祈っている。

三

祐吉は、瘦せぎすで、色白の男だった。瘦せているのに皮膚はぽちゃぽちゃと柔らかく、背中はやや丸め気味。全体的に華奢な体型といえる。

――腎陽虚だな。

得意の体質診断をして、隼之助は、茶を啜った。二人は神田の柳原河岸近くの蕎麦屋に腰を落ち着けている。浅草の寺詣りにでも行かないかと誘ったが、祐吉は黙って首を振っただけ。とにかく口が重い。蕎麦を食べた後も、陰気にむっつりと黙りこんでいる。

「祐吉さんは、疲れやすいのではないですか」

仕方なく、隼之助は体質診断の結果を口にした。

「え？」

「足のだるさや腰の痛み、他にも、軽い目眩といった症状があるんじゃないかと思いまして」

「隼之助さんは……医術の心得があるのですか」

ようやくこちらの目を見て、言葉を発した。

「心得程度はあるかもしれません。父親がそういった関わりの職に就いていましてね、厳しく仕込まれています。まだまだだと、いつも怒られてばかりですよ。祐吉さんはどうですか。豆腐屋や料理屋を営んでいるそうですが、お店の仕事をもう任されているのですか」

木藤家の役目については口にできない。曖昧に言葉を濁したが、祐吉は、隼之助のことにはさして関心がないようだった。

「いいえ、まだすべてとはいきません」

首を振って、また俯いた。重苦しい沈黙が訪れる。若い男が二人で、蕎麦屋の一隅に陣取り、顔を突き合わせて黙りこんでいる図は、端から見ても、あまり楽しいものではあるまい。

――行徳か。塩の産地の他に、なにかあったか？

豆腐を作るには綺麗な水、そして、塩、つまり苦塩も必要だ。隼之助は父に連れられて、成田山新勝寺や造り酒屋、名水が湧く場所などにも足を運んでいる。

「行徳は下総だが、久留里の上総掘りは、その名を知られているな。祐吉さんの家も、井戸水を使っているのか。それとも湧水が近くにあるのか」

かなり無理をして、話題を提供した。親しみをこめて少し口調を変えている。俯いていた祐吉が、ふたたび目をあげた。

「下総や上総に、来たことがあるのですか」

「うむ。さまざまな場所に行ったが、とにかく水が旨い。中でも一番、旨かった水は、熊野の清水だな。言い伝えによれば、かの弘法大師が全国行脚の途中で訪れた折、法力によって水を湧き出させたとか。湧き水を利用して、湯治場も設けられていたが、ああいう水で作れば、豆腐もさぞ旨かろう」

「下総も水の旨さでは負けません」

祐吉は少しむきになっている。

「江戸には知られていないかもしれませんが、下総も、あちこちに湧き水があります。てまえどもの見世でも、それを引き、豆腐を作っております。ただ量がいささか足りないため、井戸水も使っておりますが」

「上総掘りか。竹ヒゴ、掘鉄管、スイコを組み合わせた鉄棒による突き掘りの井戸らしいな。下総、上総、安房は、地下水が豊富ゆえ、旨い水には困るまい。江戸の不味い水では、豆腐の味も変わる。一度、祐吉さんの見世に行ってみたいものだ。屋号を教えてもらえないか」

「〈森川屋〉です。隼之助さんが言うように、江戸の水は不味いですねえ。そのせいでしょうか。宿の飯も味噌汁も」

と、賄場の方を見て、声をひそめた。

「こちらの蕎麦も」

そこで言葉を切り、眉間に皺を寄せ、首を振る。不味くてたまらないという顔だった。

「おれもそう思っている。家では、義母が工夫してくれていたのか、幸いにも旨い飯や味噌汁を食うていたのだがな。裏店で食べる飯は不味いのなんのって」

蕎麦屋の主の空咳で、隼之助は言葉を止めた。どちらからともなく顔を見合わせ、互いに小さな笑いを浮かべる。

「ようやく笑ったな」

この機をのがしてはなるまいと、話を切り出した。

「なぜ、公事宿に来た。江戸見物ではあるまい。なにかを訴えるために、来たのではないのか」

いつの間にか権高な詰問口調になっていた。が、今はとにかく祐吉の口から、なんとかして本音を引き出したい。

「どうなんだ」

と、答えを促した。

「は、い」

祐吉は躊躇いながらも頷いた。まただんまりになるのはたまらない。隼之助は腰を浮かせ気味にして、早口で問いかける。

「行徳は天領だったな」

「そうです」

「悪代官と御用商人が結託して、領民を苦しめているのか。それを訴えんとした、わかりやすく言えば正義の御旗をあげた〈森川屋〉に、無理難題を吹っかけてきたか。若旦那が供も連れずにいる様子を、女将が気にかけていてな、案じているのだ。むろん、おれもだが」

「はい、わかっています。宿の人たちから見れば、さぞかし不審な客でしょう。暗い顔をして泊まっている様子を見れば、怪しむのは当然です。薄気味悪く思っているのは……」

「祐吉さん」

やんわりと遮る。だらだらと話を引き延ばしているように思えた。小さく吐息をつき、後ろ向きの解決策を口にする。

「もし、まだ決心がつかないのであれば、一度、家に帰ってはどうだ。親とも相談したうえで出直すというのは」

どうせなら他の宿の『外れ公事』になってほしい、本音を言えばそう思っている。もっとも他の公事宿にも、そういう公事師がいるのかどうかはわからない。いずれにしても、ろくに事情を話さないとあっては、やりようがなかった。

「女将が言ったかどうかは知らんが、おれはこの仕事が初めてでな。公事師ならぬ食う事を得意とする食事師のつもりだが、正直なところ、右も左もわからんのだ。厄介な訴えであれば、もっと古株の……」

「ここに二つの道があるとします」

不意に祐吉が言った。

「ひとつは、今までどおりの暮らしが続く道。もうひとつは、今までどおりの暮らしができなくなるうえ、危ない目に遭うかもしれない道です。もし、目の前に二つの道があったとしたら、隼之助さんは、どちらの道を選びますか」

「それは」

今までどおりの暮らしができる道に決まっている、と、思ったが、はたして、そうだろうか。よほどのこと、そう、悪事がらみのことが起き、それを見過ごせずに、祐吉が公事宿に来たのだとしたら……？

「大事らしいな」

さりげなく探りを入れた。

「命を懸けるつもりか」

覚悟を決めて来たのかと思ったが、祐吉は慌てたように首を振る。

「めっそうもない、そのような話ではありません。商いのことなのです。親の代から続けてきたのですが、見て見ぬふりができなくなりまして。ですが、これはわたしひとりの問題ではありません。逸りすぎるのは禁物だと、言われてみて、そう思いました。隼之助さんの忠告に従って、今一度、家に戻り、考えてみた方がいいかもしれませんね」

「それがいい」

隼之助は言い、立ちあがる。一文にもならないが、『外れ公事』なる怪しげな公事については、隼之助も今一度、考えてみたかった。

──そもそも、おれにできるのか。

見世を出て、祐吉と一緒に神田川に架かる和泉橋を渡る。左に曲がり、柳原土手に並ぶ古着の床店（とこみせ）を見るとはなしに眺めていた。時刻はそろそろ午（ひる）近くだろう。陽射（ひざ）しはあるが、かなり寒くなってきている。朝よりも気温がさがっているかもしれない。

「隼之助」

突然、囁（ささや）かれて、どきりとした。

「驚かせるな、雪也ではないか」

「おぬし、尾行（つ）けられているぞ」

「なに？」

「後ろを見てはならぬ。いいから、そのまま歩け」

「わかった」

「あの、なにか？」

振り返ろうとした祐吉を、押すようにして、柳原通りを進み、右に曲がる。道なりに真っ直（す）ぐ進めば、旅籠街に出る。尾行けられていたのは、自分ではなく、祐吉ではないのだろうか。

「祐吉さんは〈切目屋〉に戻っていてくれ」

旅籠街に出たところで、祐吉の背を軽く押した。

「あ、はい」

見世に入るのを見届けつつ、後ろに付いていた雪也を待っている。少し遅れて友が隣に来た。

四

「どんな男だ」

隼之助は訊いた。

「年は三十ぐらい、岡っ引き、あるいは同心の手下といったふうな目つきの鋭い男よ。少なくとも〈切目屋〉の奉公人ではない」

「尾行けていたのは、おれではあるまい。一緒にいた男、行徳で豆腐屋をやっている祐吉と言うんだが、おそらくは……」

「いや、おそらくは、おぬしだ」

雪也は覆い被せるように言った。

「気づかなんだようだが、昨日も尾行けられていたらしい。将右衛門が知らせて来たのだ。荷担ぎの仕事の折、行き帰りにそういう気配があったと。あいつは今日も荷担ぎの仕事があるゆえ、用心のためにと言われてな。どうせ暇ゆえ、ま、ぶらぶら歩きがてら来た次第よ」

「おれを尾行けていた」

　にわかには信じられない。尾行ける理由はなんなのか、やはり、祐吉を尾行していたのではないのだろうか。

「尾行けているやつは、勘違い、いや、人違いしているのであろうさ。おれに似ている男なのかもしれん」

「そうであるならばよいが」

「あ、いたいた」

　番頭の与兵衛が、見世の方から走って来た。

「なにをしているんだい、そんなところで、油を売っているんじゃありませんよ。見世では騒ぎになっていますよ。早く、ほら、早く」

　首根っこを摑まれるようにして、引っ張られる。雪也に片手をあげて別れを告げ、番頭に従った。見世の土間に、祐吉と若い男が立っている。

「若旦那、お迎えにあがりました。なにがなんでも連れ戻して来いと、女将さんから言われています。追い返そうとしても駄目ですよ。若旦那と一緒じゃなければ、わたしは帰りませんから」

「わたしは戻らないよ」

先刻の言葉はどこへやら、祐吉は、ふたたび『外れ公事』に逆戻りしかけていた。意地になっているのかもしれない。なんとかしてくださいな、という女将の視線を受けて、隼之助は割って入る。

「二階の座敷に参りましょう」

「申し訳ないのですが、忠七（ちゅうしち）と二人で、あ、ご紹介が遅れました。これは〈森川屋〉の手代（てだい）で、忠七と申します」

「どうも。若旦那がお世話になっております」

「しばらくだれも来ないでください。忠七と二人で話をしたいと思います」

強い口調で言われれば、隼之助もそれ以上は強く言えない。

「わかりました」

そう答えたとたん、だれかに尻を蹴（け）りあげられた。振り向くと、番頭がわざとらしくそっぽを向いている。やりとりが気に入らなかったのだろうが、それにしても、と、あらためて驚いていた。

――腰に刀があるとないとでは、こうも違うものか。

いくら与兵衛が意地悪くても、二本差しの尻を蹴りあげたりはすまい。さらにその蹴り方の素早さに、番頭の今までの行いが表れている。新参者の奉公人や公事師に対しては、行儀を覚えさせるということを言い訳にして、虐めまがいの行為に及んでいるのだろう。

「隼之助さん」

志保に呼ばれて玄関をあがろうとしたときにも、気配を感じて、隼之助はさりげなく避けた。尻に放たれようとした足蹴りが、空振りしたのが空気の動きでわかる。

「ちっ」

与兵衛の舌打ちに、「阿呆めが、二度も同じ手を食うか」と、腹の中で悪態をついた。志保は手招きして、一階の廊下の奥に案内する。納戸のような戸を開けて中に入った。闇に沈んだ小部屋には、二階にあがるための梯子が架けられている。

「ここは？」

「しっ、声を出してはいけませんよ」

志保は人さし指を唇にあて、梯子をあがり始めた。ちらちらと時折、覗く白い臑が、暗がりの中では、やけに艶めかしく見える。隼之助も仕方なく後ろに続いた。あがりきったところにも、人が二人ほど屈みこめる空間が設けられている。

〝ここから部屋を覗けるんですよ、声も聞こえます〟

身振り手振りで、志保が示した小さな穴を覗きこむ。ついさっき下で別れたばかりの祐吉と忠七が、座敷の真ん中あたりに座りこんでいた。

――覗き部屋か。

おかしな雰囲気の者、〈切目屋〉曰く『外れ公事』の者の言動を、密かに観察するために造られた部屋に違いない。こんな小部屋があること自体、意外だったが、今はくだんの二人に気持ちを向けた。

「若旦那」

忠七がまず口火を切る。

「千登勢さんのことは、諦めてください。去年の十月に祝言をあげ、いまや他人様の女房。妾にされたわけじゃなし、大店の若女将の座に落ち着いているじゃありませんか。ここで下手に騒ぎを起こすと、〈森川屋〉の身代も危うくなりかねません」

諭すような言葉を聞き、隼之助は気が抜けた。

――女子がらみか。

おそらくは許嫁かなにかだった千登勢という女子を、大店の旦那に盗られてしまい、祐吉は頭に血がのぼっているのだ。意気込んで来たものの、千登勢という女の事柄に関しては、公事ではないことを本人もわかっている。

「おまえはそう言うけどね、千登勢のことだけじゃないだろ」

焦れったそうに、祐吉は膝の上で両手を握りしめていた。相手が見世の手代とあって、隼之助と話していたときとは違い、主従の口調になっている。

「〈山科屋〉がなにをしているか、おまえだって……」

「声が大きいですよ」

忠七は早口で制した。立ちあがって障子を開け、廊下にだれもいないのを確かめた後、祐吉の前に戻る。ずいぶん警戒していた。

「持ちつ持たれつじゃありませんか。〈森川屋〉も儲けさせてもらっています。先程も言いましたが、下手に騒げば、厄介なことになりますよ。女将さんは若旦那を案じるあまり、寝込んでしまいました。連れ帰らないことには、わたしの首も飛びます」

「わかっている、わかっているんだよ、でも……許せないことをしているじゃないか。千登勢のことはともかくも、商いのやり方が許せないんだよ。このまま黙っていろと、ずっと続けろと、おとっつぁんとおっかさんは」

語尾がだんだん小さくなる。それは祐吉の迷いをそのまま示していた。〈山科屋〉

は、自称江戸の田舎侍の隼之助も屋号を知っているほどの大店だ。一石橋近くで、塩問屋を営み、大名家の御用商人も務めている。あるいは行徳にも塩田を持っているのかもしれない。

――苦塩の仕入れなどで、繋がりがあるのだろうな。

隼之助は小さな穴に全神経を向けていたが、隣にいる志保の様子がどうもおかしかった。ぴたりと身体を寄せ、胸を押しつけてくる。わたしの身体はいかがでしょ、とばかりに迫っているようだが、戸惑うばかりだった。

――なるほど、番頭の忌々しげな尻蹴りは。

と妙に得心してもいる。覗き部屋での甘いひとときを、かつては与兵衛も味わったのかもしれない。誘いこむのがわかっていたからこそ、腹立ちまぎれのひと蹴りが出た。隼之助は二十一の若さ、毎日でも女を抱きたいという欲望がある。とはいえ、盛りのついた犬のように、誘われればすぐに乗るのも憚られた。

「帰りましょう」

忠七の大声で、穴から見えるやりとりに、かろうじて心を戻した。

「旦那様から特別にお許しをいただいて参りました。吉原にでも行って、垢抜けた江戸の女を味わわせてやれと言われております。今宵一夜、天女に相手をしてもらい、明日、戻ることにいたしましょう」

吉原、天女に相手。それらの言葉と花魁の姿が、頭の中でぐるぐるまわった。

――おれも連れて行ってほしい。

いかがでしょ、の女将よりも、吉原の方がいいに決まっている。ぐずぐずと答えを躊躇(ためら)っている祐吉を怒鳴りつけてやりたいほどだった。

〝下に行きます〟

隼之助は身振りで示し、とり餅のように離れない志保を押しのけて、梯子を下り始める。町人に姿を変えての奉公は、驚くこと続きだった。

五

帰りましょう、いや、帰らないという主従の間に入って、なんとか二人を見送ったのは、翌日の夕方のことである。

「『いかがでしょ』の女将か」

さも可笑(おか)しそうに、雪也が含み笑っている。将右衛門も加わり、三人で米沢町(よねざわ)の居酒屋に腰を落ち着けていた。両国広小路と薬研堀(やげんぼり)に挟まれた形の町屋である。陽が落ちると賑わいも消え、ぼそぼそと呟くようなざわめきが、薄暗い見世の中に満ちていた。

「おまけに番頭は尻を蹴る名人ときてる。誘う女将に、尻蹴り番頭だ。町人の家というのは、武家よりもおおらかなのであろうか。あの様子では、新しい奉公人、むろん、若い男だろうがな。誰彼構わず誘っているように思えたが」

杯で雪也の酒を受け、一気に飲み干した。無料働きだとばかり思っていたのだが、『外れ公事』を無事、見送った場合にも、幾ばくかの銭が貰えるらしい。飲み代にはとうてい足りないが、まずは初仕事の成功を祝して、雪也のつけが利く見世に来ている。

「堅いことを言うでない、遠慮なく頂戴すればよかったではないか」

将右衛門の言葉に、隼之助は目を剥いた。

「覗き部屋でか」

「いや、まあ、昼日中からというのはまずいかもしれぬがの。〈切目屋〉は旅籠ではないか。夜にそっと訪れて来いという、誘いであるに違いない。お店の用心棒稼業でも、下働きの女中から誘われることがあってな。そういう場合、わしはありがたく戴くことにしておる」

と、将右衛門は両手を合わせて、拝む真似をした。友の意外な告白に、今度は目を丸くする。

「おぬしには、可愛い恋女房がいるではないか」

「甘いぞ、隼之助。女房殿がいつもいつも、素直に応じてくれるとは限らぬ。ちらりと冷たい目を向けてだな」

大男は襟を抜き、女言葉で続けた。

「『おまえさま、またやや子ができますぞ。宜しいのですか』と言われては、わしの倅も萎えるわ。確かにやや子が増えるのは困る、さりとて、岡場所に繰り出すだけの金もない。となれば、誘いを断る手はなかろうさ」

ちらりと、将右衛門は、雪也に目を投げる。

「雪也は隼之助が言うとおり、節操なしの女喰らいゆえ、われらのような悩みはなかろうがな」

「おっと、こちらに、お鉢がまわってきたか。言うたではないか、男妾も楽ではないのだ。昨日、今日と旦那が来るゆえ、隼之助の家に居候よ」

「紙の布団の取り合いだ」

隼之助は笑いながら言った。

「おとらさんが手に入れてくれたのだが、ごろ寝よりはずっと温かい。しかし、男二人で身体を寄せ合い、紙の布団にくるまるのも風情のないことよ。それを思えば、将右衛門。おまえの悩みは贅沢だ」

「いやいや、手を伸ばせば届くところにいる女房に、お預けをくらわされる辛さといったら……もう地獄じゃ。やや子はいらぬが、あの楽しみだけを得る法は、ああ、ないものかのう」

最後の方は見得を切るような言いまわしになっていた。ひとしきり笑い合った後、

「ところで」

隼之助は話を変える。

「おれの後を尾行けていたという男のことだが、本当におれを尾行けていたのであろうか。どうしても、信じられぬのだ。尾行けていた相手は、あの若旦那だったのではあるまいか、とな、そう思えてならぬ」

話しているうちに、いつの間にか、侍言葉になっている。町人なのか侍なのか、曖昧な自分の立場が、そのまま言葉に表れているように思えた。驚いたり、腹を立てたりと、裏店に住んで以来、退屈することがないのが、せめてもの救いと考えるべきかもしれない。

「今日はどうだった。おかしな男がうろついていたか」

雪也に問いかけを投げた。

「いや、見当たらなんだわ。わたしも若旦那のことが気になったのでな。少しの間、後を尾行けてみたのだが、これといった気配は感じられなんだ」

「目当てはおぬしのように思えてならぬがの。どうやら隼之助の技は、爺婆たらしだけではない様子。年増たらしのけもありそうゆえ、思わぬところで恨みを買うておるのやもしれぬぞ」

将右衛門の言葉に、一瞬、考えこんだが、町人として暮らすようになってからまだ日が浅い。

「恨みを買うほど長く暮らしておらぬ」

反論にすぐさま雪也が声をあげた。

「やはり、木藤家の御役目がらみではあるまいか。前にも言うたと思うが、急に町人として暮らせと追い出した裏には、なにかが隠れているように思えてならぬ。早くもそれを嗅ぎつけた輩が、おまえの身辺を探り始めた、と、おお、我ながら良い読みじゃ。そうは思わぬか」

腰を浮かせて、隼之助と将右衛門を見やる。

「御役目か」

複雑な気持ちが湧いた。木藤家は、御膳奉行の物頭——一代限りの頭役で、二百俵高だが、役料として別に三百俵を賜っている。御膳奉行は若年寄支配で、三人から五人、任命されるのが常だが、前将軍、十一代将軍家斉公の折、木藤家、地坂家、水嶋家、火野家、金井家の五家が、膳之五家として新しく設けられていた。通常、御膳奉行の役料は二百俵なのだが、木藤家だけは特別に三百俵、賜っている。他の四家との差、百俵の差に隠されている秘密……そのことが、ちらちらと頭をよぎっていた。

「どうしたのじゃ」

将右衛門に顔を覗きこまれて、首を振る。

「いや、なんでもない」

百俵の差に隠された秘密については、たとえ親友であろうとも他言無用と、父からきつく申し渡されている。もとより御膳奉行という御役目は、将軍の食に関わる重要な御役目。あまり口にしてはならないことを、隼之助は肌で感じていた。御役目の話が出て思い出したのかもしれない。

「そういえば、西の丸の修復はどうなっているのであろうな。わしも人夫として、はじめの頃はよく駆り出されたのだが、近頃はとんとお声がかからぬ。そろそろ完成ということであろうか」

将右衛門が言った。昨年の四月、十二代家慶（いえよし）公に将軍の座を明け渡して、ようやく大御所（おおごしょ）となった家斉公の住む西の丸が、今年の三月十日、台所から火を出して、ほとんど全焼という状態になったのである。書院番所を残すだけで、西の丸を丸焼けにした大火は、本丸にも飛び火しそうになったばかりか、江戸の町まであわやの事態に陥り、大変な騒ぎになったのだった。

「まだ完成とはいかぬようだ。されど、あとは公儀大棟梁の仕事ゆえ、人夫は要（い）らぬのであろう」

あたりさわりのない隼之助の答えに、雪也が問いかけを返した。

「あの噂は、まことであろうか」

火付けなのではないかという噂話の真偽を知りたがっている。が、これまためったなことは口にできない。

「火が出たのは、台所だ。不審火とは思えぬ。おおかた竈の火がくすぶっていたのではあるまいか。三月は空気が乾いているうえに、風が強くなる時期だ。燃えあがりやすい」

答えながら、疑問が浮かんでいる。大火の後、幾度となく浮かんだものの、敢（あ）えて考えないようにしてきた疑問。

——なぜ、御膳奉行の物頭である父に、なんのお咎めもなかったのか。

台所頭、賄頭はもちろんのこと、木藤家以外の膳之五家も、お叱りを受けていた。にもかかわらず、木藤家だけはそれを免れている。百俵に隠された秘密に関わりがあるのだろうか。あるいは『鬼の舌』と囁かれる事柄に……。

「いっとき西の丸のご普請景気で沸いたが、師走になると、あの騒ぎも夢のようじゃ。景気が悪いのう。昨年は、そら、あれよ。大塩平八郎の乱が起きたではないか。だれの胸にも不満がたまるばかりじゃ。年の瀬にまたなにか起こらねばよいがな。なんにしても耳にするのは、いやな話ばかりよ」

将右衛門の呟きに、雪也が続く。

「景気が悪いからであろうか。『お万が飴』という奇妙な飴売りの姿をよく見かけるようになった。四谷の鮫ヶ橋から来る三十ばかりの男でな。黒塗りの笠を被り、黒い差物に桃色の前だれ、赤い鼻緒の草履を履き、紅までつけているという、異様な風体の飴売りよ」

「お、わしも見たぞ。小さな籠を担いで歌い、踊っておったわ。どうも世が乱れると、おかしなものが流行るようじゃ」

と話を終える頃には、見世の主の目が冷ややかになっている。つけで長居をされるのは迷惑と、視線で露骨に告げられては、腰をあげざるをえない。

「さて、帰るとするか」

　隼之助の声で、二人も立ちあがる。

「あとは家で寝るだけよ」

「わしは寝るのもままならぬ。子供の夜泣きがひどうてな。近頃は女房がかりかりしておるわ」

　戸を開けたとたん、凍りつくような北風の洗礼を受けた。多少なりとも酒で温まった身体が、一気に冷えかける。

「うう、寒いのう。これから深川の裏店まで帰るのは難儀じゃわい」

　将右衛門も泊まりたそうな顔をしたが、

「紙の布団よりも女房殿だろう、布団があるだけましではないか。それに帰らなければ、女房殿が、さらにかりかりするのは間違いない。さっさと行け」

　隼之助は別れを告げる。雪也と二人、背中を丸め、つい急ぎ足になっていた。師走の冷たい風は、身体だけでなく、心にも容赦なく吹きつける。懐の寂しい身なれば、新しい年のことなど考えたくもない。そう思いながらも、隼之助は口にしていた。

「正月はどうするのだ。家に戻るのか」

裏店でひとり、侘しい正月を迎えなければならないのだろうか。初めての正月をどうすればいいのかと、思いあぐねている。

「戻ったところで、さして歓迎されぬが、ひさしぶりに妹の顔は見たいからな。晦日に戻り、正月三が日はいるつもりだ」

雪也も口が重くなっていた。貧乏旗本の三男坊は、上の兄たちに疎まれている。だが、妹とは相性がいいのか、宮地芝居や寺詣りなどに、よく連れ立って出かけていた。将右衛門ではないが、右を向いても左を見ても、聞こえてくるのはいやな話ばかりである。

「転がりこむ先ができただけ、ありがたいと思うておる」

いつになく雪也は神妙な顔になっていた。

「金を持たせると、岡場所にしけこむのがわかっているんだろう、おきちもそうそう恵んではくれぬ。そういうときのために、金を貯めろと言われるが」

ふん、と、鼻を鳴らして、続ける。

「やっていられぬわ。入ったら使う、ないときはないときよ。とまあ、粋がってきたが、冬の寒さはこたえるゆえ、おぬしが裏店に家を構えてくれたのはありがたい」

大きく身震いして、いっそう足を速めた。酒が抜けないうちに、眠りにつきたかったが、すでにほとんど醒めている。厳しい現実のことが頭に浮かんだ。

「なにか商いでもできぬだろうか」

歩きながら、ぼそっと口にする。

「飯屋でもなんでもいい、三人で商いをやれば、多少なりとも今よりはましな暮らしができるのではあるまいか。そういえば、おとらさんが『蕎麦屋の立て直しに力を貸してくれないか』と言うていたな。一度、よく話を聞いてみるか」

「商いよりも、道場であろう。剣術指南であれば、わたしも将右衛門もいささか自信がある。隼之助とて、そこそこ使えるではないか」

「おれは剣術で身をたてようとは思わぬ」

「しかし、受けて、受けて、相手に隙ができた一瞬を狙って打つおぬしの技は、切れ味が鋭い。前にも言うたと思うが、素早さと身軽さが隼之助の取り柄よ。ふむ、そうだな。考えてもみなかったが、力を合わせればなんとかなるかもしれぬ」

「繰り返すが、おれは道場はいやだ。景気の悪いときに、だれが剣術指南などを頼みに来るか。日銭の入る食い物屋が一番よ。食いっぱぐれがない」

「それはそうかもしれぬが、近頃はなにかと物騒だ。町人も剣術を習いたいと思っている者が少なくない。今一度、考えてみよう」

雪也の声には、隠しきれない興奮が表れている。思いつきで口にした言葉が、思わぬ喜びを運んできた。

希望である。

金が入っても目指すものがないから使ってしまうのだ。それならば、なにか目的を作ればいい。ひとりではむずかしくても、三人ならば「あるいは」という夢がふくらむ。思いもかけぬ流れになり、夢中で意見を交わし合っているうちに、〈達磨店〉の木戸に着いていた。

六

「言いたくないが、寒い。この木戸を見たとたん、酔いが一気に醒めた」

震えながら、木戸を通り抜けた隼之助に、おとらが駆け寄って来る。

「待っていたんだよ、隼さん。ずいぶんと遅いじゃねえか。今までなにしてただ」

「いや、ちょいと祝い酒を」

「ろくに金もねえのに、祝い酒かい。まんず、いい身分だごと」

「どうしたんだ。いつにも増して、機嫌が悪いな。なにかあったのか」

「徳丸爺さんよ」

おとらは裏店の奥を顎で指した。隼之助の家の前に、幾つか人影が見える。夕餉の時刻はとうに過ぎ、明かりを落とした家が多いため、やっと人影を判別できる程度だった。おとらが小さな声で告げる。

「うーん、うーんと、苦しげな声が聞こえているんだわ、昼間からな。声を掛けても、大丈夫だと言うだけでよ。動けねえらしくて」

「医者を呼べ」

「冷てえこと言うでねえ。呼べるだけの金がありゃ、黙って呼ぶがね。できねえから、隼さんを待っていたんじゃねえか」

「だが、おれは医者じゃない。病人を診たことなんかないぞ」

「だれでも初めてのときがあるものさ」

強く手を握りしめ、おとらは懇願する。

「な、困ったときゃお互い様だべ。明日の朝の米と、おつけの具は、おらが持つからよ。助けてやれ、な?」

米と味噌汁の具に引かれたわけではないが、このまま無視して、眠ることはできそうもない。

「自信はないが」

　隼之助は斜め向かいの家の戸を叩いた。

「徳丸さん、向かいの隼之助だ。開けるぞ」

　答えはなかったが、かまわず戸を開け、土間に入る。呻き声まじりの答えが響いた。

「だ、大丈夫だ、なんでもねえ」

　部屋の中は真っ暗で、なにも見えない。

「雪也、行灯を借りてきてくれ」

「わかった」

「おとらさんは、湯を沸かしてくれないか」

「はいよ。行灯もおらの家にある」

「かたじけない」

　路地の奥に走る友を見やって、隼之助は徳丸の家にあがる。薄汚れた布団の上で、呻き声が続いていた。隼之助の家同様、行灯や飯櫃、衝立といった暮らしの匂いがするものは見当たらない。あるのは煎餅布団だけだった。

「腹か」

屈みこんで、訊いた。

「ああ、だいぶ前からだ」

しわがれた声の答えから、幾つかの事柄を読み取っている。昨日や今日、始まった痛みではない、つまり、食あたりのような簡単な病ではなかった。そして、徳丸は自分の具合の悪さを自覚している。

「行灯を持って来たぞ」

雪也が来て、行灯に火を入れた。暗闇に慣れた目には、やけに眩しく感じられる。吐息をつくようにして、徳丸が呟いた。

「ほっとするな」

おそらくは本音だったろう。脂汗の浮かんだ顔は、土気色で、素人目にも容態の悪さが見て取れた。隼之助は遠慮がちに問いかける。

「腹にふれてもいいか」

徳丸は答える代わりに、小さく頷いた。雪也が助手となり、掻巻をそっとどける。薬草を煎じたことぐらいはあるが、人を診るのは本当に初めて。このところ初めて尽くしだが、さして嬉しくもない。

——胃ノ腑の下あたりに、かなり大きなしこりがある。

子供や若者であれば、まず寸白（寄生虫）を疑うが、軽く押しても塊が動く気配はない。膈の病のように思えた。隼之助は徳丸に初めて会ったとき、筋肉質ながっちりした身体だと思ったが、それはあくまでも着物の上から見た印象。かつては力仕事に従事していたであろう肉体は、腕や足の肉が垂れさがり、今の暮らしぶりを物語っていた。鍛え抜いた筋肉だったからこそ、怠惰な暮らしになったときの衰え方が激しく出る。

「酒を飲みゃ治まる」

徳丸は引き攣るような笑みを押しあげた。ちらりと、隼之助は部屋の片隅に置かれた大徳利に目を走らせる。酒で痛みをごまかして、しのいできたに違いない。

「飲めればの話だろう」

「まあな」

「痛みをやわらげる薬草が、あるにはあるが」

「金がねえ」

「知り合いはいないのか」

「そんな面倒なもんはいねえよ」

「あの男は知り合いではないのか。そら、三、四日前の朝、ここに来ただろう、三十見られたことをまずいとでも思ったのか、ぐらいの」

「あれは」

　ひと声、発して、徳丸は口をつぐんだ。見られたことをまずいとでも思ったのか、ふっと視線を逸らした。

「あと……どれぐらいもつ？」

　あまりにも率直な問いかけに、どきりとする。

「わからん」

　正直に答えた。

「おとらさんにも言ったが、おれは医者ではない。薬草や人の身体については、いささか心得はあるがな、病人を診るのは初めてだ。明日か、一年後か。人の寿命のことなど、どんな名医でもわからんさ」

「十日でいいんだ、いや、五日でも」

　ぐっと徳丸は掻巻を握りしめた。五日でなにができるというのか。苦痛をこらえるだけで精一杯の老人に、どんな明日があるというのか。道すがら雪也と語り合った明日の喜びがよぎり、熱いものがこみあげてくる。

「本当に知り合いはいないのか」

確かめるように訊いた。

「逢いたい者がいれば、知らせてやるぞ。ここに連れて来てやるから」

「いねえよ」

ついとそっぽを向き、それ以上の問いかけを拒絶する。沸かした湯を桶に入れて、おとらが運んで来た。顔や身体を拭いてやることぐらいしかできない。

「おらがやるで」

「頼む」

おとらにその場はまかせて、雪也と二人、家に戻った。希望にあふれていた先刻までとは打って変わり、死という重い現実と向かい合っている。せめて、痛みをやわらげてやることはできないだろうか。

「家に行けば、薬草はあるのだが」

あの父が、裏店の住人に貴重な薬草を分けてくれるとは思えない。口に出した分、よけい虚しくなった。

「子はおらぬのか」

雪也に訊かれて、首をひねる。

「さあて、そこまでの付き合いではないからな」

「なんとなくだが、話しぶりというか、様子を見ると、子がいるように思えなくもない。大屋にでも訊いて……」

「隼之助、わしじゃ。おるか」

戸口で響いた呼び掛けに、飛びあがらんばかりに驚いた。まさか、あの声は、いや、こんなところに来るはずがない。思わず雪也と顔を見合わせている。

「邪魔するぞ」

勢いよく戸を開けたのは、たった今、頭に思い浮かべた我が父——木藤多聞であった。隼之助は慌てふためき、雪也ともども畏まる。

「こ、これは、父上」

すり切れた畳に平伏したが、次の言葉が続かない。顔をあげようとしないことに焦れて、雪也が突いた。はっとして腰を浮かせる。

「このようなむさくるしい場所に、おいでなされるとは思いませなんだ。茶の支度を、と、申し訳ありませぬ。土瓶も茶葉もまだ買えず仕舞い。火も落としてしまいましたゆえ、馳走できるのは水ぐらいしかありませぬ」

「馬鹿正直になにを言うておる。わしはすぐに帰るゆえ、気遣いは無用。隣におるのは、おお、殿岡の三男坊か」

多聞は言い、土間の上がり框に腰かけた。小柄ながらも引き締まった頑強な身体つきと、彫りの深い顔立ちの持ち主だ。隼之助の母、離縁した妻、後妻に迎えた花江と、少なくとも三人の女と関わりがあった男は、なぜか愉しげな表情をしている。供をして来たのだろう、戸口には下男の伝八が控えていた。

「は。無沙汰をいたしております」

生真面目に答える雪也も、緊張で頬が強張っていた。多聞が姿を見せたとたん、家の空気が一変している。実家にいたときのような、窮屈で、どこか居心地の悪い思いが甦っていた。落ち着かない気分になってくる。

「町人暮らしはどうじゃ。少しは慣れたか」

多聞の方はと言えば、やけに寛いでいるように見えた。はて、父はこんな雰囲気だったろうかと、心の中で首をひねりつつ答える。

「慣れるというよりも、慣らされているという感じでござる。公事宿の手伝いを頼まれたのでござるが、番頭に尻を蹴られながら、こき使われており申す」

「ほう、尻を蹴られるか」

父の笑いにつられたように、伝八も含み笑いを洩らした。笑い話にすることによって、隼之助は今のこの境遇を受け入れようとしている。その気持ちが伝わったように思えて、我知らず笑みがこぼれた。

「町人暮らしも、なかなかおつなものでございまする」

虚勢が口をついて出る。どんなに辛くても、この父の前では弱音は吐けない。隼之助にも男の意地がある。

「さようか。思いのほか達者な暮らしぶりに安堵したわ。正月のことだがな。一月六日の『膳合』に、わしの供をせい」

「えっ」

思わず息を呑む。聞き間違えたのだろうと思ったが、多聞はじっと見つめていた。

「わかったな」

わかったか、ではなく、命令口調なのはいつものこと。少し雰囲気が変わったように感じたのは、勘違いだったのかもしれない。

一度でいい、いやだと突っぱねられたら……そんな勇気も気持ちも毛頭なく、深々と頭を垂れる。

「お供つかまつります」

「それだけじゃ」

立ちあがりかけた多聞に、「ですが」と問いかけた。

「なぜ、弥一郎殿をお連れにならぬのですか。木藤家の跡継ぎは、弥一郎殿。わたしでは、なにかとさわりがあるのでは」

「晦日には、戻って来い。教えねばならぬことがあるゆえ」

問いかけには答えず、出て行こうとする。

「お待ちください、父上」

隼之助は大きな声をあげていた。

「申し訳ありませぬが、薬草を少し戴けませぬか。独活と川柳がほしいのです。向かいの年寄りが、どうやら膈の病のようで」

町人暮らしをさせておきながら、晦日には家に戻れと言うその身勝手さに、内心、腹を立てていた。命令には従う代わりに薬草ぐらいはという気持ちが働いている。表情に出ているだろうが、読まれてもかまわないと思っていた。

「痛み止めか」

多聞は戸を開け、明かりが点いている向かいの家を見た。この父に隼之助は、陰陽五行のことや医術、食べ物、天文学にいたるまで、さまざまな事柄の指南を受けている。膈の病と言うだけで、よけいな説明は必要ない。

「明日にでも、伝八に届けさせる」

「は。ありがとう存じます」

父が出て行く。すぐに足音が遠離る。懐に入れたままの短刀を、隼之助は握りしめていた。雪也がいたので、これのことを訊きそびれてしまったが……物言いたげな気配を察したであろう父は、一度も振り返ることなく家を後にしている。いつものことだった。多聞は前だけを見て、黙々と歩き続けるのだ。

「ふう」

雪也が大きな吐息をついた。

「いつもながら、木藤様は独特の威圧感がおありになるな。急に肩が凝ったようじゃ」

首をまわしながら続ける。

「されど、ずいぶんと丸くなられたようにも感じた。おまえを見る目に、優しさのようなものが浮かんでいたな。お年のせいであろうか。父上はお変わりになられぬ。初めて会うたときのままよ」

「それは、おまえの目の迷いだろう」

後ろを振り向かない多聞、追いかける隼之助。追いかけても、追いかけても、二人の距離は縮まらない。

「御城へのお供か」

晴れ時々侍。

ふたたび自分の立場を揶揄(やゆ)して、惨(みじ)めさを少しでも遠くに追いやろうとする。供の役目など厄介なだけ、気の重いことだと、あらためて思っていた。

第三章　膳合

一

木藤家の御役目、御膳奉行は、古くは鬼取役と呼ばれており、当初は三河以来譜代の者にこの御役目を宛てたと言われている。若年寄支配で、二百俵高、役料二百俵。

その主な役割は、なにかと言えば……。

毒味役である。

将軍が食する前に味見をして、毒を盛られることを未然に防ぐ。暗殺を怖れるがゆえの役職で、賄頭とはまったく別の役目だが、御膳奉行の頭に鬼取役――鬼役の名をあらためて与えたのは、大御所、家斉だった。

「家斉公は、膳之五家を定められて、その中から一代限りの物頭、鬼役をお選びになられた。幸いにも一代目としては木藤多聞、わしの父上だが、父上がその御役目を賜り、続いて、二代目のわしが、多聞の名と同時に鬼役を引き継いだ」

多聞は告げた。毒味役の頭として、大御所となった家斉はむろんのこと、十二代将軍家慶に対しても目通りと直答を許されている。さらに老中や若年寄、大目付や目付といった幕府の重臣たちにも、直言できる特権を与えられていた。

役料として、木藤家には三百俵、他の四家には二百俵。

百俵の差に含まれる恩恵は、決して少なくない。盆暮れの付け届けや賄賂といった金銭面ばかりでなく、幕府内でも一目を置かれる存在となれば、五家の間に水面下の熾烈な争いが生まれるのも道理。

「毎年、執り行われる『膳合』は、言うなれば膳之五家の戦のようなものよ」

と、多聞は皮肉っぽく唇をゆがめた。一年に一度、家斉公が決めた日に、『膳合』は催される。塩や酒や味噌の産地を当てたり、煎じた薬草の名を当てたりといった舌による戦といえるだろう。五家からそれぞれ一名を選出し、『膳合』の場に赴かせるのが定め。多聞は耳を疑うようなことを口にした。

「此度は、わしの名代として、そなたに『膳合』への出場を命じる」

「…………」

絶句する隼之助（はやのすけ）を、多聞は静かに見つめていた。

「そなたも存じよろうが、年によって『膳合』のお題は違（ちご）うておる。ある年のお題は塩、皿に置かれたほんのわずかな塩の味を読み、産地を当てるという趣向よ。またある年のお題は醬油、これも皿に垂らされた一滴の醬油を嘗（な）め、その産地を当てる。どれもむずかしいが、中でも薬草は難題じゃ。煎じた薬草、これは毒薬の場合もあるが、これを何十倍にも薄めて、ほとんど水と変わらぬものを与えられる」

眸（め）を見つめたまま続ける。

「大御所様は、殊（こと）の外（ほか）、この薬草のお題がお好きでな。毒味役としての力量を測るには、薬草の『膳合』に勝るものはないというお考えじゃ」

無理からぬことよ、と、多聞は続けた。家斉は十六人の側室に、五十七人の子をもうけさせているが、三十二人が五歳を迎えられずに夭逝（ようせい）している。病死がほとんどだろうが、中には大奥における女同士の争いの犠牲になった者もいるはずだ。

「われらも流石（さすが）に大奥にまでは、立ち入ることを許されておらぬ。女子の毒味役もおるのだが、はたして、どの程度、役に立っているのか」

しょせんは女、大金を摑まされれば、女主（おんなあるじ）を裏切ることもありうる。そんな含みの後、おもむろに口を開いた。

「昨年、一昨年と、薬草の『膳合』は行われなんだ。そろそろとみな思うておる。おそらく此度は薬草であろう、とな。難題ゆえ、五家は戦々兢々よ」

「そうであるならば、なおのことでございます。わたしには、とうてい名代など務まりませぬ」

かろうじて、隼之助は声をあげた。御膳奉行の物頭——鬼役の役目を賜ることが、どれほど大変であるかは知っている。跡継ぎでもない自分に、なぜ、そんな重要な役目を命じるのか。

「父上」

懇願するように眸で訴えたが、多聞の気持ちが変わることはなかった。


年が明けて、天保十年（一八三九）一月六日。

——わたしに務まるか？

隼之助は、緊張のあまり胃ノ腑がきりきりと痛むのを感じている。西の丸は再建中であるため、大御所の家斉も今は本丸に仮住まい。どこをどう歩いたのか憶えていないが、言われるまま控えの間から、『膳合』が行われる座敷に移っていた。

「木藤家は、多聞様ではないのか」

「自信があるのであろう」

「されど、まだ代替わりしたとは聞いておらぬが」

控えの間にいるとき、囁(ささや)かれた聞こえよがしの会話。すでに戦いは始まっているのだと、多聞は表情で教えていた。他の四家は当然のことながら、当主が『膳合』に出場することになっている。名代を立てたのは、木藤家のみ。冷や汗が滲(にじ)むのを止められない。

〝『膳合』のことはすべて指南した〟

今朝、登城する前に、多聞はこう告げた。

〝己を信じるのだ。『鬼の舌』は裏切らぬ〟

そう言ったように聞こえたが、あれは、やはり『己の舌』と言ったのだろう。聞き間違えたのだろうと思いつつも、隼之助はなにかに縋(すが)ろうと懸命にあがいていた。『鬼の舌』がなんなのかはわからない。が、もし本当にそれがあるのであれば、おれのこの舌に、いっときでいい、鬼を宿してくれと、狂うほどに切望している。

「此度の『膳合』のお題は、薬草でござる」

ほどなく係の者が声を張りあげた。若年寄配下の旗本で、かぶりものなしの麻裃(あさがみしも)に半袴(はんばかま)という略式礼服である。立ち会い人や儀式を手伝うのは、賄方(まかないがた)の者だと事前に父から聞いていた。不正が行われぬよう、座敷の四隅には、立ち会い人が座している。

座敷に列んでいるのは、木藤家、水嶋家、金井家、火野家、地坂家の五家の代表。そして、続きの間には付き添い人として、多聞や他家の者が、ひとりずつ控えていた。

――落ち着け。

隼之助は自分に言い聞かせた。

――己の舌を信じるのだ。舌は裏切らぬ。

父の言葉を呪いのように、心の中で何度も繰り返している。恭しく運ばれて来た膳が、それぞれの前に置かれた。膳に載っているのは、小さな杯だけである。

「五家の方々には、今更、告げるまでもないことであろうが、いちおう段取りを告げておく。杯に注がれた薬草の名を味わっていただいた後、その名を頭に刻みこみ、次の間に進んで、置かれている紙にその名をしたためていただきたい。これは、ひとりずつじゃ」

杯に注がれるのは、酒ではなく薬草を煎じた汁を何倍にも薄めたもの。次の間には文机の上に、紙と筆と墨が用意されている。順次、次の間に進み、薬草名を記したうえで、またもとの席に戻り、二度、三度と同じことを繰り返すという段取りだ。回数は確か十度と聞いたが、簡単な段取りなのに、はて、どうやればいいのだろうかと不安になってくる。

「次の間には、大御所様がおいであそばされる」

男の言葉に、ふたたび隼之助は、きりりと胃ノ腑が痛むのを感じた。薬草名をしためた紙は、そのまま家斉の手に渡される。不正をなくすための策だろうが、御城にあがったのも初めてならば、大御所にお目通りするのも初めて。師走から始まった初めて尽くしは、年が明けてもなお続いていた。

「それでは……まず一度目の『膳合』」

はじめ。

という合図で、膳に載せた金色の銚子が運ばれて来た。注ぐ役目の者が、隼之助の前に置かれた膳の上の杯に、それを注ぎに来る。水嶋家に移り、金井家と、順に杯を満たしていった。最後の地坂家に注ぎ終わると、

「毒味、開始」

声が響きわたる。隼之助は杯を取ろうとしたが、手が震えてしまい、危うくこぼしそうになった。隣に座していた水嶋家の当主の、嘲るような含み笑いで、逆に頭が冷める。味わうように、杯の一滴を舌の上に載せた。

刹那、舌が痺れるような痛みとともに、脳裏に鮮やかな〝絵〟が広がる。真っ直ぐな茎、上部には数枚の羽状の葉。すぐになんであるか察した。

――毒人参だ。

忘れないように、これまた何度も心の中で繰り返している。早くしてくれ、とじりじりしていた。世話役の合図を受けて、隼之助は次の間に進む。

薄暗い座敷の上座には御簾が降ろされており、真ん中あたりに文机が置かれていた。上座の脇には、おそらく老中の本庄伯耆守宗発だろう、将軍代替わりとともに、西の丸老中となった宗発が控えている。隼之助は多聞の教えに従い、礼に則って大御所に挨拶した後、素早く毒人参と書いた。膝行して、宗発にそれを渡すと、

「木藤家の跡取りか」

突然、御簾の向こうで声が起きる。直答を許されているのは、わかっていたが、すぐには答えられない。御取合役の宗発に、問いかけの眼差しを投げた。

「お答えせよ」

許しを受けて、畏まる。

「ははっ、木藤隼之助にございまする」

跡取りではないが、家の醜聞を、こういう場で馬鹿正直に告げる者はいない。い

かにも嫡男という顔を造っていた。

「ほほう、隼之助の名を継いだはそちか。先代の隼之助、そちの祖父じゃが、まことに優れた鬼役であった。薬草の『膳合』は、隼之助の独壇場（どくだんじょう）であったわ。弥一郎（やいちろう）、いや、今は多聞じゃな。多聞も優れておるが、まだまだ隼之助には及ばぬ」

先代の隼之助は、つまり、多聞の父であり、隼之助の祖父である。隼之助が引き取られたときには、中風（ちゅうぶ）を患い、すでに寝たきりになっていた。それでも骨ばった手でよく頭を撫でてくれたが、亡くなってから丸八年が経ち、老いた面影しか残っていない。

「は」

神妙に答えて、いっそう畏まる。大御所家斉の背丈は、約五尺二寸（約百五十八センチ）、十四歳で将軍に就任。父から常々、聞かされている大御所のことが頭に浮かんでいた。

毎朝、鶏の鳴き声とともに目覚め、薄着を重んじ、真冬でも小袖二枚と胴着でとおすほど、身体のことに気をつけている。家斉の曾祖父吉宗（よしむね）は、房州嶺岡（みねおか）に牧場を開いて乳牛を飼育させているのだが、家斉は牛の乳を精製した『白牛酪（はくぎゅうらく）』が大好物で、長らくその醍醐味（だいごみ）を味わっているようだ。精力絶倫の源と言えるかもしれない。

武芸に優れており、乗馬にも熟達。馬上打毬が得意で、吹上馬場の毬門に正確に打ち込むという話だった。鷹狩りも好きで、自ら鷹の餌飼いをしている。酒も強く、若い頃は浴びるように飲んでも、乱れなかったという逸話も伝わっていた。

まさに文武両道、好きなのは女子だけではないのである。

つらつらと思い浮かべたそれを、読み取ったわけではないだろうが、

「そちは『鬼の舌』の話を存じよるか」

御簾越しに、ふたたび問いかけが発せられた。隼之助は、一瞬、間を置いて、答える。

「存じませぬ」

「さようか。古くからの言い伝えでの。『鬼の舌』を得た者は永遠の安寧を得る、などと言われておるが」

家斉は言葉を止めて、少しの間、御簾越しに隼之助を見つめている気配があった。永遠の安寧とはすなわち黄泉に旅立つことではないのか。臍曲がりなところがあるため、そんなことを考えていた。

「励むがよい」

「ははっ、大御所様のお言葉を賜り、恐悦至極に存じます。木藤隼之助、いっそう励

む所存にございまする」

　冷や汗まじりに座敷を出、もとの席に戻る。足もとがふわふわして頼りない。雲上人とはよくぞ言ったものよ、と、今更ながら思っていた。なにもかも夢心地で、現実の世界ではないような気がしている。

「二度目である」

　だが、戦の開始を告げられて、気持ちを引き締める。同じようにして、新しく用意された杯に、新しい金製の銚子から水のようなものが注がれる。舌の上に載せたとたん、「おや？」と思った。

　脳裏に浮かんだのは、薬草ではなく、神田川。父に初めて会った日、竹製の筒に入っていた水を飲んだときのことが鮮やかに浮かんだ。

〝気をつけるがよい〟

　と同時に、多聞の教えが甦る。

〝お題は薬草、あるいは毒草と言うているが、ただの水という場合もあるのじゃ。ひっかけるためにな、わざと水をまぜる。そういうときは、迷うことなく『水』と記せばよい。それで正解となるが、水の産地がわかれば、それも記すとなおよい〟

　隼之助は苦笑いを禁じえない。もしかすると、自分を迎えに来たあのとき、公方様から賜りしありがたい水云々と多聞が言ったのは、今日のこの日を予期していたからではあるまいか。

――まさか。

二度目の苦笑が滲（にじ）んだ。父の名代を務めていることで、思いのほか舞いあがっているらしい。木藤家の跡継ぎは前妻の子、弥一郎であり、隼之助は今日はたまたま駆り出されたにすぎないのだ。

二度目は水、三度目からは薬草、毒草がないまぜになって、さらにもう一度、水が出された。今度も神田川が浮かんだが、「二度も神田川とは能がない、どうせならどこかの湧水でも出せ」と、腹の中で悪態をつく余裕も生まれている。

「本日はここまで」

十度目の『膳合』が終わって、当主たちは複雑な吐息を洩らした。薬草名をしたためた紙は、直接、家斉に手渡される。そこで素早く吟味がなされるのか、あるいは後日、改めて通達されるのか、隼之助は聞いていなかった。続きの間に控えていた多聞のもとに戻る。

「終わったか」

「は」

「どうじゃ。いつものように〝絵〟は視えたか」

多聞にしては珍しく大きな声で訊いた。

二

父の問いかけに、他家の毒味役たちが小さく息を呑んだのがわかる。隼之助もまた驚いていた。常日頃から飲食した際、〝絵〟が視えるという話を他人にしてはならぬと厳命されていたからである。

「は」

隼之助は当惑気味に答えた。四家の当主と付き添い人の視線が、肌にちくちくと突き刺さるようだ。充分すぎるほどにそれをわかっているであろう多聞は、さらに言った。

「いつもどおりに〝絵〟が視えたとは重畳。大御所様もご満足なされるであろう。これで将軍家は安泰と、胸を撫でおろされるに相違ない」

知らしめるためだと、隼之助は気づいた。多聞は、四家を抑えつけるため、今年も木藤家が鬼役を務めることを納得させるため、そして、これからも木藤家が鬼役として君臨することを告げるため、この茶番劇をもうけたのではないだろうか。安泰なのは、他ならぬ木藤家ではないのか。

――されど。

と、だれもが抱くであろう疑問が湧いている。

――まだ結果が出ておらぬのに、なぜ、すでに鬼役を手にしたようなことを平然と言えるのであろうか。

心の中の問いかけに、きわめて冷ややかな答えが心の中で響いた。

賄賂である。

多聞は、鬼役の地位を手に入れるため、西の丸の老中に、高額の賄賂を贈ったのではあるまいか。おとらも言っていたが、世の中は、金、金、金で動いている。たとえ鬼役と雖も、賄賂とは無縁ではないように思えた。

隼之助は複雑な気持ちだった。

――おれの舌は、おかしいのか。舌の上に一滴、なにかを載せたとき、〝絵〟が視えるのは、普通ではないのか？

死んだ祖父にその事実を告げたとき、皺だらけの顔が、くしゃくしゃに歪んだことを思い出している。あれは喜びだったのか、哀しみだったのか、今になってもわからない。ただ骨ばった手で、何度も頭を撫でてくれたことだけは憶えていた。

「控えの間に行っておれ」

多聞の声で、はっと我に返る。

「は」

四家の毒味役に、深々と一礼して、隼之助は廊下に出る。思わず大きな吐息をついていた。

――まずは重畳か。

父の言葉を嚙みしめたが、さして嬉しいとは感じない。明日からはまた裏店暮らしが待っている。今日は御城にあがり、毒味役として『膳合』。そして、終わったとたん、紙の布団を使う暮らしに逆戻り。おとらが知ったら、どんな顔をするだろう。

――本気にはするまい。

ふっと微笑して、控えの間に足を向けた。家斉は仮住まいの身であるにもかかわらず、黒書院や白書院近くの座敷を堂々と使っている。厠の近くに差しかかったとき、坊主が不安げに廊下に佇んでいるのが見えた。舞鶴の紋所がついた羽織を着けている。三百人はいると言われている表坊主のひとりだろう。

彼の者たちは、大名の月次登城日や用向きがあって登城した際、世話役として、大名につくのだが、つく大名はひとりではない。羽織を裏返せば、別の紋所が現れるという仕組みである。

――舞鶴の紋所。

隼之助は記憶を探ったが、すぐには浮かばない。さっさと通り過ぎればよかったものを、振り向いた坊主と目が合ってしまった。

「いかがなされた」

仕方なく坊主に向かって呼び掛ける。坊主は、あきらかに安堵した様子で、こちらに来た。不審な輩と思われては困る。

「それがしは、木藤隼之助」

訊かれる前に告げた。

「『膳合』に出るため、父とともに訪れた次第。厠の前でなにをしておられるのかと思い、声をお掛けいたし申した」

「ご丁寧なご挨拶、いたみいります」

年は三十前後、頭をさげてから、背後の厠を肩越しに振り返る。

「森越中守忠徳様が、おいでになられているのです。播磨国赤穂藩の藩主でございます。鬼役、あ、いいえ、御膳奉行のお頭様にお目にかかりたいと仰せになられまして」

鬼役というのは、憚(はばか)られる役職名なのか、早口で言い直した。

「父上に？」

隼之助は訊き返さずにいられない。今日、『膳合』が行われることは、ごく一部の大名家にしか伝えられていないはず。地方の小藩である赤穂藩の藩主が、ここにいること自体、不思議だった。だれかの口から洩れた、つまり、この坊主が洩らした可能性が高い。責めるような視線を察したのだろう。

「さようでございます」

坊主は殊勝に頭を垂れた。

「申し訳ございませぬ。『膳合』が行われる日を教えてくれと、幾度となく頼まれまして、致し方なく」

小判を見せられれば、白いものを黒と言いかねない輩である。幇間(ほうかん)と大差ない坊主に文句を言っても始まらない。さらに木藤家も他人を責められる立場ではなかった。賄賂で鬼役を買ったのだとしたら、同じ穴の狢(むじな)である。

「具合でもお悪いのか」

隼之助は厠を顎で指した。

「はい。どうも様子がおかしいのです。ぶつぶつと独り言を呟いておりまして、話しかけても、まともに目を合わせようといたしません。もう気味が悪くて」

大仰に身震いする。やはり見て見ぬふりをして通り過ぎるべきだったと、二度目の後悔が湧いたが、縋りつくように見つめられては、逃げるわけにもいかなかった。

「では、それがしが」

不承不承、厠の戸を叩いた。

「越中守様、いかがなされた。医者を呼んだ方が宜しゅうございまするか」

答えはない。及び腰の坊主が、せっつくように背中を押した。

「中へ……お願いいたします」

気は進まないが、厠の前にいつまでも立ちつくしていられない。隼之助はそっと戸を開けた。

「越中守様？」

外の明るさに慣れた目には、ほとんど暗闇のように感じられた。手前に小用場があり、奥に雪隠という造りだが、念仏のような呟きは、小用場の隅の方から聞こえている。ようやく目が慣れて、うずくまっている人影を見定められた。

「痞でござるか」

あたりさわりのない言葉を掛ける。厠に籠もっているのは、消渇――糖尿病ではないのかと疑っていた。小便をしてもなんとなく出足りず、まだ出るのではないかと思っているうちに、気分が悪くなって座りこんだ。そんなところではあるまいか。

――確かに薄気味悪い。

苦笑して、小用場に入る。人気のない暗い厠に、うずくまった人影。念仏のような呟きが、ことさら恐怖心を煽り立てる。隼之助は忠徳の傍らに屈みこんだ。

「腹に痛みでもございまするか」

「いや」

忠徳は虚ろな目を彷徨わせている。なかなか焦点が合わず、隼之助も不安が湧いた。これは腹痛や心ノ臓の発作ではなく、気鬱の病かもしれない。戸の隙間から覗きこんでいる坊主に言った。

「赤穂藩の御留守居役、あるいは、御用人などが控えの間におられよう。おいでいただいた方がよいのではないか」

「それでは、大目付様にお伺いを立てて参ります」

「あ、待たれよ」

止める暇もなく、坊主は離れて行った。ばたばたとした慌ただしい足音が、次第に遠離って行く。厄介者を押しつけて逃げ出したのはあきらか。大目付に知らせてからでは、家臣が来るのはいつになることか。

「越中守様、ここは冷えまする。お身体にさわりが出ましょう。まずは外に出るのが宜しかろうと存じます」

外はもちろん寒いが、陽が当たらない分、厠はさらに冷えこんでいる。吐く息の白さが、白煙のように形を変えていた。具合が悪い者にとって長居は無用、いや、隼之助とて長居はしたくない。

「手を貸しますゆえ、お立ちあがりに……」

差し出した腕を、いきなり掴まれた。

「存じよるか」

忠徳が囁く。冷えきった手が、氷のように冷たい。握りしめられた手首から、おぞましいなにかが流れこんでくるように思えて、隼之助は慄えた。

「とにかく外へ」

立ちあがろうとしたが、忠徳は掴んだ手を離さない。

「我が赤穂藩は、呪われておるのじゃ。藩祖は、姫路藩主だった池田輝政殿の五男、政綱殿。しかし、わずか二十六で妻子なくみまかられたため、弟の輝興殿が入封なされた。正室は筑前福岡五十二万石の黒田長政殿の女。格が違いすぎたのやもしれぬ。突如、乱心して、妻子や侍女を斬り殺すという騒ぎを起こした。よいか、これが正保二年（一六四五）三月十五日のことよ」

陰々滅々たる声音で語り続ける。輝興は除封されて、宗家へお預けの身となった。その後釜に据えられたのが、浅野長直。五万三千五百石を与えられて入封、赤穂城を築き、城下町を整備した。

「浅野家の三代目が、あの浅野長矩殿じゃ」

元禄十四年（一七〇一）三月十四日。江戸城中で刃傷事件を起こして除封。世に言う忠臣蔵の騒動である。討ち取られた吉良上野介は、領地では名君だったと言われているが、今となっては知る由もない。

「輝興殿の乱心騒ぎが、三月十五日。浅野長矩殿の刃傷騒ぎが、三月十四日。たった一日しか違うておらぬ。これを呪いと言わずして、なんと言うのか」

忠徳はなにかに憑かれたような目をしている。下手に反論すると、却って怒り出すかもしれない。

「池田輝興殿の呪いであると？」

隼之助は話を合わせた。

「違う」

そこだけ、やけにきっぱりと否定する。焦点の合わなかった目が、ゆっくりと隼之助に向けられた。大きく息を吸いこんだ後、

「上野介殿の呪いじゃ」

そっと告げた。

「赤穂藩は呪われておるのじゃ、上野介殿にな。夢枕に夜毎、現れるのよ。首のところに縫い目がある上野介殿が……わかるか、斬られた首を身体に繋げたのじゃ。それゆえ、首に縫い目があるのよ」

「………」

隼之助は声も出ない。あまりにも生々しい表現に、二の句が継げなくなっている。赤穂浪士に首を斬られた上野介、痛ましいと思った遺族が、縫って繋げたのだろうか。赤穂藩に伝わる書物にでも、そういった事柄が出ていたのか。

「越中守様」

唇を湿らせて、なんとか発した言葉に、忠徳は同じ呟きを返した。

「赤穂藩は呪われておるのじゃ、上野介殿にな」

呪われておる、呪われて、呪われて……呟きは止まらない。目を逸らしたいのに、

隼之助はそれもできずにいる。

一月の寒さとは異なる冷気が、厠を覆っていた。

三

呪い。

——そうだ、おれも呪われておる。

念仏のような呟きを聞いたせいだろうか、隼之助は悪夢にうなされている。あれは、そう、今から八年前。祖父の初七日を済ませた夜のことだ。いつもは朝まで一度も起きないのに、珍しく未明に厠へ行った。寝惚け眼（ねぼけまなこ）で用を足し、厠を出た瞬間、

「…………」

隼之助は背筋が凍りついた。少し離れた廊下の先に、義母（はは）の富子（とみこ）が立っていたのである。多聞と富子が別れたのは、祖父が亡くなった後なので、このとき、富子はまだ隼之助の義母だった。

冴えわたる月が、富子の青ざめた顔をさらに青白く浮かびあがらせている。右手を後ろに隠したまま、音もなく近づいて来た。逃げなければと思うのに、金縛りに遭っ

たかのように動けない。隼之助は呼吸(いき)をするのも忘れて立ち尽くしている。

影のように富子が近づいて来る、足音はしない、幽霊のように……。

「義母上」

隼之助は飛び起きた。

目をしばたたかせて、周囲を見る。そこは、木藤家の自室だった。まだ雨戸は開けていないらしく、座敷も廊下も闇に沈んでいる。

「夢か」

声に出すことによって、悪夢を彼方に追いやろうとしていた。表情のない富子の、蒼白な顔がまだ消えていない。おそらくはあの『深更の金縛り劇』の前に、離縁を言い渡されたのだろう。それゆえ、富子は思い詰めて、なにかをしようとした。

——憎い女の倅(せがれ)を殺(あや)めようとでもしたか。

後ろに隠された右手が握りしめていたのは、希望にあふれる明日ではあるまい。怒りと恨みがないまぜになった昔と今ではないのか。抑えきれない感情を短刀にこめ、隼之助の胸を刺しつらぬこうとしたのかもしれない。

——悪いのは、父上だ。

一日違いで生まれた二人の男子、ひとりは妾腹(しょうふく)の隼之助、もうひとりは正妻の嫡男、弥一郎。多聞はどういう気持ちで、同じ時期に二人の女と褥をともにしたのか。隼之助の母、登和に多少なりとも惚れていたのだろうか。

　前妻の富子の実家は、十人目付のひとりという家柄だ。木藤家がいくら目付や大目付と対等に付き合えると言っても、やはり、そこには格の違いが出る。富子が権高で、冷たい気質であったことは、隼之助もいやというほど知っていた。父の気持ちもわからなくはない。

　──断れない縁組みだったのか。

　それで仕方なく祝言をあげた。だが、夫婦仲は冷えていくばかり、祖父が亡くなったのを機に、多聞は離縁状を渡した。夫婦の間に起こったことだけを考えると、そんな結論が出る。

「男と女のことはわからぬ」

　ふたたび声に出して言い、掻巻を勢いよく撥ねあげた。布団を畳んで押入に仕舞い、音をたてぬよう気をつけながら、雨戸を開けた。

「雪が降りそうだな」

　夜明け前の冷気には、多少、湿り気が交ざっている。そろそろ陽が射してくる時刻なのに、空はいまだ暗く、気が滅入りそうな重たさを運んできた。隼之助は手拭いを持ち、擦り切れかけている草履を履いて、庭に降りた。勝手口の方にまわる。

木藤家の屋敷は、御城の西北部にあたる番町(ばんちょう)に位置していた。南東側は城下をなして、立地的に優れているのに対し、江戸背後の西北側は武蔵野台地に連なるため、防御に適しているとは言いがたい。そこで千鳥(ちどり)ヶ淵(ふち)を利用して濠(ほり)を造り、その外側に将軍直属の戦闘集団である大番組の屋敷を配して、防備を固めたのが番町の始まりとされる。

屋敷の敷地面積は、およそ五百坪、建物の坪数はおよそ二百坪。母屋には書院や使者の間なども設けられており、貧乏旗本とは格段の差があった。敷地内には実の生(な)る木が植えられているほか、薬草畑や野菜畑なども造られている。隼之助がここにいた頃は、夜明け前の、そう、今ぐらいの時刻から、義母と庭の手入れをするのが日課になっていた。

——義母上おひとりでは、手にあまるだろう。

歩きながら、ついでに薬草畑や野菜畑の様子を見ている。裏店へ移る前、当分の間、義母が手入れをしなくても済むようにと、隼之助は、気合いを入れて雑草取りなどに精を出した。あれからまだひと月足らずだというのに、ずいぶん時が経ったように感じている。

「義母上」

井戸の前にその花江の姿を見て、隼之助は挨拶した。

「おはようございます」

「昨日は疲れたでしょう。もう少し寝ていても、よかったのですよ」

と、花江は微笑する。多聞よりも十歳年下だから、今年で三十五になるはずだ。人が振り返るほどの美人ではないが、心映えの美しさが顔に表れている。多聞は前妻と離縁した後、三月ほどで花江を後添いに迎えていた。父に対しては批判的になりがちな隼之助も、この決断だけは唯一、素晴らしいことだと内心、称賛している。花江の話を持って来たのは、木藤家の親戚らしいが、この親戚にも密かに感謝していた。

「長年の習慣は、そうそう変えられませぬ。確かに父上の名代は大役でしたが、その後の騒ぎにも、いささか驚きました次第。旗本もそうですが、大名も楽ではないのだと、つくづく感じましてございます」

越中守忠徳の、おかしな言動のせいで、悪夢にうなされてしまった。あの後、赤穂藩の留守居役が駆けつけるまでの間、隼之助は忠徳に腕を摑まれて、薄気味悪い『厠の念仏』を聞かされていたのである。

結局のところ、忠徳が多聞に会いたいと願い出た件については、その内容はわからず終いとなっていた。あるいは大目付をまじえて話をしたかったのかもしれないが、乱心の一歩手前とあっては、用向き云々はもはやどこかに吹き飛んでいる。

「ほんに難儀でしたねえ」

花江は頷いて、水を汲みあげてくれた。こういった些細な言動にも人柄が滲み出る。労を惜しまず、よけいなことは口にせず、さりげなく気遣ってくれるのだ。隼之助は顔を洗い、手拭いで拭き、顔をひと振りする。

「さっぱりいたしました。水汲みをお手伝いいたします」

「いいのですよ、ここにいるときぐらいは、休んでおいでなさい。伝八がおりますゆえ、大丈夫です」

「伝八はもう年です。水汲みはきついのではありますまいか」

言い終える前に、水を汲みあげ、桶に移して、運び始めている。ここにいたときは、これも日課だった。飲み水の分、煮炊きの分、そして、風呂に使う分。水汲みが終われば薪割りに庭の手入れと、下働きの役目は、隼之助が担っていたのである。

「義母上。ひとつ、お訊ねしたいことがあるのです」

隼之助は、勝手口の近くに置かれた水瓶を覗きこんだ。水を注ぐ前の瓶には、三分の一程度しか水が残っていない。底の方に麻袋のようなものが沈んでいるのが見えた。

「やはり、袋が入っておりますな。木藤家の水や飯、味噌汁といったものが旨いのは、この袋のお陰でしょうか」

「ようやくその問いかけが出ましたね」

にっこりと、花江は、心が安らぐような笑みを浮かべる。底に沈んでいた袋を取り、中を開けて見せた。

「牡蠣殻(かきがら)ではありませんか」

「そうです。貝を取り出した後、よく洗って陽に干したら、それを麻袋に入れて」

と、紐で結んだ麻袋を水瓶に戻した。隼之助は訊かずにいられない。

「これだけですか。牡蠣殻を入れるだけで、水の味が変わるのですか」

「ええ。ですが、ご飯は炊き方をまたひと工夫しております。洗った米を笊(ざる)にあげて、少し干すのがこつなのですよ。長い時間ではありません。ほんの少しですけれどね」

「手間暇かけねば、旨い飯は食えぬ、というわけですね」

「そのとおりですよ。裏店に住まなければ一生、気づかなかったかもしれませんね。大変かもしれませんが、よい経験をしているのではありませんか」

労(いたわ)りに満ちた言葉には、さまざまな含みが隠されているように思えた。あるいは友たちが言ったように、多聞にはなにか考えがあるのかもしれない。が、訊いたところで、答えが得られないのはわかっている。

「味噌と醤油と塩を、いただけるとありがたいのですが」

声をひそめて頼んだ。

「あら、多めに持たせたつもりだったのですが、もうなくなったのですか」

「裏店には、妖怪のような三婆(さんばば)がいるのです。どうも義母上の味噌が、ことさらお気に召した様子。なにかと理由をつけては、わたしの家にあがりこみ、飯を食っていくのです。煮炊きをしてくれるのはありがたいのですが、米や味噌などを出すのはこちらの役目。あっという間に、味噌も醤油も残り少なくなりました」

「楽しそうだこと」

口調は明るかったが、表情に一抹の寂しさのようなものがよぎる。なにかまずいことを言ってしまっただろうか。

「なにか？」

「いえ、隼之助殿のそういう顔を見たのは、初めてのような気がしたのです。それがいささか寂しいというか……複雑な心持ちになりまして」

花江は自分を責めていた。隼之助に今のような表情をさせられなかった自分のいたらなさを悔やんでいた。

「義母上には感謝しております」

短い言葉に心をこめ、水汲み役に戻る。富子がいたときは地獄だった。いつも背後に危険な気配を感じていた。あのまま一緒にいたら、どうなっていたことか。花江が来たことにより、極楽とはいかぬまでも、かなり落ち着いた暮らしができるようになったのは、まぎれもない事実。父の厳しい指南にも、どうにか耐えられたのは花江がいたからだ。

「ご仏壇をお願いしますよ」

「はい」

義母が差し出した盆を受け取り、隼之助は仏間に向かった。盆には汲みあげたばかりの水と、炊きあがったばかりの飯が載せられている。庇護者のような存在だった祖父が亡くなったとき、恐怖に近いものを覚えたのは、富子のおそろしさを知っていたからに他ならない。

その富子はなぜか祖父を苦手としていた。十でこの家に引き取られた隼之助は、即座にそれを見抜き、祖父の側から離れなかったのである。ほとんど寝たきりだった祖父の世話をまかされたのは、自然な成り行きだったかもしれない。

——おれはいつも年寄りに助けられている。

実母亡き後は祖母に育てられ、木藤家に引き取られた後は祖父に守られていた。『爺婆たらし』と雪也はからかうが、裏店でおとらをはじめとする三婆に巡り会ったのも、やはり縁だろう。そんなことを思いつつ、まずは仏間と続き部屋になっている祖父の部屋に入った。

「この臭い」

年寄り特有の臭いとでも言えばいいだろうか。寝たきりだった祖父の、垢じみた臭いが、天井や壁に染みついていた。一緒にいられたのは三年あまりだったが、祖父と寝食をともにしたあの時期のことを忘れた日はない。言葉が不自由になっていたものの、隼之助だけは、祖父の言葉を読み取ることができた。ときには通詞のような役目を務めたこともある。

〝よいか。決して人には言うてはならぬ〟

常々、祖父は言っていた。そう、多聞も同じことを言っていたのに……。

「なぜです、父上」

いきなり大声が響いた。多聞の部屋の方からだった。富子が残していった長男、弥一郎の怒りがとうとう爆発したに違いない。

四

「なぜ、わたしではなかったのですか、わたしでは駄目だと仰しゃるのですか。同じことを学んで参りました。得心できませぬ。昨日の『膳合』に、なぜ、彼の者を父上の名代として列席させたのですか」

　抑えきれない気持ちが、激しい言葉に表れている。多聞が弥一郎に告げたのは、昨日の朝のこと。怒るのも無理からぬことだと思った。多聞は勝手に話を決め、自分だけ納得すればいいと思っている男だ。何事も御家のためという大義名分を掲げては、煙にまこうとする。

「気に入らぬか」

　答えた声は、腹が立つほどに落ち着き払っていた。

「はい」

　弥一郎はさも不満げに訴える。

「父上の跡を継ぐのは、この弥一郎だと、みな思うております。妾腹の者になど木藤家の当主は務まりませぬ。笑い者になるのは、父上でございますぞ。此度はたまたまうまくいきましたが、来年もこうなるとは限りませぬ。よい機会だと思い、申しあげる次第。多聞の名を継ぐ襲名披露を行っていただきたく思います」

「考えておく」

ひと言で、多聞は終わらせた。おそらく弥一郎はぐっと言葉に詰まり、己の不満を全身で表しているに違いない。真っ赤になって、唇を引き結ぶ顔が、容易に想像できた。

「隼之助はおるか」

多聞に呼ばれて、答える。

「はい」

気は進まなかったが、仏間に来た花江に盆を渡して、多聞の部屋に足を向けた。ちょうど出て来た弥一郎と擦れ違う形になる。

「この鶏肋めが、さっさと去ね」

擦れ違いざま言った。鶏の肋骨は食べるほどの肉はないが、さりとて捨てるのは惜しい。たいして役には立たないが、捨てることもできない者を表す言葉を叩きつけ、せめてもの鬱憤晴らしをしていた。切れ長の目に、あらん限りの怒りと侮蔑をこめていったが、さほど功を奏しているとは思えない。

——父上のお子とは思えぬほどに真っ直ぐだ。

皮肉まじりではあるものの、半分、本気でそう思っている。引き取られた当初は、悔しくて泣くこともあったが、年月が黙って受け流す術(すべ)を身につけさせた。冷静に見ると、弥一郎は単純で、扱いやすい相手といえる。

「隼之助、なにをしておるのじゃ」

このうえなく扱いにくい相手に、もう一度、呼ばれて、父の部屋に入る。裏店に戻る頃合いだと、隼之助は察していた。

「遅くなりました」

と座る間もなく、多聞が口を開いた。

「大御所様は、大変、ご満足なされた由。ご老中より、その旨、申し渡された。今年一年、我が木藤家が鬼役を務めることに相成(あいな)った次第。まずまずであったわ」

気持ちが悪いほど上機嫌だった。それならば褒美(ほうび)でもくれ、と、さもしいことを考えている。それでも殊勝(しゅしょう)に頭を垂れた。

「は」

晦日(みそか)に戻って以来、弥一郎とともに『膳合』の稽古となったため、父とはろくに話をしていない。隼之助は遅ればせながら過日の礼を口にした。

「独活と川柳をありがとうございました。すぐさま煎じて、向かいの家の年寄りに飲ませた次第にございます。心なしか痛みがやわらいだと言うておりました」

あれが前渡しの褒美だったのだろうと思うようにしている。吝ん坊の多聞が、会ったこともない徳丸のために、痛み止めの煎じ薬を伝八に届けさせてくれたのは、今まででであれば考えられぬ行いだ。

「さようか」

あっさりと答えた。多聞はこうやって話しながらも、次にやることを忙しく頭の中で思い巡らせている。そのため、隼之助はいつも虚しさを覚えるのだった。父と話しているのに、父が目の前にはいないような感覚。よし、では、これならばどうだとばかりに、話のついでという感じで問いかけた。

「薬草の『膳合』のことですが、父上は、木藤家が、今年も鬼役の御役目を賜ることをご存じだったのですか」

他の四家に知らしめるがごとく、〝絵〟が視えた云々を口にしたのが引っかかっている。まだ結果がわかっていない時点で、なぜ、木藤家が今年も鬼役であるというような言葉を告げたのか。

「む」

どこかに跳んでいた多聞の気持ちが、いやおうなく隼之助に戻る。してやったりと、内心、ほくそえんだが、むろん、表情には出さない。睨みつけるような父の目を、平然と受け止める。が、心ノ臓は速くなり、うっすらと冷や汗が滲んできた。永遠にも思われる睨み合いの後、

「賄賂でも贈ったと思うたか」

多聞は答えとも、問いかけとも取れる言葉を返した。めっそうもないなどと答えれば、怒鳴りつけられるのはわかっている。

「は」

短く言い、頭を垂れた。

「己の舌に自信が持てぬか」

二度目の言葉には、挑発するような響きがあった。弥一郎の二の舞は避けなければならない。慎重に言葉を選んだ。

「初めての名代でございますれば」

「『鬼の舌』の極意(ごくい)を教える」

多聞は、いきなり意表を衝(つ)く言葉を発した。これも父がよくやる手だが、流石に隼之助も慌てた。いっそう居住(いず)まいを正して、畏まる。

「壱の技で人を知り、弐の技で世を知り、参の技で総を知る」

「ははっ」

さらに続くかと思ったが、それで終わりだった。頭に叩きこみ、心の中で何度も繰り返している。そもそも『鬼の舌』とはなんなのか、木藤家に伝わる秘伝書か、鬼役を務めるための秘技か。

「父上」

疑問を問いかけに変えようとしたが、

「それだけじゃ」

素早く遮られる。

「明後日から、一石橋近くの塩問屋〈山科屋〉に奉公しろ。幼名の壱太として、奉公の届けを出しておる」

またしても有無を言わさぬ語調で告げられた。塩問屋の〈山科屋〉、だれかの口からどこかで聞いた憶えがある、そうだ、〈切目屋〉の『外れ公事』、行徳から来たという豆腐屋の若旦那の祐吉。やはり、祐吉は〈山科屋〉と関わりがあるのか。なぜ、〈切目屋〉に引き合わされた若旦那が……それらのことが頭を駆けめぐり、思わず訊いていた。

「父上は、馬喰町の公事宿〈切目屋〉の女将と知り合いなのですか」

考えてみれば、隼之助の家の近くで、女将の志保の具合が悪くなったのも怪しいではないか。近づくために偽りの病を演じたようにも思える。命じたのは多聞ではないのか。探るような隼之助の眼差しを受け、一瞬、微妙な間が空いた。

「ほう、それを訊ねるか」

次に多聞が洩らしたのは、感嘆を含んだ声だった。たとえ推測が事実だったとしても認めまい。隼之助はそう思ったのだが、意外な答えが返る。

「いかにも女将の志保とは知り合いじゃ。されど、懇意にしておるのは〈切目屋〉だけではない」

他の公事宿とも繋がりがあるのだと、暗にほのめかしていた。鬼役というのは、毒味役の頭を務めるだけではないのだろうか。このとき、隼之助は今までとは異なる父の一面を垣間見たように思った。

「〈山科屋〉への奉公の件、わかったか」

多聞は確かめるように訊いた。

「畏まりました」

「では、すぐに髪を結い直して、裏店へ戻るがよい」

「その前に、もうひとつ、お訊ねいたしたき儀がございます」

隼之助は懐から、龍の意匠が施された短刀を取り出した。

「これのことでございますが」

「会うたか」

またしても覆い被せるように遮る。よけいな話をするのは、時の無駄だとでも言うように、いや、詳しい説明をしたくないときにも、多聞は極端に省いた話し方をする。会うたか云々は、これを持って来た者に会うたかという意味だろう。

「いえ、わたしが、いないときに置いて行ったようです」

「見極めようとしているのやもしれぬ」

ふふん、と、鼻で笑って、立ちあがりかけた。

「お待ちください」

隼之助は慌てて訊ねる。

「森越中守様のことでございますが、昨夜もお話しいたしましたように、気鬱の病であろうと思われます。気になりますのは、吉良上野介様に関わる事柄。斬られた首を身体に縫いつけ、首と胴体を繋げたという話をしておりました。あまりにも詳しい表現に、わたしは総毛立ちましたが……まことでございましょうか」

「聞いておらぬぞ」

　なぜ、昨夜、その話もしなかったのかと、視線で責めていた。こういうときは、素直に詫びるしかない。

「申し訳ありませぬ。夢枕に吉良上野介様が立つなどという話をするのは、いささか躊躇(ためら)われましたゆえ、控えました次第」

「気になるか」

「いささか。百三十年以上も前の騒ぎであるのに、越中守様は、まるで上野介様の亡骸(なきがら)をご覧になられたかのような言い方をなされました。それが引っかかっております」

「調べさせる。わかり次第、知らせよう」

　簡潔ではあったが、後ろには鬼役である父が控えているのだという、励ましの言葉のようにも思えた。

「宜しくお願いいたしまする」

　そう答えたものの、なにが宜しくなのか、正直なところ、隼之助自身もよくわかっていない。将棋の駒のように、今日は侍、明日は町人と、動かされる理由がわからない。とにもかくにも気疲れする多聞との会話を終えて、花江のいる台所に戻った。

五

「お待ちなされ、弥一郎殿」

響いて来たのは、花江の大声。勝手口から飛び出そうとする弥一郎の腕を摑もうとしたが、思いきり押し飛ばされた。

「あっ」

「義母上！」

隼之助は足袋（たび）で土間に降り、倒れそうになった花江を支える。

「ふん、哀れな母子の鶏肋（けいろく）か。似合いじゃ」

侮蔑の言葉を叩きつけて、弥一郎は裏門に走り出した。怒りを抑えきれず、後を追いかけようとした隼之助の腕を花江は素早く握りしめる。

「おやめなされ」

「ですが」

また金子（きんす）を無理やり奪い取ったのではないのか。今までにも何度か、こういう場面を見ている。弥一郎が金の無心をし、駄目です、よこせという小競（こぜ）り合いの最中（さなか）、花江が殴られたのも一度や二度ではない。見るに見かねて、今日こそはと思ったのだが、気がぬけるほどに義母はあっさりしていた。

「いつものことですよ」

「さよう。父上が、見て見ぬふりをなさるのも、いつものことですな」

わざと大声で言った。弥一郎が花江から金を奪い、吉原に出かけるのを、なぜ、多聞は止めないのか。嫡男だから甘やかすのか。隼之助にはろくに金を与えず、裏店住まいをさせるのに……我が身と重ね合わせてしまい、苛立っていた。

「隼之助殿」

花江は、なにもかもわかっていると目で告げた後、

「そなたも吉原に行きたいのですか」

からかうように言った。

「わ、わたしは」

言い訳しようとして苦笑する。羨ましいという気持ちを見透かされたように思えて、笑うしかなかったのだ。どちらからともなく笑みがこぼれて小さな笑いが広がる。笑っているうちに、かっと燃えあがった怒りがおさまっていた。

「義母上にはかないませぬ」

「年の功ですよ」

花江は笑って、話を変える。

「そんなことより、隼之助殿の方は、どのような話だったのですか」

奥座敷に目を投げ、少し不安げな顔をした。常日頃から隼之助は多聞に怒られてばかりいるため、呼ばれたときは、自分のことのように気を揉（も）んでいる。

「裏店に戻れという仰せです。一石橋の近くの塩問屋にご奉公しろと言われました。町人として生業（なりわい）を立てよというお考えなのでしょう」

どこまで話していいものやら、悩みながらの答えになっている。どうも多聞の話には、大きな裏が隠れているように思えてならない。とはいえ、父と義母がどの程度、そういった事柄について、通じているのかわからないので、めったなことは口にできなかった。

「そうですか」

花江もまた言葉を探しているような感じがある。

「なにかお考えがあるのですよ。今は言われたとおりになさい」

「わかっております」

「だれか……裏店に訪ねて来た者はいませんでしたか」

急に声をひそめ、花江にしては珍しく探るような目を向けた。隼之助は無意識のうちに、懐の短刀に軽くふれている。これを置いて行った者のことを言っているのだろうか。

「はあ。二十七、八の男が来たようです。されど、わたしは留守でしたので、会うておりませぬ。父上は『見極めようとしておるのやもしれぬ』などと、わけのわからぬことを言うておられましたが」

「ひとりではないということですよ。わたしはもちろんですが、お父上も隼之助殿のことを気にかけて……」

「隼之助はおりまするか」

勝手口に、雪也が姿を見せた。晦日に別れて以来、会うのはこれが初めて。正月の挨拶すらかわしていない。大役をはたした後だけに、ずいぶん久しぶりのように思えた。やけに懐かしく感じられる。

「雪也」

「あがっていただきなさい。ささ、どうぞ、殿岡様、座敷へ」

花江は気遣ってくれたが、雪也は固辞する。

「いや、わたしはこの後、ちと野暮用があるのです。また日をあらためて、お邪魔いたします」

視線で呼ばれて、隼之助は、友と一緒に勝手口を出る。殿岡家は百俵を賜る台所方で屋敷も近い。隼之助が引き取られた後は、ときに喧嘩をしながらも、幼なじみとして過ごしてきた。花江にも言えない秘密を、雪也だけは知っている。

「来ておるぞ」

二人の間にだけ通じることを言った。会ってはいないが、文のやりとりをして、今日の段取りを相談している。

「造作（ぞうさ）をかけて、すまぬ」

「水くさいことを言うでない、気にするな。それで、どうする。ここから一緒に行くのは、やはり、まずかろう」

「うむ」

「浮かぬ顔は、町人髷（まげ）か」

「そうだ。せめて、今日一日ぐらいはと思うたが、結い直したうえで裏店に戻るよう、言われておる。気の重いことよ」

侍の姿で会いたいと思ったがゆえに、『膳合』の翌日ならばと、逢瀬（おうせ）の日を今日に決めた。多聞はそれを読んだかのように町人姿に戻れと命じている。いささか恨めしく思えなくもない。

「案じるより団子汁じゃ。もっとも団子汁より、妹たちは汁粉の方がいいかもしれぬがな。それはともかく、時が惜しかろう。わたしが供をしがてら、先に〈達磨店〉の家へ案内してもよいが」

「そうしてもらえると助かる」

「承知した」

　話を終えて、雪也は口もとをほころばせる。

「聞いたぞ。『膳合』の首尾は上々だった由。木藤家は今年も無事、物頭役を務めることに相成ったとか。おまえの手柄であろう」

「さあて、どうであろうか。わけのわからぬうちに御城へあがり、頭が真っ白になっているうちに『膳合』は終わり、ここに戻って、正気に返ったような有様よ。あまり上々とは言えぬ」

「いずれにしても、御家安泰だ。木藤様もさぞお喜びなされているのではないか」

「喜んでいるのであれば、これで」

　人さし指と親指で丸を作り、隼之助は唇をゆがめた。

「気持ちを表してくれと言いたいところよ」

「黄金（こばん）の褒美はなしか」

「あるわけがない、吝（しわ）ん坊だからな。義母上に、味噌と醤油と塩をいただくのがせいぜいだ。しかし、おぬしではないが、裏店でも我が家があるというのは、ありがたいものよ。義母上にも楽しそうだと言われた」

「想い人が訪れるとなれば、楽しくもなろうさ。おっと、こんなところで長話は無用。さいぜんも言うたが、時を無駄にしたくない」

それじゃ、と、手をあげた雪也に、早口で問いかける。

「おれを尾行（つ）けていたという男のことだがな。ここにいる間、それらしき者を見たり、気配を感じたりはしておらぬ。おれが鈍いだけかもしれぬが、気になっている次第よ。おまえはどうだ。なにか見たか、おかしな男がいたか」

「いや、今も気にかけながらここに来たが、表門の方にも、胡乱（うろん）な輩（やから）の姿はなかった。木藤家の御役がらみかとも思うたが、どうであろうな」

「そう訊きたいのは、おれの方だ」

「然（しか）り」

笑い返した雪也と別れて、母屋に戻りかける。少し歩いたところで隼之助は、人の気配を感じて振り向いた。閉めたばかりの裏門から忍びやかに老女が入って来る。

「あ」

　隼之助と目が合い、深々と頭をさげた。正月や盆暮れに、何度か見かけたことのある老女だった。何度も水をくぐらせたであろう着物は、もとの色がわからないほどに色褪せている。裏門とはいえ、戸を叩きもせず入って来たことに、隼之助は多少、不審を覚えていた。

「以前にも何度か、顔を見た憶えがある。物売りという感じでもなし、どんな用があって来るのか」

　つい問い質すような口調になっている。

「失礼いたしました。昔、そう、坊ちゃまがお生まれあそばされたときに、乳母をしておりました、きみと申します。近くまで来た折には、顔を見せろと旦那様に言われておりますので、時々、こうやって寄らせていただいております」

「父上が」

　珍しいこともあるものだ、と思った。おきみは、隼之助を弥一郎と間違えているようだが、そんな昔に雇った乳母のことを、多聞が今も気にかけているのが意外だった。話し声が聞こえたのだろう。

「おきみさん？」

花江が近づいて来る。

「声が聞こえたものですから……寒かったでしょう、早く家にお入りなさい。隼之助殿も、さあ、中に」

「はい」

「ちょうどよいところに来ましたよ、朝餉の支度が整うたところです。それにしても、おきみさんは会う度に若くなりますね。若さを保つ秘訣を教えてくださいな」

「まあ、奥様ったら、お世辞を言われても、なにも出せませんよ」

「出せるのは、舌だけかしら」

「はい」

笑い合って、母屋に向かう二人の後ろに、隼之助は付いて行った。ちらりと肩越しに振り向いた老女に、小さく会釈をして、自分の部屋に足を向ける。相変わらず空は薄暗く、灰色の雲が垂れこめている。

「伝八。支度を手伝うてくれ」

曇りのち町人か。

と、隼之助は空を見あげた。

六

町では、子供たちが凧あげや羽子突きに興じている。正月らしい風景を横目に見ながら、隼之助は〈達磨店〉の木戸に着いた。ここに近づくにつれて心ノ臓が、破裂せんばかりに速くなっている。

――昨日よりも怖い。

木戸から足を進められず、何度も生唾を呑みこんでいた。この姿を見たら、なんと思うだろう。笑うだろうか、当惑するだろうか。すでに雪也の口から伝えられているはずだが……。

「そんなところで、なにしてるだ、隼さんよ」

おとらが気づき、手招きした。

「はよ、来い。おまえさんの家に、めんごい女子が来てるんじゃ、二人もな」

「色男もですよ」

お宇良は元花魁の本領発揮、嬉しくてたまらないという顔をしている。お喜多は隼之助の家の戸を少しだけ開けて、覗き見るのに夢中だった。絶対に招きたくない三婆を押しのけるように、隼之助は家の戸に手を掛ける。

「どいてくれ」

ええい、ままよ。

なかばやけ気味に戸を開いた。

「雪也、いるか」

「おう」

友の答えに、若い娘の声が続く。

「遅いじゃありませんか、隼之助様」

雪也の妹、佳乃（よしの）が、兄そっくりの美しい顔を向けた。年が明けて十七になった娘は、そこにただ座っているだけで、大輪の牡丹（ぼたん）が咲いているかのごとき華やかさを運んでくる。

「あんまり遅いんで、帰ろうかと言うていたところです。隼之助様は走るのがお得意のはずなのに、どこに寄り道なさっていたのでしょう。もしや、兄上のように他にもよい方がいるんじゃないかと話していたんですよ」

顔に似合わぬ辛辣（しんらつ）な物言いは、いったい、だれに似たのか。隼之助の町人姿を見て、なにか言うかと思ったが、特に言葉は発しない。

「すまぬ。支度をするのに、ちと手間取った」

「あら、言葉遣いだけはもとのまま」

　ひと言、軽い毒を吐いたが、

「佳乃」

　すかさず雪也が窘める。そこで隼之助はやっと、想い人の方におずおずと目を向けた。水嶋波留がにっこりと、本当に嬉しそうな笑顔を返した。慎ましやかな美しさは、まだ淡い殻のようなものにくるまれている。年は佳乃と同い年の十七、白木蓮のような清らかさを、隼之助はなにより愛していた。

「息災であったか、お波留殿」

「『あけましておめでとう』じゃないんですか。それに、家の主がいつまでも土間に突っ立ったままじゃ困ります。ほら、さっさと上がってくださいな。ご自分の家なんですから、遠慮は無用ですよ」

　佳乃がまたもや毒を吐いたが、それは気まずくなりがちな空気を気遣ってのことだった。隼之助は花江に持たされた風呂敷包みを上がり框に置き、すり切れた畳にあがる。兄の尻を叩くようにして、佳乃が腰を浮かせた。

「邪魔者はさっさと消えろと、隼之助様は目で仰せです。それでは、わたくしたちはこれで」

「あ、いや、茶ぐらい飲んで行かれては……」

「お茶葉、探しましたけど、ありませんでしたよ」

「よけいなことを言うでない」

雪也がたまりかねたように、佳乃の背を押した。

「こやつが、汁粉屋、汁粉屋と、譫言（うわごと）のように繰り返すゆえ、われらはこれで」

「まあ、ひどい。わたくしのせいにして」

「いいから早く外に出ろ」

「お波留様、あとでお迎えに参ります。それまでは、ごゆるりとなさいませ。ここは寒いので紙の布団に、お二人で蓑虫（みのむし）のように、くるまれてはいかがですか。他ではなかなか味わえぬ妙味があろうかと」

「こら、口がすぎるぞ」

妹を土間から外に押しやり、雪也は笑顔を残して、静かに戸を閉める。突然、二人きりにされてしまい、隼之助は気恥ずかしくて、口ごもる。

「佳乃殿は、相変わらずだな」

「濃（こま）やかな気配りのできる方なのです。佳乃様は、よく隼之助様のお話をなさるんですよ。雪也様から聞いた話を、わたくしにさりげなく教えてくださろうとして」

　波留は、どちらかと言えば口の重い方だが、物静かでありながら、どこか凛（りん）とした芯（しん）の強さを持っている。水嶋家には男子がおらず、三姉妹の長女が婿（むこ）を取ることになっていた。波留は二女であるため、気兼ねなく付き合えそうなものだが、なかなかそうはいかないのである。

「そうか」

　と答えたものの、次の言葉が続かない。逢ったばかりの気まずさを打ち破ろうとして、隼之助は佳乃のやり方を真似た。

「波留殿は、十六だったか」

　わざと間違えれば、波留は素直に反応する。

「年が明けて、十七になりました」

　白い頬がさっと朱に染まる。おそらく隼之助も、〈切目屋〉の女将の前で、こんな表情をしたに違いない。こぼれた笑みをどう思ったのか、

「なにが可笑（おか）しいのですか」

　さも不思議そうに小首を傾（かし）げた。その顔がまた可愛らしい。でれでれと鼻の下を伸ばしそうになったが、慌てて顔を引き締めた。

「いや、なんでもない。すまぬな。佳乃殿が言うたように、茶葉などないゆえ、茶のもてなしもできぬ。義母上に、味噌と醤油と塩はいただいて来たのだが、ついでに茶も貰うてくれればよかった」

「なにも要りません」

こうやって隼之助様と一緒にいられれば。

小さな、消え入りそうな呟きだったが、それは隼之助の心に、どんな叫びよりも大きく響いた。抱きしめそうになったが、怯えさせてはならぬとこらえる。

「目がまた赤いではないか。無理をして、縫い物や刺繍などをしているのではなかろうな。刺繍の腕前が職人はだしなのは認めるが、波留殿はあまり目がよくない。頼まれても引き受けてはならぬぞ」

「姉様の嫁入り支度を手伝うているのです。婿を取るとはいえ、あらたに何枚か着物を仕立てなければなりませぬ。人に頼むと、よけいにお金がかかってしまいますゆえ」

江戸は海風が強く、土埃が舞いあがるため、目を悪くする者が後を絶たない。そのせいなのか、波留は昔からあまり目がよくなかった。辛辣な佳乃は時々、近目などと言ってからかうが、弱音を吐かない気質を知っている隼之助は、気が気ではない。

「刺繍は細かい仕事だ。目が疲れる。あまり無理をするな」

「はい」

「それはそうと、家には、なんと言うて来たのだ」

我ながらつまらないことを訊くと思いつつ訊いている。今までは雪也の相手、おきち、おきちをだしにして、おきちの家で逢瀬の場を持っていた。水嶋家の者たちは、そろそろおかしいと思っているのではないだろうか。小さな不安が胸にある。

「いつものように、佳乃様と踊りの稽古に行くと言うて参りました。お師匠さんの都合のよいときに、稽古をつけてくださるという話にしてありますので、決まった日にちでなくても怪しまれませぬ」

「そなたに偽りを言わせるのは心苦しいが」

本音が出た。膳之五家は、役目上の付き合いは怠りないが、私的には距離を置いている。いや、距離を置くどころか、いがみあっていると言っても過言ではない。多聞が言っていたように、毎年、催される『膳合』は戦の場。鬼役の地位を射止めんと、互いに競い合うばかりで、親しく交流するということはまったくないのである。

「隼之助様のせいではありません」

波留は小さく首を振る。二年前まで水嶋家は、番町の木藤家の近くに居を構えていたのだが、屋敷替えの後は、小石川に屋敷を移している。前は示し合わせて、さりげなく顔を見ることもできたが、今はこうやってたまにしか逢えない。想いはつのるばかりだった。

——なぜ、普通に付き合えぬのか。

波留を前にすると、思うようにならない関係がもどかしくてならなかった。もっとも行き来があったとしても、妾腹の隼之助では、水嶋家も相手にしないだろう。二十二と十七という、まさに年頃を迎えた二人の忍び逢いは、いつまで続くのだろうか。

「あ、申し訳ありませぬ。お祝いが遅くなりました」

不意に波留は言い、座り直して、告げた。

「『膳合』におきましては、木藤家が無事、鬼役を賜ることになられた由。名代をお務めなされた隼之助様おひとりだけが、すべて正しく言い当てられたとか。大御所様もたいそうお慶(よろこ)びになられたと伺いました。おめでとうございます」

「すべて……そうか、十問、全部か」

じわりと、喜びがこみあげてくる。波留とともに、それを噛(か)みしめられたのが、なにより嬉しかった。

「わたくしも、内心、誇らしゅうございました。父と母の手前、仏頂面を作っておりましたが、部屋に戻ったとたん、もう嬉しくて、嬉しくて」

気持ちが昂ると、波留の顔はほんのりと桜色に染まる。はらり、と、娘を包んでいた殻が、一枚、剝がれ落ちたかのよう。そこから輝きがあふれ出し、眩しいほどだった。隼之助は目を細める。

「そうか、お波留殿も嬉しいか」

「はい。大御所様は、こうも仰せになられたとか」

あの者は、先代の隼之助の再来じゃ。

「大御所様も本当にご満悦であらせられたそうにございます。『これで余だけでなく、家慶も永遠の安寧を得られる』とも仰せになられた由。父は悔しそうでございましたが、わたくしはそれを聞いたとき、身体が震えました」

いまや波留の顔は、興奮で朱に染まっている。永遠の安寧を得られる、この言葉は確か『鬼の舌』に続く言葉ではなかったか。

多聞は言っていた。

〝壱の技で人を知り、弐の技で世を知り、参の技で総を知る〟と。

つまり……そういうことなのだろうか？

「隼之助様？」

波留が顔を覗きこむ。

「いかがなされましたか」

「あ、いや、お波留殿の口から、初めて大御所様のお言葉を伺い、ちと驚いてしもうたのよ。父上はなにも仰しゃらなかったゆえ」

「それだけ信じておられるのです。褒め言葉は、人を舞いあがらせ、ときに己を見失わせかねませぬ。だからこそ、木藤様は敢えて口になされぬのではないでしょうか。驕らず、さりとて卑屈にならず。むずかしいかもしれませぬが、隼之助様ならば大丈夫です」

「されど、今はこの姿よ」

おどけて、我が身を目で示した。

「今朝までは侍、そして、今は町人。わけがわからぬ。番町の家を出るときに、どれほど惨めな思いをするか、父上はお分かりに……」

「隼之助様は、どんな姿をしても、隼之助様です」

遠慮がちに、波留は、隼之助の手を握りしめる。それまで後ろ向きだった気持ちが、ここでようやく明日に向くのを感じた。そう、隼之助が言ってもらいたかったのは、聞きたかったのは、この言葉だったのだ。

「お波留殿」

握り返したその手の温もりが、隼之助を力づける。二人の明日がどうなるか、なにも見えない。だが、必ず波留を嫁女にしようと、あらためて誓っていた。

第四章　鼈女（すっぽんおんな）

一

塩問屋〈山科（やましな）屋〉に奉公する日の未明。

隼之助（はやのすけ）の家を、意外な男が訪ねて来た。

「若旦那」

驚いて、祐吉（ゆうきち）を見る。行徳（ぎょうとく）の豆腐屋〈森川（もりかわ）屋〉の若旦那は、ぺこりと頭をさげた。

「こんな朝早くにすみません。〈切目（きりめ）屋〉の女将（おかみ）に無理やり住まいを聞き出したんです。どうしても、隼之助さんに公事（くじ）の世話役をしていただきたくて」

「こんなところで立ち話もなんだ。あがってくれ」

招き入れたくはなかったが、長屋はまだ眠りの中にある。人の話し声というのが、案外、耳障りなものであるのを、隼之助は裏店に住んで初めて気づいた。戸を閉める間際、ひょこっと顔を突き出したおとらに会釈して、家に入る。

「見てのとおりだ、なにもない。寒いが我慢してくれ」

隼之助は言い、畏まっている祐吉の前に腰をおろした。

「また出て来るとはな」

なかばうんざりしている。〈切目屋〉の女将、志保が、『外れ公事』を隼之助に押しつけたのはあきらか。もしかすると、志保は、多聞から隼之助が〈山科屋〉に奉公することを聞いたのではないだろうか。なんらかの繋がりを持つ両者の間で、勝手なやりとりがかわされた可能性もある。それが腹立たしかった。

「女子がらみではないのか」

隼之助はいきなり大石を投じる。多聞と志保に振りまわされるのは癪だったし、面倒な話を早く終わらせたいという気持ちも働いている。ぴくりと、祐吉の眉が動いた。

「だれに」

聞いたのか、という部分は口にしなかったが、ちょうどよい流れだと思ったに違いない。

「仰しゃるとおりです、ひどい話なんですよ」

堰(せき)を切ったように、祐吉の口から非難の言葉があふれ出した。

「〈山科屋〉の若女将、千登勢(ちとせ)は、わたしの許嫁(いいなずけ)だったんです。豆腐を使った料理屋も営んでいる話はしたと思いますが、千登勢の父親はその見世(みせ)の料理人でして。年頃になるにつれて、自然にそういう話になったんですよ」

聞き流すつもりが、我が身のことと重なり、つい耳を傾けている。隼之助と波留(はる)の場合も似たような感じだった。

「相愛でした」

想いあふれる眸(め)に、なるほど、と相槌(あいづち)を打ち、促した。

「それで？」

「いずれは夫婦にと言い交わしていたんです。もちろん双方の親も認めてくれていました。そこにあの〈山科屋〉が」

きりっと下唇を嚙みしめる。

「行徳にも塩田を持っている〈山科屋〉からは、苦塩(にがり)を仕入れたりしております。そういった取り引きの最中に、料理屋に出入りするようになったんでしょう。千登勢は料理屋の手伝いをしていましたので、目をつけたんだと思います」

「だが、正妻に迎えたんだろう、筋はとおしているんじゃないのか。妾ならば腹も立つだろうが、〈山科屋〉なりに誠意を尽くしているように思えなくもない」

　あくまでも他人事として答えた。もし自分だったら、と、思うと、心が乱れるため、敢えて考えないようにしている。

「千登勢は泣きながら嫁に行ったんですよ。いやだ、嫁になんか行きたくない、祐吉さんと夫婦になりたいと、最後の最後まで泣いていたんです。それを無理やり〈山科屋〉が連れて行ったんだ」

　大きくなった祐吉の声を、隼之助は仕草で制した。

「事情はよくわかった」

　ひと言、告げて、黙りこむ。しかし、この話は、公事ではなく、あきらかに私事だ。それを今更、どうしろと言うのか。隼之助は沈黙と視線で訴えた。

「〈山科屋〉は」

　そう言いかけて、祐吉もまた口をつぐんだ。この男はおそらく〈山科屋〉に何度となく足を運んでいるだろう。千登勢の姿を見るだけかもしれないが、今日もこの後、訪ねないとも限らない。

「どういう巡り合わせなのかわからないが、おれは今日から〈山科屋〉に奉公することになっている」

隼之助は渋々告げた。『いかがでしょ』の女将に、憤懣やるかたないという気持だったが、後でわかれば、なお厄介なことになるのは必至。祐吉にまであれこれ責められてはたまらない。もっとも正直に言えば言ったで、これまた別の厄介事が起きるのもわかっていた。

「えっ、本当ですか」

案の定、身を乗り出した祐吉に、早口で告げる。

「文ぐらいは届けてやってもいいが、それ以上のことはできない。文も一度だけだ。返事がなければ、それで諦めろ。いいな」

「わかりました、はい、仰しゃるとおりにいたします。わたしが来ていることがわかれば、千登勢は必ず……はい、一度だけ、わかっております、お願いいたします」

隼之助に念を押される前に、先んじて答えていた。必ずどうなるというのか。離縁でもして、戻って来ると本気で考えているのだろうか。

「〈山科屋〉への訴えはどうする」

公事についても確認せずにいられない。千登勢のことはともかくも、商いの裏になにかしら秘めた事柄があるように感じられた。祐吉は前にも言いかけては口をつぐむということを何度か繰り返している。

「落ち着いて、よく考えてみます」

言葉を選びながらの様子に、『外れ公事』は外れのままで終わってほしいと、これは前にも増してそう思っていた。

「それがいい。商いをやる上では、色々あるものさ」

あたりさわりのない言葉で締めくくろうとしたときである。隼之助は戸の外に人の気配をとらえた。素早く土間に降り、勢いよく戸を開ける。

だれもいなかった。

「気のせいか」

「あの、なにか」

不安げな祐吉に、大きく首を振る。

「なんでもない。人がいるように思ったんだが、勘違いだったようだ」

「もしや……わたしを尾行けていたんでしょうか」

祐吉の顔には、隠しきれない怖れが浮かびあがっていた。尾行けていたという言葉には、尾行けられたことがあるという事実もまた隠れているように思えた。

「どうして、そんなことを思うんだ」

「この間、江戸から行徳に戻るときのことです。わたしは気づかなかったんですが、迎えに来た手代が『尾行けられているような気がする』と言っておりました。気味が悪くなって、急ぎ家に戻ったんです」

「そうか。若旦那の方だったたか」

雪也と将右衛門の忠告は、隼之助ではなく、祐吉にこそ、あてはまるものだったのかもしれない。

「え？」

「こっちのことだ。詳しい事情はわからないが、よけいなことは喋るなという警告かもしれんな。いずれにしても、早く行徳に戻った方がいい。帰路が不安であるならば、知り合いに腕の立つ者がいる。用心棒がてら送らせてもよいが」

友を売りこむことも忘れない。二人は要らないだろうが、どちらかひとりだけでも雇ってもらえれば、暮らしの足しにはなる。

「用心棒ですか」

気が乗らない素振りの祐吉を、もうひと押しした。

「使いを出して、迎えを来させてもよいがな。匕首でも持ち出されたときには、どうなるかわからんぞ。身体を張って、手代が助けてくれるかどうか」

「匕首」

祐吉の頬が、さっと引き攣る。

「そのお知り合いの方ですが、腕前は本当に確かなので」

「二人いるが、どちらも一刀流の免許皆伝よ。ひとりは、時々師範代を務めたりもする。彼の者が護衛役となれば、まず間違いない」

「そうですか。では、お願いします。あ、帰る前に、千登勢に文を書きますので、隼之助さんには、それを届けていただきたいと思いますが、宜しいでしょうか」

「わかった」

引き受けたくはなかったが、おとなしく帰ってくれれば、この件は終わる。それに用心棒役と引き替えだと思えば、仕方ないとも思っていた。

「すぐ帰るのか、二、三日、いるのか」

「二、三日おります。その間も用心棒と言いますか、付いていただけるとありがたいのですが」

「よし。すぐに使いを頼むとしよう」

さっさと済ませて、追い出すに限る。隼之助はおとらに使いを頼むべく、家の戸を開けて、外に出た。

「おはようございます」

斜め向かいの家の戸が開き、徳丸が顔を覗かせる。はじめの頃の仏頂面はどこへやら、色黒の顔に笑みを浮かべて、深々と頭をさげた。挨拶で答えた後、隼之助は小声で訊ねる。

「具合はどうだ。痛みはおさまっているか」

つい居丈高な物言いになっていた。祐吉に対してもそうだが、侍の言動がなかなか抜けない。それでも案じる気持ちに偽りはなかった。花江が持たせてくれた薬草を、昨日も煎じて、徳丸に飲ませている。今日からはその役目をおとらに頼んでいた。

「それが、さいぜんから、またちょいと痛み出しちまって」

胃ノ腑のあたりを押さえて訴えられれば無視できない。

「診てもいいが」

躊躇いがちに申し出た。奉公先は遠くない場所にあるが、やはり、今までほど自由はきかなくなるだろう。医者ではないものの、できる限りの治療を施している隼之助にしてみれば、患者の容態は気になる。

「ありがてえ」

徳丸は素直に喜びを表した。

「すまねえが、頼む。いや、弱気になっているだけかもしれねえ。人に甘える気持ちが出ているのかもしれねえや」

「それじゃ、隼之助さん。わたしは〈切目屋〉に戻ります」

祐吉の声が重なり、隼之助は振り返る。

「わかった。知り合いが来たらすぐに行かせる」

旅籠（はたご）は目と鼻の先、さして不安も覚えずに、徳丸の家に入った。とそのとき、叫び声が轟（とどろ）きわたる。

「うわぁっ、た、助けてくれっ」

隼之助は路地に飛び出して、木戸を走り抜ける。祐吉が男に襲いかかられていた。とっさに腕を引き、背中に庇（かば）って前に出る。手拭いで顔を覆った男は、匕首を突き出して来た。のけぞって躱（かわ）しながら、祐吉を家の方に押しやる。

「逃げろ」

懐に手を入れたまま、隼之助は右に左に軽く躱した。龍の意匠が施された短刀を握りしめているが、使わずに済ませたいと思っている。雪也曰（いわ）く「受けに受けて最後に切れ味のいい一撃で仕留める剣」は、ここでは使いたくなかった。

「だれに命じられた」

訊ねたが、むろん答えるわけもない。急所を狙って匕首が蛇のように伸びて来る。

手拭いでうまく顔を覆っているため、顔立ちはわからない。が、その両眼は狂気を宿したように吊りあがっていた。

「御役人が来たよ」

路地の奥で不意に声があがる。おとらをはじめとする婆さんたちが、鍋を叩いて、派手に騒ぎ出した。男は忌々(いまいま)しげに舌打ちし、踵(きびす)を返して、薄明(はくめい)に融(と)ける。おとらがすぐにこちらへ来た。

「大丈夫かい、隼さんよ」

「ああ、なんとかな」

答えて、祐吉に目を向ける。まだ夜明け前だが、その蒼白な顔だけは、はっきりと見て取れた。狙われたのは若旦那、志保の言葉どおり、『外れ公事』になりそうな感じがする。

「用心棒が来るまで、若旦那はここにいるといい。おとらさん、使いを頼む」

「あいよ」

襲われた理由はわからないが、問い質(ただ)したところで答えそうもない。

――いずれにしても、厄介なことよ。

吐息をついて、隼之助は、家に戻った。

二

奉公先の〈山科屋〉は、迷子札が掛けられることで有名な一石橋（いっこくばし）の近くにある。

この橋は日本橋の西二丁のところにあり、御堀に臨（のぞ）んで日本橋川に架かっている。西河岸町と北鞘（きたさや）町とを結ぶ橋で、八橋、あるいは八ツ見橋とも呼ばれていた。橋上に立って四顧すれば、日本橋、江戸橋、呉服橋、銭瓶橋（ぜにがめばし）、道三橋（どうさんばし）、常盤橋（ときわばし）、鍛冶橋（かじばし）が見渡せ、一石橋とともに八橋を眺め得られるところから、八橋の名がついたとされる。水の便がよいため、付近には廻船問屋や船宿が多かった。

「炊きあがった飯は、握り飯にしておくれ。今日はあちこちから荷が届くからね。人夫の数がいつもより多いんだよ」

見世の台所で、隼之助は、おりきという古株らしい下働きの女に言われて、握り飯を作り始めている。商品の仕入れや販売に携わる奉公人が二十人、台所衆と呼ばれる奉公人が男女合わせて六人。だが、これはあくまでも常に奉公している者の数であり、荷担ぎとして雇われる人夫は、その日によって異なるという話だった。

「なにかわからないことがあったら、遠慮しないで訊（き）いておくれな」

おりきに流し目を投げられて、隼之助は慌てて顔をそむける。

「はい」

年は三十なかば、朝、ここに来たときから、男の台所頭を押しのけるようにして、隼之助の世話役を買って出ていた。五尺六寸程度の隼之助と、背丈は大差ないが、重さは軽く二倍はあるだろう。大年増の大女に秋波を送られても、喜べるわけがなかった。

「年は二十二だっけ？」

「はい」

「壱太さんったら、言うのは『はい』だけかい。お店に奉公するのは、初めてという感じだね。その年になるまで、なにをやっていたのさ。職人にでもなろうとしたのかい。それが無理だとわかって、食い扶持を稼ぎに来たってとこかね」

しきりに探りを入れてくるのが鬱陶しくてならない。

「ええ、まあ、そんなところです」

隼之助は塩を手に取り、握り飯を黙々と作り続ける。〈山科屋〉の主――玄助の年は四十前後、去年の十月、千登勢と所帯を持っていた。玄助は初婚なのか、家族は他に隠居の金吾がいるだけで、跡取りなどはまだいない。〈山科屋〉は江戸市中だけでも、暖簾分けした出店を十軒ほど持っていた。

――さて、塩問屋の塩は、どんな味か。

指についた塩を、試しに嘗めてみる。刹那、湿気を含んだ塩辛さだけが舌に広がった。あまりにも不味くて〝絵〟が浮かぶどころではない。思わず吐き出しそうになったが、なんとか飲みこんだ。

「塩は、いつもこれを使うんですか」

素朴な問いかけが出る。おりきは待ってましたとばかりに答えた。

「そうさ。奉公人の煮炊きには、その塩を使うんだよ。でも、旦那様やご隠居様が召しあがられる膳のときには、あれを」

膳台の隅に置いてある小さな塩壺を目で指した。

「〈山科屋〉の極上品、『雪の花』と呼ばれる塩を使うんだよ。雪を欺くようなその白さから、名付けられたらしいけどね。あたしも時々、お裾分けしてもらうんだよ。そりゃもう旨い塩さ」

お裾分けなどと言っているが、盗み酒ならぬ盗み塩であるのは間違いない。隼之助は塩壺にちらりと目を向けた。

「『雪の花』ですか」

「ああ、大名家御用達の塩さ、近頃では、公方様にもお納めしてるって話だよ。お店では、松竹梅の呼び方で、三とおりの塩を売っているけどね。『雪の花』は松の上、下々の口には決して入らない塩だとか。作れる量も少ないらしくて、見張りつきで蔵に納められているよ」

「へえ、塩の見張り番がいるんですか」

問いかけながらも手は休めない。握り飯を作るのは得意だし、よけいなことを考えずに済むのが好きだった。堅く握りすぎると不味くなる。花江に手ほどきされたのを思い出しつつ、ほどよい大きさに仕上げていく。

「塩ってのはね、壱太さん。運ぶのも大変だけど、置いておくのも大変なのさ。湿気にやられたらお終いだろ。だから見張り番を置いて、常に気配りをするんだよ」

「飯はまだか」

ぼんやりとした声が、板場から聞こえた。台所は竈や膳台が置かれた土間と、配膳や奉公人の飯場を兼ねた板場から成っている。六十なかばぐらいの年寄りが、土間にいる隼之助たちを見おろしていた。若い頃はけっこう女を泣かせたのではないだろうか。いかにも品のいい隠居という風貌の持ち主だった。

「ご隠居様」

おりきが歩み寄る。

「今し方、朝餉を召しあがられたばかりじゃないですか。食べてばかりいると、お身体によくありませんよ」

「握り飯」

節くれ立った指で、隼之助を指した。問いかけの眼差しを向けると、おりきが小さく頷き返した。差し出した握り飯を、隠居の金吾はかぶりつくようにして、わずか二口でたいらげる。

「うむむぅ」

急にむずかしい顔になった。

「あら、やだ。慌てて飲みこむから、喉につっかえたんじゃないんですか」

おりきが板場にあがり、背中をさする。いやいや、違う、と、金吾は首を振った。

「使っている塩は不味いが、なんとも言えない握り方をしておる。ゆえに、不味いか旨いのかわからんのじゃ。どんな顔をしたらいいのかわからん」

「おや、そうでしたか。新しく入った壱太さんが、握ったんですよ」

「壱太」

金吾の目が探すように動いたのを見て、隼之助は「わたしです」と頭をさげる。隠居は鷹揚に告げた。

「そうか。握り方は上手いが、塩が不味いのは駄目だ。旨い塩で握り直せ」

「畏まりました。中食には、仰せのとおりの塩を使いました握り飯をお持ちいたしますので、今少しお待ちください」

「わかった」

おとなしく金吾は、座敷の方に足を向けた。ほっとしたように、おりきが土間に戻って来る。

「ちょいと老耄かけてんだよ。目を離すと、すぐ外に出て行っちまうんで、気が気じゃないのさ。足が達者でねえ、ぐるぐる、ぐるぐる、いつまでも家のまわりを歩くから、もう、疲れるのなんのって」

「ですが、舌は老耄かけていないようで」

隼之助の言葉に、おりきは吐息まじりに呟いた。

「そうなんだよ。だから手を抜けなくてさ。舌が肥えてるってのも考えもんだね。若い頃はいいかもしれないけど、年を取るとあれだよ。厄介なだけさ」

よけいなお世話だ、と、腹の中で言い返した後、

「ご隠居様の握り飯を作りたいと思います。『雪の花』を使ってもいいですか」

丁重にお伺いを立てる。

「ああ、そうだったね。ご隠居様は、あんたの握り飯が気に入ったみたいだ。口うるさいのは、旦那様も同じだから助かるよ。ついでに奥座敷の分も作っとくれな。女将さんは出かけているから、二人分、頼むよ」

と、おりきは塩壺を持って来た。

「おりきさん、夕餉（ゆうげ）の菜はなににするんですか」

他の奉公人から声が掛かる。

「あたしじゃなくて、お頭様に訊いておくれよ。中食がまだ終わってないってのにさ。面倒なことだね」

口ではそう言いつつも、おりきの声は弾（はず）んでいた。男の台所頭は苦虫を噛みつぶしたような顔をしていたが、事実上の頭はおりきなのだろう。台所衆の確執（かくしつ）が見え隠れする場面だったが、おりきが離れて行ってくれたのはまさに幸いといえた。

——大名家御用達の塩か。

隼之助は口を漱（すす）いでから、おもむろに塩壺を開けた。確かに白いが、雪のような白さではない、普通の塩の白さのように見える。雪を欺くような白さというのは、大袈裟すぎると思いながら、ひと嘗めした。

次の瞬間、脳裏に眩い光があふれる。

旨味の中に隠れた深い甘さが、舌の上に溶けて、広がった。と同時に、光、光、光。光が弾け、乱舞する。これは陽射しをたっぷりと浴びた天日干しの塩だった。しかも慣れ親しんだ味であることを、一瞬のうちに察している。

――木藤家で使っている塩だ。

漬け物や青菜を茹でるときなどは、安い塩を用いるが、味付けはこれだった。間違いなく同じ塩である。鬼役の家なればこその特権なのかもしれない。隼之助は遅ればせながら、木藤家の台所が、非常に恵まれていることを悟っていた。

「うるさいったらないね。給金は安いのに、こき使われるんだからたまらないよ」

隣に戻ってきたおりきが、さも不満げに呟いた。ふたたび意味ありげな笑みを向けられる。隼之助がかなり無理をして苦笑を押しあげたとき、

「新入りを連れて行ってもいいか。荷が届いたらしくてね。手伝えと番頭さんから言われたのさ」

声が掛かった。名は確か才蔵で、年は二十七、八。浅黒い肌をした精悍な顔つきの男は、なぜ、台所衆になったのかと、だれもが疑問を抱かずにいられないほどに、切れ者という印象を受ける。

番頭にも頼りにされているのか、人手が足りないときは、お店の表の手伝いもしていた。無口な男が、おりきは苦手らしい。

「けど、壱太さんには、ご隠居様の握り飯を作ってもらっているんだよ」

先刻までの威勢のよさが消えて、消え入りそうな声になっている。

「急いで作りますんで」

隼之助は言い、手早く握り飯を作り出した。奥座敷の分は、隠居の金吾と主の玄助のみ。たいして時はかからない。才蔵は届いたばかりの野菜を運び入れながら、おりきに睨みをきかせるように、ちらちらと目を走らせている。

「終わりました」

「それじゃ、来い」

才蔵に呼ばれて、勝手口から外に出る。

「終わったらすぐに戻って来るんだよ」

おりきの声が追いかけて来たが、答える気持ちにはなれない。だが、大年増の大女から離れられてほっとしたのも束の間、隼之助を待っていたのは、重い塩袋を担ぐ仕事だった。

三

「日陰の青菜みてえな野郎だな。ひょろっとして、女みてえじゃねえか。塩袋なんか担げるのかい」

人夫頭だろうか、開口一番、きつい言葉が飛び出した。まくりあげた袖からは、刺青を施した太い腕が覗いている。やにだらけの黄色い歯を剝き出して、にたにたと嘲笑を浮かべていた。

「大丈夫です」

隼之助は答えて、才蔵とともに船着き場へ行った。着いたばかりの船から荷を降ろす者、それを受け取って見世に運ぶ者と、役割が決まっている。どちらも楽ではないが、隼之助は否応なく見世に運ぶ役目を担わされた。

「う」

渡された塩袋のあまりの重さに、身体中の骨が軋みそうになる。それでも足を踏ん張ってこらえた。多聞が奉公させたのはすなわち〈山科屋〉に不審な点があるからだろう。祐吉が口を開きかけては、つぐんでいたことの裏に、なにかが隠れているのかもしれない。

　──若旦那に張りついていた方が、いいようにも思うがな。

　甘い望みは持つだけ無駄、塩袋を運びながら、見世の様子を盗み見ている。主の玄助は、帳場に座っていた。太り肉というほどではないが、毎日の豊かな膳がそのまま血肉となっている様子が見て取れた。色黒の隠居とは、あまり似ていないものの、どっしりと構えている姿は、凡愚ではないように思える。

「そら、また船が着いたぞ。荷を運べ」

　刺青男の命令で、河岸に着いたばかりの船に走った。少なくともこの船着き場に正月気分は残っていない。みな黙々と働いている。

「この荷はどこから来たんですか」

　隙を見て、隼之助は、才蔵に訊いた。

「行徳さ」

　その返事に、すかさず問いかけを返した。

「ですが、〈山科屋〉は、廻船下り塩問屋じゃないんですか。行徳の塩を扱うのは、地廻りの塩問屋と聞きましたが」

　廻船下り塩問屋とは、十州──播州、備前、備中、備後、安芸、周防、長門、讃岐、阿波、伊予から運ばれる下り塩を取り扱う塩問屋のことで、四軒しかその権利を認められていない。利潤も高く、十組問屋の中でも、最高株の千両の値がついていた。隼之助が知る限り、廻船下り塩問屋と地廻り塩問屋の間には、はっきりとした格差があったはず。下り塩の方が、格付けとしては、上だったように憶えている。特に赤穂の塩は、問屋印を押して、俵に経木をつけ、その品質を保証していたはずだが……。

「どっちも扱っているんだよ。昔は下り塩の方が、あきらかに値が高かったけどな。塩田が増えすぎて、いまや二足三文さ。船賃がかかるうえ、運んでいる最中に湿気を吸い、駄目になっちまうこともある。近頃では、船賃のかからない行徳の塩が、重宝がられているのさ」

「行徳の塩は、ご公儀のお取り扱いではないんですか」

「ああ、ご公儀にも納めている。だから、この見世は公儀御用達よ」

「へえぇ、〈山科屋〉が公儀御用達の見世だったとは知りませんでしたよ。おかしなこともあるもんだ。公儀御用達であれば、なぜ、それを売りにしないんですかね。看板の横に『公儀御用達』と掲げてもよさそうなもんだが」

心で感じたことが、つい声になっていた。才蔵にじっと見つめられてしまい、慌てて言い訳する。

「すみません、よけいなことを」

「いや、よく気づいたと思っただけさ。若いのになかなかいい読みをするじゃないか。旦那様は遣り手でな。近頃は塩田を手放す者が多いんで、次から次へとそれを買い、儲けを増やしているってわけだ」

「それじゃ、今は赤穂の塩も……」

「そこ、なにをしている。無駄口を叩くんじゃねえ」

刺青男に遮られて、いやおうなく話を中断させられた。かつては極上の塩の代名詞のようだった赤穂の塩。時が移れば、それがただのお荷物になりかねない。移り変わりの激しさに、ついていけない者も少なくないはずだ。

——赤穂藩の藩主が、気鬱の病になった原因は、これかもしれないな。

荷担ぎに従事しつつ、『膳合』の日に起きた小さな騒ぎを思い出している。森越中守忠徳の『厠の念仏』が今も頭を離れない。大目付は事を公にすることなく、越中守を赤穂藩の留守居役に託したため、騒ぎは最小限に食い止められたが……。

「女将さんがお戻りです」

番頭の声で、主の玄助が帳場から土間に降りて来た。隼之助は千登勢が出かけたときは、台所の方にいたため、顔を見るのはこれが初めて。見世の前に着いた駕籠から、若い娘が姿を見せた。

――なるほど。若旦那の執心も、無理からぬことか。

と、目を引きつけられたのは隼之助だけではない。荷担ぎに駆り出された人夫たちも、千登勢の美しさに心を奪われていた。きりっとあがった切れ長の眸と、紅を引いた唇の愛らしさに、だれもがいっとき塩袋の重さを忘れている。

「お帰り。浅草寺はどうだった。混んでいたかい」

玄助はそれらの目を充分、意識したうえで、にやけていた。わたしの妻はどうだ、ええ、おまえたちには手の届かない存在だろう、〈山科屋〉の女房として恥ずかしくない女だとは思わないかい。そんな声が聞こえてきそうだ。

「ええ。人が多くて、少し疲れました」

千登勢は答える声までもが可愛らしい。年はせいぜい二十前後、玄助とは親子ほども年が離れているのではないだろうか。多少、浮かない顔をしているのは、祐吉が言ったように、なかば無理やり祝言をあげさせられたからなのか。

「そうか、それはいけないね。早く奥に行って寝みなさい」

手を取って、玄助は千登勢を帳場の方に導いた。若い女房の望みであれば、どんなことでも叶えてやる。玄助ならずとも、そう思うかもしれない。公儀御用達の塩問屋の主は、少なくとも若い女将を粗末には扱っていないようだ。

「美い女だ」

　刺青男が小声で呟き、いやらしく舌なめずりする。まだ振り袖の方がしっくりきそうな千登勢が、眉を剃り、お歯黒をつけている姿に、ことさらそそられるのだろう。他の人夫たちも、目をぎらつかせていた。

「さあさあ、いつまでさぼっているんですか。女将さんに見惚れている暇があったら、荷を運ばないか」

　番頭の一喝で、止まっていた時がふたたび動き始める。船と荷車が先を争うように着く度、荷を降ろして、見世の蔵に運びこんだ。正月が明けたばかりだからなのか、相当な量の塩袋が届いている。

　――若旦那。

　隼之助は、一石橋のたもとに佇む祐吉と将右衛門を見た。おそらく千登勢が家に入るのを見ていたに違いない。あるいは示し合わせて、浅草寺で密会の場を持ったことも考えられる。未明に襲われたばかりだというのに、懲りないことだと思った。

　――あれは〈山科屋〉の脅しだったのかもしれぬ。

そんなことを考えていた。うるさくつきまとう祐吉を腹に据えかねて、剣呑（けんのん）な輩（やから）を差し向ける。さっさと行徳に戻れ、次はどうなるかわからんぞ。賊が案外、あっさりと引きさがったのは、あくまでも脅しのつもりだからかもしれなかった。

あれこれと思いを巡らせるのは、塩袋を運ぶ苦しみを感じないようにするための自分なりの策だ。船や荷車から渡される塩袋を、見世の裏門から蔵まで運び、そこで待つ人夫に渡してはまた見世の前まで駆け戻る。永遠に続くかと思われた苦行を終わらせたのもまた番頭だった。

「さあ、そろそろ仙（せん）の字ですよ。今日はまだまだ荷が届きますからね。のんびりと休みを取られては困ります。手早く済ませてくださいよ」

張り詰めていた場の空気がなごむ。仙の字は、中食を示すお店特有の隠語である。台所から運ばれて来た握り飯に人夫たちが群がった。

「壱太さんのは、こっちだよ」

おりきが掲げた別の盆を、才蔵が素早く奪い取る。

「すまないな。新入りと味わわせてもらうぜ」

「あ、そ、そうかい」

気圧（けお）されたらしく、おりきは、すごすごと裏門の方に戻って行った。才蔵はいかにも頼りになる兄貴分という感じだが、隼之助は気を抜かない。親切すぎることに警戒心を抱きつつも、才蔵から必要な話を集めたいという、かなり虫のいいことを思ったりもしていた。相反する思いを秘めて、人夫たちとは少し離れた場所で、中食の場を持つことにする。

「おりきには気をつけた方がいい」

と、才蔵は茶を淹(い)れた湯飲みを差し出した。

「若い男が好きでな。特にあんたのような男を見ると食らいつく。食らいついたが最後、鼈(すっぽん)のように離れないのが厄介だ」

「鼈女ですか」

「ははは、そう、鼈女だ」

「わかりました。気をつけます」

素直に頷いて、握り飯を頬張る。雪也は節操のない女喰らいだが、おりきも負けず劣らずの男喰らいといったところか。しかし、今、隼之助の興味があるのは、〈山科屋〉のことだけだ。

「それにしても、ずいぶん沢山の荷が届くんですね」

気楽な口調で切り出した。

「旦那様は、日本中の塩を買い占めるおつもりなんでしょうか」

「さあて、旦那様の思惑まではわからないが」

　声をひそめた才蔵の口もとに、隼之助は耳を近づける。

「ここだけの話だが、質の悪い黒塩まで買い集めているという噂は耳にしたぜ」

「黒塩も運ばれているんですか」

　塩を作る途中で釜の煤（すす）がついたり、塩袋を置く場所に心を配らずに湿気させてしまったりした出来の悪い塩を総じて黒塩と呼んでいた。普通は江戸で売ったりしないが、運んでいるということは、売っていると考えるべきだろう。潜入を命じられた理由はこれかもしれない。いやでも真剣になっている。

「ああ。おれたちが運んだ中にもあるかもしれないぜ。どうやら行徳で手を加えているらしいのさ」

「なるほど。それで、行徳からの荷が多いのか」

「お、大名駕籠（かご）だ」

　才蔵が腰を浮かせた。供は四人、お忍びという感じの駕籠が、見世の前に停まる。家紋も見えたが、隼之助にはどこの大名家かまではわからない。才蔵が心を読んだように告げた。

「丸に釘抜か。播磨国小野藩の一柳土佐守様だな」

「凄いですね。才蔵さんは、大名家のことにも通じているんですか」

「なぁに、前にも来たことがあるのさ。おおかた借金の申し込みだろうぜ。もしくは、旦那様に金の生る木の作り方を教えてくれと頼みに来たのか。瀬戸内近辺に領地を持つ大名家は、塩田を持っている家が多くてな。どうやれば儲けられるのか、その秘訣を教えてくれと、他にも日参してくる大名家がある」

「ですが、こうやって見世に藩主が直々におでましになるという話は、あまり聞いたことがありません。あ、もちろん、わたしが知る限りにおいてですが、普通は、吉原の料理屋あたりに宴席をもうけるんじゃないんですか」

「そうだ、普通はな、あんたの言うとおりさ」

四

ふたたび才蔵は隼之助に、奇妙ないろに光る目をあてた。なぜ、こんなふうに見つめるのだろう。

「あの、なにか」

真っ直ぐ目を見て、問いかけた。

「いや、さいぜんも言ったと思うが、あんたは若いのになかなかいい読みをすると思ったのさ。旦那様はな、そう簡単に手の内を明かしたりはなさらない。大名家の誘いを受けないがゆえの見世詣りさ。こうやって突然、訪ねて来ては、『さあ教えろ』と脅しをかける。あるいは持て余している塩田を買い取ってくれという頼み事かもしれないが」

「ついでに、ちょいと教えてください。話が戻るんですが、旦那様は、どうして公儀御用達の看板を掲げないんでしょうか」

「どうして、か」

一瞬、間を置いて、才蔵は答えた。

「〈山科屋〉が行徳の塩を一手に引き受けるようになったのは、去年あたりからなのさ。つまり、公方様に塩を納めるようになったのもその頃からだ。だからまだ公にはしていないのかもしれないが……穿(うが)った見方をすれば、なにか広めたくない理由があるのかもしれないな」

「人には言えない理由があると？」

「言えないというか、言いたくない理由だろう。ま、考えすぎかもしれんがな。〈山科屋〉は京や上方を中心にして、販路を広げてきた塩問屋だ。江戸においては新参者。古株の塩問屋に遠慮して、公儀御用達の看板を掲げるのを控えているのかもしれない。新参者に対しては、どこでも風当たりが強いからな」

「でも、その新参者に、播磨国の大名家が、ああやって見世詣りをするわけですから」

駕籠から降りて、見世に入って行く藩主を複雑な思いで見つめた。もしかすると、赤穂藩の越中守忠徳も訪ねて来たことがあるのではないだろうか。

「わたしは才蔵さんの話を聞くまで、赤穂産の塩こそが、最高の塩だとばかり思っていました」

独り言のような呟きが出る。自分の口に入るものがどこで作られた品なのか、隼之助は鬼役の家に暮らしていたにもかかわらず、気にかけてはいなかった。そこに目が向いただけでも、多聞に感謝すべきかもしれない。

「そう、赤穂産の塩は確かに高値で取り引きされた。問屋印を押して、俵に経木の札をつけてな」

才蔵は頷き返して、続けた。

「知っているか。赤穂浪士が吉良上野介を討ち取った話の裏にも、実は塩が関わっていたんじゃないかと言われているのを」

「え」

どきりとして、目をあげる。問いかけの眼差しを見たに違いない。才蔵は刺青男や番頭の様子を見た後、小声で答えた。

「吉良様も領地に、塩田を持っていたようだが、技においては、当時の赤穂藩に叶わなかったらしい。浜師、これは、あんたもわかるだろう、塩を作るのを生業（なりわい）としている男だが、領地の浜師に教えてほしいと指南役を頼んだが、赤穂藩は今の〈山科屋〉と同じことをした」

「指南役を断ったんですか」

「という風聞を記した書物を目にしたことがある。それを根に持った吉良殿が、饗応役（きょうおうやく）となった赤穂藩の藩主をここぞとばかりに虐（いじ）めぬき、という話だ。しかし、どこまで信用できるかはわからないな。他の書物によると、吉良様が領地に塩田を持っていたという記述はない」

打てば響くように答える才蔵に、隼之助は「もしや」という疑問を抱いていた。懐に入れたままの短刀を握りしめている。これを〈達磨店（だるまだな）〉の家に届けたのは、この者ではないのか。

〝会(お)うたか〟

と多聞が言ったのは……。

「急に黙りこんでどうした」

「いえ、別に。もうひとつ、赤穂浪士に関わりのある話を訊きたいんですが」

隼之助は我知らず自分の喉に手をやっている。

「斬られた吉良様の首を身体に縫い繋げた者がいた、という話は、才蔵さんが読んだ書物には載っていませんでしたか」

「載っていた」

即答した後、才蔵は、にやりと笑った。隼之助が「もしや」と思ったことに、「そのとおりだ」と表情で告げている。おそらく多聞の手下なのだろうと判断した。

――ひとりではない、父上の助けがある。

沸(わ)き立つような喜びを抑えて、次の言葉を待っている。

「殿中においての刃傷沙汰(にんじょうざた)の折、吉良様の傷の手当てをした金瘡(きんそう)医、栗崎道有(くりさきどうう)が残した書物にな、その旨、記されていた。首級(しゅきゅう)を獲(と)られたとき、正しくは、首級を獲られた後だろうが、その首と胴体を一つに縫合したと」

金瘡医は外科医のことである。さらに才蔵は、栗崎道有は吉良上野介の墓がある同じ寺に葬られたとも言い添えた。

「やはり、あの話は、戯れ言ではなかったのか」

隼之助は、あらためて戦慄を覚えている。

〝赤穂藩は呪われておるのじゃ、上野介殿にな。夢枕に夜毎、現れるのよ。首のところに縫い目のある上野介殿が……わかるか、斬られた首を身体に繋げたのじゃ〟

越中守忠徳が繰り返していた『厠の念仏』と、尋常ならざる怯え方が甦っていた。夜毎、現れる吉良上野介の亡霊、首に縫い目のある亡霊であると、忠徳は本当に見たからこそ知っていたのではないか。

「それとも」

だれかにそれを教えられて、無惨な姿が頭に焼きつき、亡霊を見るようになったとも考えられる。黙りこんだ隼之助を、才蔵が促した。

「それとも、なんだい。気になることがあるなら訊いてくれ。わからないことは答えようがないが、知っていることは答えられるぜ」

そう言われたからといって、なにもかも話せるわけがない。おそらく才蔵は多聞の手下だろうが、はっきりと口にしない限り、どこかに疑いの目を残しておいた方がいいと思っている。

「いえ、その栗崎という金瘡医は、勇気がある男だと思いまして。当時はみな赤穂浪士に味方していたわけでしょう。それなのに、よく首を繋げる役目を買って出たな、と」

「そうよな、壱太さんが言うように、赤穂浪士に味方していた者は多かったろう。しかし、金瘡医の場合などは、お上に対する不満が表れたんじゃないかと、おれは思うがね。吉良様はお上の身代わりにされたのさ。わざと孤立させて、襲わせやすくさせたのは、五代将軍綱吉公の側用人（そばようにん）、柳沢吉保（やなぎさわよしやす）様という話もある」

「それはまた……なぜ？」

　興味を引かれて、訊き返している。同時に才蔵に対しても「なぜ？」という疑問が湧いていた。赤穂浪士の討ち入り騒動を別の方面から見てみようじゃないか。そう言わんばかりの話しぶりが気になってはいる。が、才蔵への疑問は心に留め置き、赤穂浪士の騒動の裏側を覗き見るような気持ちになっていた。

「柳沢様にとっては、吉良様は、煙（けむ）たい存在だったのかもしれないな」

　才蔵は淡々とした口調で続けた。

　吉良家は、室町時代から鎌倉時代における源氏筆頭の名家、足利家に連なっている。そういった家柄などを配慮したうえで、吉良家は幕府の「高家（こうけ）」という役職を賜ったとされている。「高家」というのは、朝廷と幕府の間を取り持ち、かつ城内における諸式礼法を掌る専門職だ。

さらに吉良上野介は武門の雄、上杉家とも結びつき、従四位上の少将という破格の位階を得、言うなれば天下の『儀礼道』の頂点に立っていたといえる。

対する柳沢吉保は、若い頃は大変な美童と噂され、学問にも秀でていたことから、五代将軍綱吉公の寵愛を受けている。毎年のように栄進し、知行の方も増えに増えて、御側御用人に取り立てられた。

〝なかんずく俊敏な性格で、いち早く綱吉公の気の向かうところを察し、これを処理することに秀でた人物であった〟

と、これは当時の書物に記された一文である。松の廊下での騒ぎを、「喧嘩両成敗」とはせずに、内匠頭だけに厳罰を与えて、まずは赤穂浅野家を断絶。吉良上野介の方は「おかまいなし」として放置し、内匠頭の遺臣たちに付け狙わせる。

「結果として、赤穂浅野家は御家断絶、宗家はどうにか残れたが、受けた傷は並々ならぬものがあるだろう。公儀の顔色を窺いながらの暮らしになったのは確かだろうぜ。吉良上野介の方は首を討ち取られて、これまた御家断絶。柳沢様にしてみれば、目の上のコブが消えて、せいせいしたかもしれないな。吉良家の血を引く名門の上杉家も、大きく力を失ったことは、間違いあるまいさ。さて、ここで壱太さんに訊ねたい。漁夫の利を得たのはだれだったか」

才蔵の視線を受けて、隼之助は囁き声で答えた。

「すべては柳沢様、つまり、公儀の企みであったと？」

「という考え方もあるってことだ。ま、物事は色々な方面から見た方が面白いからな、あれこれと考えてみたってわけだ。おれはひねくれているらしくてね。裏を探るのが好きなのさ」

不意に才蔵が顎で隼之助の背後を指した。振り返ると、将右衛門が近づいて来るのが見えた。急いで握り飯を口に押しこみ、駆け寄る。

「若旦那か」

聞くまでもない、厄介事の原因は、たやすく想像できる。一石橋の方では祐吉が、こちらに不安げな顔を向けていた。

「うむ。文ではもどかしくてならない、直接、〈山科屋〉の主に会うて話をしたいと、何度も訴えるのだ。諦めろと言うたのだがな。どうしてもと引かぬ」

「思いどおりにさせてやれ」

なかばやけ気味に答えた。祐吉もおそらくは、自分を襲わせたのがだれであるか、気づいているに違いない。脅しに負けてなるものか、この機に乗じて千登勢を取り戻してやろうじゃないか。そんな決意が見え隠れしている。覚悟を決めて来たからには、たやすく引きさがりはすまい。

「よいのか」

「おれに訊かれても困るが……まあ、これが最後だと言い含めて、けりをつけさせるしかないだろう。雪也はどうした。一緒じゃないのか」

「おぬしの家におる。流石に二人では目立つゆえ、ひとりの方がよかろうとなったのよ。若旦那は雪也の分も、礼金を払うと言うておる。行徳まで帰る折には、二人で行くことになっておるのじゃ」

将右衛門が気にするのは、金と飯のことだけだ。人夫たちが食べている握り飯を、羨ましそうに眺めている。

「では、呼んで来い。用心棒は二人いた方が、いいかもしれぬ。今日は気の荒い連中が集まっているからな」

荒くれ者の人夫たちに命じて、祐吉を痛めつけることも充分、考えられた。用心棒が二人いれば、最悪の事態だけは避けられるかもしれない。〈山科屋〉とこれ以上、関わらない方がいいのはわかっていたが、無理やり帰らせても、どうせまたすぐに戻って来ることもわかっていた。

「承知した」

足早に離れて行く将右衛門の傍(かたわ)らには、大名駕籠がまだ停まっている。〈山科屋〉は色々な意味で、忙しいようだった。

五

元禄の赤穂浪士騒動の裏には、幕府の謀(はかりごと)があったのだろうか。

斬られた首と胴体を縫って繋げられたという吉良上野介。それを行ったのは、栗崎道有という医者。そして、現在の赤穂藩の藩主は、首に縫い目のある上野介の亡霊を見て、気鬱の病になっている……。

その夜、隼之助は、女の啜(すす)り泣きのような声で目が覚めた。夕餉(ゆうげ)を摂(と)った後、少し横になるだけのつもりが、昼間の疲れが出て、そのまま寝入ってしまったらしい。あてがわれた部屋では、台所衆だけでなく、手代や小僧も寝(やす)んでいる。才蔵もいるはずだが、首をもたげて見たものの、暗すぎてどこにいるのかわからない。

——若旦那が帰ったところまでは見届けたんだが。

祐吉は主の玄助に会い、一刻(いっとき)(二時間)ほど話しこんだ後、ここを出ている。かろうじて、それを見送ったのだが、あとのことはほとんど憶えがない。泥のように眠りこんでしまったようである。

——やはり、女の泣き声だ。

隼之助は静かに起きあがり、廊下に出た。雨戸が閉められた廊下は、足の裏が貼りつきそうなほどに冷たいうえ、鼻をつままれてもわからないほどの暗闇に包まれている。夜目(よめ)が利(き)くので、ついでに厠で用を足し、声がする方にそろそろと歩を進めた。主夫婦の寝所には、うすぼんやりと明かりが灯(とも)っている。

「あたしはいやです。行徳になんか、二度と行きません」

おそらくは千登勢だろう、泣いているのか、掠(かす)れた涙声になっていた。

「大丈夫だよ、落ち着きなさい」

玄助の声が続く。

「でも、旦那様。あたしは二度と、あんな男のもとには戻りたくないんです。この家で旦那様とずっと一緒に暮らしたい」

啜り泣きながら、千登勢は訴えていた。祐吉の訪れによって、夫婦の間に小さな諍(いさか)いが生じたに違いない。玄助は囁くようにして、千登勢を懸命に宥めている。

「わかっていますよ、おまえをどこにもやりはしないよ。若旦那には困ったものだ。あんなにしつこいとはね」

「ええ、あたしも驚きました。ですが、信じてくださいな、文を送ったりはしていません。そんなことはしていないんです。許嫁だったのは昔のこと、思い出したくもありません。うろうろされるから気持ちが悪くて」

千登勢の言葉に、隼之助は唇をゆがめた。

――変わっていないのは、若旦那の方だけか。

数か月前には、泣いて嫁いだ女が、今はその相手を気持ちが悪いと言い捨てる。贅沢な暮らしに身も心も染まってしまったのだろう。美しい着物をまとって寺詣りや芝居見物、膳の支度をするのは奉公人で、千登勢は大名家の姫様のような暮らしにどっぷり首まで浸かっていた。

「誓ってもいい、会うのは、あと一度だけですよ。しかし、行徳に行くのさえ、いやだと言うのならば、会う場所を変えるしかありませんね」

玄助は言い、またなにか囁いたが、もう聞き取れない。若旦那はなにかしら切り札のようなものを持っているのだろうか。それをちらつかせて、千登勢を返せと脅した。玄助はむろん脅しに屈する気はないだろうが、放っておけない事柄であるため、渋々、千登勢に会わせることだけは承諾した。

——そんなところか。

隼之助は、来たとき同様、足音を忍ばせて戻り始める。夫婦の秘め事を盗み聞くつもりはない。〈山科屋〉が隠している秘密とは、いったい、なんなのか。祐吉は隼之助の家に泊まっているはずだから、このまま家に行った方がいいだろうか。躊躇って、一瞬、足を止めたとき、

「うわっ」

隼之助はいきなり部屋に引きずりこまれた。むんずっと腕を摑まれるや、畳に引き倒される。仰向けに倒れたところへ、だれかがのしかかって来た。隼之助は懐に忍ばせていた短刀の柄を握りしめる。

「盗み聞きかい、壱太さん」

「おりきさん、か？」

相手がおりきとわかって、思わず安堵の吐息をついた。

「驚かせないでください。だれかと思いましたよ」

「あたしも厠に行こうと思って起きたんだよ。そうしたら、先客が壱太さんだとわかったからさ」

おりきは、耳に熱い息を吹きかける。

「旦那様たちの秘め事を盗み聞くよりも」

隼之助の手を握りしめ、無理やり自分の胸に導いた。思いのほか柔らかな感触に、頭が真っ白になる。

「………」

「あたしが楽しませてあげるよ、たっぷりとね。何度でも極楽往生させたげるよ。あんたもきらいじゃないいんだろ」

「き、きらいじゃないが、ま、待て、待ってくれ、おりきさん、おれは」

逃げようとしたが、おりきの身体はまるで大きな石のよう、懸命にもがいても微動だにしない。大石に、いや、化け物のように大きな鼈に、押しつぶされる蛙のごとき有様になっていた。

「なんだい、わかっていたんじゃないのかい」

おりきは、熱い息とともに囁いた。

「夕餉のとき、色々と心遣いをしてやっただろ。特別な膳を出してやったじゃないか。壱太さんの膳だけ、目刺しじゃなくて、鰯（いわし）だったろ。総菜（おかず）も他のやつらより、多めに盛ったんだよ。たんと精をつけてもらおうと思ってさ」

目刺しと鰯の違いに、そんな謀が隠れていたとは露知らず、総菜も味噌汁も不味いと思いながらも、綺麗に平らげていた。すべては昼間の塩袋運びゆえである。重労働のあとでは、どんなに不味い飯でも旨い。

「は、腹が減っていたんだ、まさか、こういうことだとは」

「照れなくてもいいじゃないか、わかっているんだよ。厠に立ったのが合図、そう思って廊下に出てみれば、やっぱり、壱太さんだったじゃないか。旦那様のお部屋に行ったのは、秘め事を盗み聞いて、気分を高めるためだろ」

「違う」

と答えてから、「それでは、なんのために行ったのか」と訊き返されたらどうすると思い、急いで言い足した。

「女の啜り泣きが聞こえたんです。幽霊かと思って、声のする方に行ってみたら、旦那様のお部屋だったというだけのことで」

「あのときの声だと思ったんじゃないのかい。いいんだよ、あたしには嘘をつかなくてもさ。恥ずかしがりやなんだねえ、壱太さんは。あんたの澄んだその眸にさ、あたしは惚れちまったんだよ」

話しながら、おりきは、隼之助の下半身をまさぐっている。股間の『倅』は幸いにも、まだ目覚めていないが、遊女屋通いもままならない毎日、どこまで耐えられるか自信はない。逃げなければ、逃げなければ、と、必死に考える。

「か、厠に」

弱々しい訴えは、一蹴された。

「さっき行ったばかりだろ」

「いや、また行きたくなっちまって」

二度目の嘘は、完全に無視される。おりきの息づかいが荒くなるにつれて、『倅』にも力が満ちてきた。だめだ、まずいと思っているのに、おりきの指は意外なほど優しく動いている。

〝おりきには気をつけた方がいい〟

才蔵の忠告が、ちらりとよぎった。

〝喰らいついたが最後、髏のように離れないのが厄介だ〟

男喰らいの髏女、厄介なことになるのは困る。才蔵の言葉に気持ちを向けようとしたが、すでに欲望の波に呑みこまれかけていた。

――お波留殿。

次に浮かんだのは清らかな娘の白い面。それによって衝動をおさめるつもりが、逆に働いていた。

「ふふふ」

と、おりきが含み笑う。

「可愛いねえ。大丈夫だよ、だれにも言わないからさ」

跨(またが)ろうとしたその隙を縫って、隼之助は勢いよく起きあがる。きゃっとおりきが悲鳴をあげて、尻もちを突いたが、慮(おもんぱか)る余裕はない。部屋を飛び出すや、裸足(はだし)で中庭に駆け降り、まっしぐらに突き進む。板塀をひらりと身軽に飛び越えて、一石橋に向かった。

——笑うしかない。

いつものように自分を笑うことによって、己を保とうと努める。凌辱(りょうじょく)される女子の気持ちをしみじみ理解していたが、それがわかったことにより、なにか得られるものはあるのだろうか。

——ない。

凍りつくような北風の中、隼之助はなさけない気持ちを抱えながら、〈達磨店〉をめざして突っ走る。〈山科屋〉が裏でなにをやっているのか、なにもわかっていない。祐吉に訊くしかないが、はたして、素直に話すかどうか。

――いっそ男喰らいの魙女に引き合わせてやろうか。
苦笑いとともに、そんなことを思っていた。

第五章　雪の花

一

四日後の早朝。

隼之助は、雪也からの知らせを受けて、深川元町の番屋に駆けつけた。新大橋の東に位置する町で、戸の前では、将右衛門が待っていた。

「中だ」

戸を開けるのと同時に飛びこむ。筵の上には、亡骸が横たえられていた。役人が黙って顔を覆っていた羽織を取る。

「若旦那……じゃない」

横たえられていた亡骸は、行徳の豆腐屋〈森川屋〉の手代、忠七だった。それでは、若旦那の祐吉はどこにいるのか。そもそもどうして祐吉に関わりのある者がここにいるのか。一昨日、雪也と将右衛門を用心棒にして、祐吉は行徳に戻ったはず。さまざまな事柄が頭を駆けめぐり、混乱している。

「知り合いの手代に相違ないか」

役人の問いかけに、隼之助は頷き返した。

「はい。行徳で豆腐屋や豆腐料理屋を営む〈森川屋〉の手代です。馬喰町の公事宿〈切目屋〉にも来たことがあります。もし、お疑いであれば、女将さんを呼んで確かめていただければと」

「あいわかった」

行ってよしと言われて、番屋の外に出る。

「わけがわからぬ」

当惑のあまり、侍言葉に戻っていた。

「どういうことなのか、なぜ、手代がこのような目に遭うたのか。若旦那はどこにいる、他の番屋か？」

「若旦那の行方はわからぬ」

雪也の表情も暗かった。

「おぬしにも言うたと思うが、一昨日の朝、江戸を発ち、ぶらぶら歩きのつもりで、のんびりと行徳まで送って行ったのだ。二、三日、護衛役を務めてもいいがと、若旦那に言うたのだがな」

「大丈夫だからと追い返されたのじゃ」

将右衛門が言葉を継ぐ。

「要らぬと言われては、留まるわけにもいかぬ。よけいな金がかかるゆえな。帰りは大急ぎで戻り、昨日の朝、おぬしにその旨、知らせた次第よ」

「わたしも将右衛門も驚いているのだ。まさか、このようなことに、とな」

二人の話を聞いているうちに、ふと疑問が湧いた。役人は忠七のことを知らないはずである。当然のことながら、隼之助たちとの関わりも知らない。それなのに、なぜ、この三人が呼ばれたのか。

「おれたちを呼んだのはだれだ」

問いかけに、雪也が答えた。

「手代を殺めた下手人よ」

「なに!?」

「正しくは、その者が呼んだのではない。仏と知り合いゆえ、呼んでくれぬかと役人に頼んだらしいが」

「すでに下手人は捕らえられているわけか」

いやな予感が湧いている、不吉な胸騒ぎがあった。殺されたのは忠七だが、狙われたのはおそらく祐吉。祐吉は隼之助の家に出入りしていた。出入りしていたところを、此度の下手人に見られていただろう。

「自ら番屋に名乗り出たらしい」

将右衛門が言った。

「下手人は、おぬしの家の斜め前に住む徳丸という名の爺さんよ」

「………」

やはり、そうだったか。

人目を憚るようにして、徳丸の家を訊ねて来た三十前後の男。早朝、祐吉が家に来た折、隼之助は人の気配を感じて、戸を開けたが、だれもいなかった。斜め前の徳丸の家に逃げこんだのであれば得心できる。祐吉が公事宿に帰ろうとしたとき、襲いかかったのはあの男ではないのか。

〝さいぜんからまたちょいと痛み出しちまって〟

直前に徳丸はそう言って、隼之助を自分の家に誘った。あれは襲う段取りができていたからとも考えられる。隼之助を巻き込まないよう、徳丸なりに恩を返そうとしたのかもしれない。

「徳丸爺さんは」

自分の声が、他人のもののように聞こえた。夢であってほしい、これが現実とはとうてい思えない。が、雪也の答えで思い知らされる。

「大番屋で吟味の最中だ。われらのことを告げたぐらいだからな。素直に応じているんだろう、じきに牢屋敷に移されるはずだ」

「なぜ？」

隼之助の自問のような呟きに、今度は将右衛門が答えた。

「爺さんの話では、酒の席での口喧嘩がきっかけだとか。怒りがおさまらず追いかけて行き、新大橋の上で襲った由。忠七と若旦那の胸を刺したが、若旦那は刺した後、橋の上から落ちたと言うておる」

「亡骸は」

相変わらず頭がぼんやりとしている。あまりにも激しい衝撃を受けたため、いや、真実を見るのが怖いからかもしれない。わざと鈍くすることによって、のしかかる大きな罪の意識を、遠くへ追いやろうとしているのかもしれなかった。

「今、探しておるが」

雪也は語尾に曖昧な含みを残した。徳丸の話が本当であれば、祐吉は間違いなく死んでいる。しかし、もし、偽りを述べたのだとしたら……祐吉は生きていて、どこかに逃げたかもしれない。

「わからぬ。なぜだ、なぜ、爺さんが」

繰り言だとわかっているのに、言わずにいられない。どういう関わりなのか。だれかに頼まれたのか。頼んだのは……。

「〈山科屋〉か？」

「めったなことを言うでない」

雪也が慌てて窘める。

「たとえそうだとしても、すでに下手人が名乗り出ている。それ以上の詮議はなされぬであろう」

「雪也とも話したのだが、わしはこれから行徳に行ってくる。だれかが知らせに行かねばならんし、もしかしたら、若旦那が戻っているやもしれぬゆえ」

「そうしてくれると、おれも助かる」

隼之助は、将右衛門と一緒に行きたかったが、奉公を放り出すわけにはいかない。

こうやって抜け出して来るだけでも、おりきや台所頭(だいどころがしら)の大目玉をくらうは必至。それでもなかなか見世(みせ)に戻る気持ちにはなれなかった。

「将右衛門、頼む」

「わかった」

走り出した将右衛門の後ろ姿を、少しの間、見送っていた。徳丸に会いたい、会って話を聞きたい。

「どこの大番屋だ。おれも……」

「やめておけ」

雪也に素早く腕を摑まれる。

「今は下手に騒がぬ方がいい。どこで、だれが聞いているかわからぬ。妙なことを口走ると、よけい厄介なことになるやもしれぬ。まずは頭を冷やせ」

「では、せめて手代の亡骸を、おれの家に移してやりたい」

「まだ与力が来ておらぬ。すぐにというのは無理だろう」

「なにかおれにできることはないのか」

苛立ちのあまり、思わず声が大きくなる。番屋の前に陣取っている役人の手下が、冷ややかな目をくれた。雪也に背中を押されて、新大橋の方に歩く。

「見世まで送って行こう」

「よせ。女子供ではあるまいに」

「今のおぬしは、駄々をこねる童子のようじゃ。あれがしたい、これがしたいとごねて、わたしを困らせる」

「そんなつもりは」

「行こう」

　二度目の言葉には、素直に従った。雪也とともに、新大橋を渡り始める。若旦那の亡骸を探しているのだろう、船が何艘も大川に浮かんでいた。隼之助は橋の真ん中あたりで足を止める。

「徳丸爺さんが襲いかかったのは、どのあたりだろうな」

　橋の欄干に痕が残っていないか、つい目を向けていた。痕を見つけたからといって、祐吉が戻って来るわけではない。手代が生き返るわけでもない。無駄だとわかっているのに、なにかをしないではいられなかった。

「なぜ？」

　隼之助は、欄干にもたれたまま、何度目かになる問いかけを口にする。なぜ、徳丸がこんな真似をしたのか。余命いくばくもないと悟って、やけを起こしたのか。

「おとらさんに聞いたんだが、徳丸爺さんは膈(かく)の病だとか」

雪也が言った。

「おそらくはな」

「それで、かもしれぬ」

「やけになったと？」

「そうではない」

雪也はいつになく険しい表情をしている。口を開くのを待っていたが、なかなか話そうとしない。

「なにが言いたい」

隼之助は焦(じ)れて、促した。

二

「闇師(やみし)だ」

そう告げた後、雪也は周囲に警戒するような視線を向けた。橋の上にはいつもどおりの光景が広がっている。忙しげに行き交う振り売りたち、橋のたもとで物乞いをすている。

る者。そういった平凡な景色とは、およそかけ離れた話であることを、隼之助は察し

「話だけは聞いたことがある」

小声で告げた。

「汚い仕事ばかりを請け合う者たちだと聞いた。人を殺めるような真似も平気でする

とか。されど、まさか徳丸爺さんが」

「一度だけと思い、引き受けたのかもしれぬ。まとまった金がほしかったのではある

まいか。それをだれかに残してやりたいと考えたのかもしれぬ」

「そういうこともあるのか」

一度だけという話が、どうもしっくりこなかった。もっとも闇師のこと自体、詳し

く知っているわけではない。

「わたしもさほど詳しいわけではないが、闇師の頭は、江戸市中にそういう者たちを

飼っていると、以前、将右衛門が言っていた。徳丸爺さんは、これといった仕事をし

ていなかったらしいじゃないか」

「うむ」

「飼われていたんだろう。そして、そこに若旦那が現れた。〈山科屋〉に足を運んで

は、若女将の様子を見ていたに違いない」

「あの夜」

隼之助は思い出している。祐吉が〈山科屋〉に来て、一刻(いっとき)ほど話をして帰った夜のことだ。おりきに襲われかけた隼之助は家に戻り、寝ていた祐吉を叩き起こしている。いったい〈山科屋〉が裏でなにをやっているのか。何度も問い質したが、祐吉は頑(かたくな)に口を閉ざすのみ。話は聞けずに終わっている。

「あんなことを言うのではなかった」

後悔先に立たず、湧いてくるのは、祐吉への謝罪だけだ。話をしない祐吉に向かって、隼之助は、盗み聞いた千登勢(ちとせ)の言葉を告げたのである。

〝でも、旦那様。あたしは二度と、あんな男のもとには戻りたくないんです。この家で旦那様とずっと一緒に暮らしたい〟

祐吉は信じられないという顔で、隼之助を見つめていた。諦めさせるために、わざと偽りを言っているのだろうと責めた。

「いっそ、あのとき」

と、隼之助は大川に目を投げる。謝ってしまえばよかっただろうか。諦めさせるための偽りだったと言えばよかっただろうか。

「若旦那も危ないとわかっていたはずだ」

慰めるような言葉が、友の口から出た。

「だからこそ、ひとりでは来なかったんだろう。おぬしの話から考えるに、〈山科屋〉は来るときはひとりで来いと言ったのではあるまいか。それゆえ、若旦那は、わたしと将右衛門に行徳まで送らせたうえで、出直すことにしたのさ。用心棒は人妻との逢瀬には、いかにも不粋だからな」

「罠かもしれぬと思いつつ、のこのこやって来るとは」

苦い思いを嚙みしめている。おりきに無理やり搔き立てられた欲望の焔を、中途半端に断ち切らざるをえず、隼之助はあの夜、ひどく苛立っていた。それを全部、祐吉にぶつけてしまったような気がしている。

「どこかで信じていたんだろうか」

隼之助の呟きを、雪也が継いだ。

「信じたかったんだろう。会って、確かめたかったのかもしれぬ。踏ん切りをつけるつもりだったのか、あくまでも取り戻したいと思っていたのか。いずれにしても、無理な話だ。そういう意味では、あれだな。〈切目屋〉の女将の勘働きは当たっていたとも言える」

「『外れ公事』か」

苦笑するしかない。人の道を外れた公事ゆえ、外れ公事。人妻となった千登勢を取り戻したいという想いは、相手が同じ気持ちであればまだしも、心変わりしたとなれば、ただただ迷惑でしかない。

「悪事には目を瞑る、その代わりに、千登勢を返せ。若旦那は〈山科屋〉に、そう迫ったのかもしれぬな」

歩き出した隼之助の隣に、雪也も並んだ。

「おぬしの言うとおり、そう考えると辻褄が合う。過日の襲撃は脅しだったのやもしれぬが、あれをやられて若旦那は頭にきた。そっちがそう出るなら、と、むきになったように思えなくもない」

「生きていると思うか」

囁き声で訊いた。隼之助の胸には、淡い望みがある。徳丸が薬をもらったことに対して、恩義を感じているとしたら、わざと見のがすことも考えられた。

「さあて、こればかりは徳丸爺さんにしかわからぬ」

「さいぜんの続きになるかもしれぬが」

闇師のことだとほのめかして、隼之助は続けた。

「獲物は若旦那だったはず。手代を殺めても金にはなるまい。徳丸爺さんは無意味なことをやったように思えてならぬが」

「されど、これで若旦那は姿を消すしかない。おぬしではないが、またのこと現れれば、今度こそ」

と、雪也は手で首を切る真似をした。

「手代の忠七は、若旦那の身代わりか」

複雑な思いが湧いている。才蔵から聞いた赤穂浪士の討ち入り騒動。吉良上野介はお上の身代わりだったのかもしれないと言っていた。

〝物事は色々な方面から見た方が面白いからな〟

才蔵の言葉がちらついている。〈山科屋〉をあてはめた場合、塩問屋としての商いの他に、なにか別の顔があるということだろうか。それとも塩問屋として、裏の顔を持っているということなのか。

「調べなければならぬ」

決意を秘めた呟きを、友が受けた。

「及ばずながら手を貸そう。どうも合点がゆかぬ。若旦那と〈山科屋〉の間に、どのような繋がりがあるのか。隼之助には、見当がついておるのか」

二人は新大橋から河岸沿いの道なりに進んでいる。右に曲がって、小網町の河岸に出たところだった。堀を挟んで向かい側に茅場町の河岸が見える場所である。今までは武家屋敷が建ち並ぶ区域だったため、比較的、行き交う者は少なかったが、流石に人の数が増えていた。前方には鎧ノ渡し場もある。

「気になるのは『雪の花』よ」

声をひそめた隼之助に倣い、友も小声で言葉を返した。

「ふむ、わたしもその塩の名は耳にしたことがある。〈山科屋〉の中でも、極上品の塩であろう」

「いかにも極上品だ。見世でも奥座敷用、つまり、主と若女将、そして、隠居用としてしか使われていない」

「味見はしたのか」

にやりと、雪也が笑みを浮かべる。おぬし得意の『舌』で、とうに味見はしているのであろう。そんな表情をしていた。

「うむ、隙を見て、試してみた。おれの家で使うておる塩と同じであったわ」

「躊躇いなく言い切ったな」

二度目の笑みには、多少、皮肉めいた含みがある。しかし、隼之助の舌が人とは異なる優れた『なにか』を持っていることに、雪也も気づいているに違いない。

「おぬしがそこまで言うのであれば、『雪の花』は確かに逸品なのではあるまいか。どこが気になるというのだ」

「量が多すぎる」

渡し場を足早に通り過ぎ、思案橋に向かった。話を続けようとしたが、

「おお、可愛や、可愛や。お万が飴を買うてくれるとは、まことに可愛や。可愛けりゃこそ神田から通う。やれ、神田から通うのじゃ」

奇妙な歌声に遮られる。調子外れの歌と太鼓が、思案橋の方から流れて来た。雪也が渋い顔になる。

「将右衛門と飲んだときに話したであろう。あれが噂の『お万が飴』よ。運が悪いことに、わたしは昨日も出会うてしもうたわ」

橋のたもとでは、黒塗りの笠を被り、黒い差物に桃色の前掛、赤い鼻緒の草履を履いた男が、小さな籠を担いで踊っていた。手に持った太鼓を叩きながら、籠に入れた飴を子供に売っている。白粉と紅までつけた顔を見て、隼之助はぽかんと口を開けていた。

「聞きしに勝る奇っ怪さだ」

「これも以前、言うたやもしれぬがな。世が乱れるときには、おかしなものが流行る。なんだ、おぬしも飴がほしいのか」

いつまでも動かない隼之助を、雪也が急かした。

「いや、素顔はどのような男なのかと思うてな」

「放っておけ。飴売りよりも、己の身のことを考えろ。奉公してからまだいくらも経たぬというのに、抜け出したとあっては、奉公を打ち切られかねぬぞ。そのようなことになれば、木藤様がお怒りになろう」

「それはそうだが」

袖を引かれるようにして、隼之助は重くなりがちな足を動かした。祐吉と手代、下手人として名乗り出た徳丸。できれば関わりたくはなかったが、すでに関わってしまっている。気持ちが暗くなるのはいなめない。

「水くさいぞ」

歩きながら、雪也が言った。

「ひとりでそうやって抱えこむのは、おぬしの悪い癖だ。頼りないかもしれぬが、話を聞くぐらいはできる。遠慮なく話せ」

「頼りないなどとは思うておらぬ。おまえと将右衛門には、感謝しておるのだ。これは、おれの……気質ゆえ」

喉まで出かかった弱音を、なかば無理やり呑みこむ。言ったところで忠七が生き返るわけではない。行方知れずの祐吉が、戻って来るわけではない。徳丸の昨日の行いが、消えるわけでは……ない。

雪也は無言で肩を叩いた。

〝若旦那は生きているさ〟

そう言ってくれたように思えたが、今のままでは、生きていたとしても、姿を現すことはできないだろう。

――〈山科屋〉の秘密を解き明かさねば。

「雪也。すまぬが、番町の屋敷まで使いを頼みたい」

鬼役にも、まだ見えない謎がある。今宵、今までの経緯(いきさつ)を報告しがてら、多聞(たもん)にそれを訊いてみたかった。

命を失(な)くして明日を失った若い手代、膈の病に苦しめられて明日を捨てた徳丸。

ふだんと変わらぬ町の風景が、虚しく、流れていった。

三

「おや、ようやくお戻りかい。いいご身分だねえ、昼見世にでも行って来たのかい」

見世の裏門を入ったとたん、鼈女、おりきの厭味に出迎えられる。一目散に逃げ出したあの夜以来、なにかにつけては隼之助を目の仇にしていた。

「さぞ可愛い女が待っているんだろうさ」

擦れ違いざま、思いきり尻をつねられる。痛さのあまり声をあげそうになったが、かろうじてこらえた。これも隼之助の悪癖のひとつといえるかもしれない。謝れば、多少なりとも気持ちがやわらぐだろうとわかっていながら、意地になってやらないのだ。

――蹴られたり、つねられたりと、おれの尻は可哀想だ。

などと思い、ふっと苦笑する。いつものように生身の隼之助と距離を置いて、もうひとりの『隼之助』の目で見る余裕が出ていた。辛いときは笑うしかない。自分を笑って、やり過ごすしかない。木藤家に引き取られた後、身につけた生きる術なのだが、おりきはかっとなる。

「なに笑ってんだよ」

真っ赤になって、摑みかかろうとした。

「よせ」

才蔵が素早く間に入る。

「新入り。旦那様がお呼びだ」

その言葉に、隼之助は俯き、おりきはほくそえむ。

「そら、旦那様もお怒りだよ。昼見世に行くような下男を雇う余裕はないとね、仰しゃるだろうさ。目障りな鼠が消えてくれると、せいせいするよ。なにぼんやりしてるんだよ、さっさと行かないかい」

尻を軽く蹴りあげられて、隼之助は勝手口から台所に入った。主の玄助が奥座敷に続く廊下のところに立っている。

「戻ったか」

「はい」

謝るしかないと進み出たが、玄助は、くるりと背を向けた。

「おいで」

奥座敷で説教か。それで済むならいいが、奉公を打ち切られるのは、正直言って、困る。隼之助は足を拭き、板場にあがって、奥座敷に足を向けた。多聞にどう告げればいいのか。私情にとらわれて見世を抜け出した挙げ句、奉公を打ち切られたと知ったら……まだなにも調べはついていないのに、どうすればいいのだろう。

隼之助は悩むばかりだったが、

「おまえは、朝早くに、ご隠居様が飲む水を汲んでいるそうだね」

奥座敷で玄助は、意外な話を口にした。隣室では隠居の金吾が、猫を膝に抱き、縁側で日向ぼっこをしている。

「あ、はい」

戸惑いながらも、隼之助は答えた。玄助が続ける。

「台所頭から聞いたんだがね。奥座敷で使う水は、夜明け前に汲んだ水にした方がいいと訴えたとか。特にご隠居様はお年ゆえ、暁の水、おまえはそう呼んだらしいが、暁の水にした方がいいと言ったらしいじゃないか」

「はい」

「なぜなんだね」

「暁の水は、陽分の初めにて、清気浮かぶ。逆に午以後の水は、之を用いず。水気沈みて毒あり。昔、読んだ書にそう記してありましたので」

「ほう、ずいぶんと学があるじゃないか」

玄助の目に、警戒するようないろが見えた。もう少し曖昧に答えた方がよかっただろうか。慌てて、言い添える。

「身体にいいと、祖母に聞いた憶えがありまして」

「なるほど。お祖母さんは、医者でもやってたのかい」

「産婆でした」

とっさに嘘を作り上げた。死んだ祖母と、おとらのことを重ね合わせて、偽りの祖母を頭に思い浮かべる。

「女ながらも、さまざまな書を読んだとか。わたしを医者にしたかったようですが、十一年前に亡くなりました。遺してくれた書物が宝のようなものでして、少しですが薬草についても心得があります」

「そうかい。多少なりとも医者の心得があるならば、なお安心だよ」

玄助は頷き、隣室を目で指した。

「親父様のことなんだが、おまえに世話を頼みたいと思ってね」

「え」

思いもかけぬ話の成り行きに、驚いて、顔をあげる。

「今までは、おりきがやっていたんだが、あれはどうもがさつでいけない。大雑把で、濃やかな気配りができないんですよ。まあ、足腰の弱った親父様が、転びそうになったときなどは、本領発揮とばかりに、怪力で支えてくれますけどね。年寄りの世話には向かないと思っていたんですよ。どうだろうね」

「それは……ありがたいお話だと」

　まさに願ってもない話、渡りに船だと思ったが、罠ではないかとも疑っていた。隼之助を怪しむがゆえ、隠居の近くに置いて様子を見る。闇師とやらに命じて、手代の忠七を始末させたのが玄助だったとすれば、考えられないことではない。

「そうかい。それじゃ、さっそく今日から親父様の世話役になってもらうとしようか」

　忙しげに玄助は腰を浮かせる。

「あの、ご隠居様はお幾つになられるのですか」

　隼之助は早口で問いかけた。

「年？」

　玄助は金吾の方を見やる。

「さあて、六十五だったか、六だったか」

「六十八じゃ」

　日向ぼっこをしていた隠居から答えが返る。

「おや、今日は珍しく頭がはっきりしているようですね」

　玄助は小声で言い、もう一度、座り直した。

「言うまでもないと思いますが、ちょいと老耄が始まっているんですよ。なにしろ足が達者で、目を離すと、すぐに外に出てしまう。まあ、このあたりでは知らぬ者がいないほどですが、転んで怪我でもされるのが一番、困ります。気をつけておくれ」

「畏まりました」

「親父様。今日からお世話する者を変えました。壱太です」

　立ちあがった玄助に、隼之助も続いた。隣室の金吾は、恵比寿様のような豊頬の持ち主。おっとりとこちらに顔を向ける。

「お」

　隼之助と目が合い、笑った。

「握り飯の上手い小僧か」

「小僧ではありません、下男です。宜しいですね、親父様。今日からはこの壱太が、お世話をいたしますので」

耳もとで大声をあげると、あからさまにいやな顔をする。

「そんなに大きな声を出さんでも聞こえるわい」

「おや、今日は耳の調子も宜しいようで」

「腹が空いた」

「またそれですか。中食を召しあがったばかりじゃありませんか。あとでなにか甘いものでも差し上げますから、それまでは我慢してください」

中食と聞いて、隼之助は、もうそんな時間なのかと思っていた。時の流れ方が常とは異なっている。手代の死と、彼の者を殺めた徳丸のことが、大きな衝撃だったのだと、あらためて感じていた。さらに命じたのが玄助かもしれないと思えば、驚きは大きな疑問に変化する。

「親父様のことは頼みましたよ」

いつもと変わらぬ表情で告げる主に、隼之助も忠実な下男のふりをして答えた。

「はい」

「今日は、この後、お由弥様がおいでになるんですよ。寺詣りの途中で、お立ち寄りになられる旨、昨夜、知らせが参りましてね。わたしはふだん以上に忙しいというわけです。くれぐれも粗相があっては困ります。親父様のそばに、しっかり付いていてくださいよ」

「承知いたしました」

はて、お由弥様とはだれなのか。疑問は湧いたが、下手なことは訊けない。廊下に出て行きかけた玄助は、ふと思いついたように足を止める。

「そういえば、おまえの知り合いに不幸があったそうだね」

口にしたくない問いかけだったのか、足は止めたものの、前を向いたままだった。

隼之助は主を見あげる。

「あ、はい。申し訳ありませんでした。だれかに言伝（ことづて）を残して行くべきでしたが、役人に呼ばれたもので」

「才蔵から聞いていますよ」

ちらりと目を投げた玄助に、隼之助は慌てて訴える。

「実はその騒ぎのことで、今宵、もう一度、番屋に出向かなければなりません。ご隠居様がお寝（やす）みになられた後、出かけても宜しいでしょうか」

おりきと離れられる分、隠居の守役（もり）は楽だが、自由が利かなくなるという部分もある。そういう意味で言えば、鬼役の配下の動きを封じるための策と思えなくもない。

隼之助の心を知ってか知らずか、

「仕方ないだろうね」

玄助は答えて、廊下に出た。奥座敷の中庭には、贅沢なほどの陽射しがあふれている。裏店（うらだな）とは別世界の縁側で、隠居はうつらうつらと舟を漕ぎ始めていた。

「いいですね、親父様。部屋から出てはいけませんよ」

玄助に念を押されて、金吾は面倒くさそうに答えた。

「わかっておる。何度も言うな」

一見、のどかに見える奥座敷の風景に、なにが隠されているのだろう。見えない力がのしかかってくるのを、隼之助はとらえている。

四

「いい気持ちじゃ」

金吾の言葉に、隼之助は、小さな声で答えた。

「さようでございますか。それはなによりでございます」

布団を敷いて隠居はうつ伏せに横たわっている。陽射しはまだ明るく、障子戸（しょうじど）を閉めるには惜しいほどだったが、来客を慮（おもんぱか）って、隠居部屋の戸はすべて閉められていた。飯はまだか、ぶらぶら歩きをしたい、などと繰り返す金吾を宥めるための素人療治。だが、亡き祖母や木藤家の祖父、そして、花江と、隼之助の療治の腕前は自然に鍛えられている。

「握り飯の作り方が上手い者は、揉み療治も上手いのう」

金吾が首をねじ曲げて、後ろを見た。

「ありがとうございます」

「その様子ならば、大丈夫ですね」

障子を開けて覗きこんだ玄助が、安堵したように戸を閉める。客の訪れに合わせて、香を焚きしめたのか、廊下から流れこんだ薫りが隠居の部屋にも漂っていた。

「梅の薫りじゃ」

ひくひくと、金吾が鼻をうごめかせる。

「玄助めが、見栄を張りおって。町人出のお方様を迎えるだけだというように大騒ぎじゃ。肝心のお方様に、この高価な薫りが、さて、わかるかどうか」

皮肉たっぷりの言葉は、とても老耄老人が発したとは思えないものだった。揉みしだく手を止めずに、隼之助は問いかける。

「お由弥様と仰しゃるお方のことを、ご隠居様はご存じなのですか」

「おお、存じすぎておるほどよ。玄助のやつが、裏店でちと見栄えのよい女子(おなご)を見つけての。浪人の女(むすめ)ということじゃったが、その女子をさる旗本家の養女にした後で、さる大名家の愛妾に差し出したという経緯よ」

今日は本当に調子がよいらしく、言葉づかいもはっきりしていた。この機を利用しない手はない。

「では、お由弥様は大名家のご側室なのですか」

「うむ」

「その『さる大名家』というのは、どちらの大名家なのですか」

「赤穂藩じゃ」

「えっ」

思わず絶句したが、療治の手は止めていない。赤穂藩の森越中守忠徳(もりえっちゅうのかみただのり)については、忘れようにも忘れられなかった。

〝赤穂藩は呪(のろ)われておるのじゃ、上野介殿にな。夢枕に夜毎、現れるのよ。首のところに縫い目のある上野介殿が……わかるか、斬られた首を身体に繋げたのじゃ〟

陰々滅々と告げられた『厠(かわや)の念仏』、玄助が愛妾を差し出したのは、たまたまなのだろうか。才蔵は、借金のため、あるいは儲け方の秘訣を知りたくて、播磨国(はりまのくに)を中心にした大名が、〈山科屋〉に見世詣りをすると言っていた。

「赤穂藩のお殿様は、お心がご不例だと伺いましたが、お由弥様はそのことで、ご相談でもあるのでしょうか」

疑われるのを覚悟で探りを入れる。

「よう存じよるの」

金吾はうつ伏せのまま、独り言のように呟いた。

「はい。昨日、赤穂藩にも極上品の『雪の花』をお届けいたしました。初荷でございますが、その折、台所衆たちが話していたのを耳にいたしまして」

荷を届けたのは事実だが、台所衆たち云々は偽りだ。荷を届けたことまで嘘をつけば、それは偽りだとすぐに露見する。とっさにそれらのことを判断して、答えていた。

塩が特産品である赤穂藩に、なぜ、塩を納めるのかという疑問も湧いていたが、それは敢えて口にしない。

「ご不例はまことのようじゃ。お由弥様も悩ましいことよ。ご寵愛を一身に受けておられるだけに、平静ではいられまい。玄助がよい薬を手に入れたと言うていたからの。それを献上するのかもしれん」

と突然、金吾は撥ね起きる。

「腹が減った」

布団の上に座って、童子のような顔を向けた。

「飯はまだか、中食を食べておらんぞ。千登勢は、年寄りを飢え死にさせるつもりか。今朝はやけにめかしこんでいたが、また芝居見物にでも行くつもりではないのか。わしを放っておいて、自分だけ芝居見物とは腹の立つことじゃ」

「ご隠居様。もう少しお声を小さく」

隼之助は小声で窘める。ご隠居様は気滞だな、などと、得意の体質診断をしていた。肝の働きが乱れて、気が滞りやすい体質のことだが、若い頃はさぞかし働き者だったに違いない。

——徳丸爺さんも似たような体質だが。

まともに食べていない徳丸は、筋肉が垂れさがり、昔の働きぶりを見るのがむずかしいほどになっている。が、金吾は徳丸よりも年上であるにもかかわらず、まだ筋肉には張りが残っていた。

「ご隠居様は足腰が達者でございますね」

食べ物から気を逸らさせようとして、褒め言葉を口にする。

「それはそうじゃ。暇だけはあるからの。できるだけ外に出て、歩くようにしておる。

だから腹が空くのじゃ」

　ふたたび空腹を目で訴えた。隼之助はあらかじめ用意しておいた蜜柑を、盆から取って、金吾の手に載せる。

「ご隠居様の身体には、蜜柑がとてもよいのです。滞った気は熱を帯びて身体を乾燥させてしまいますので、水分を補う蜜柑をお食べください」

「そうか、乾くのはよくないか」

　勧められれば金吾は、素直に蜜柑を食べ始める。なにか口に入れれば落ち着くのだ。祖父も亡くなる前には老耄が進み、同じような症状を示していた。人が老いていく姿を身近に見てきた隼之助は、童子に戻ったような年寄りが、いとおしくてならない。

「少し昼寝をなされては……」

　呼びかけを遮るように、裏門の方から大声が響いた。

「お由弥様がおいでになりました」

「来た、来た」

　金吾は悪戯っぽく目を光らせ、出て行こうとしたが、隼之助は急いで止める。

「旦那様から出てはいけないと申しつけられています。揉み療治がまだ終わっておりません。さあ、こちらに」

布団を指したが、金吾は障子のところに張りついていた。

「壱太もここへ来い。前を通るぞ」

二寸（六センチ）ほど障子を開けて、手を振る。藩主の愛妾に興味がないといえば嘘になる。座りこんでいる金吾の隣に並び、隙間から廊下を覗きこんだ。出迎えるためだろう、主と千登勢がまず通り過ぎる。

「そら、めかしこんでおるわい」

「ご隠居様」

小声で制し、愛妾が来るのを待っていた。心が不例になっている赤穂藩の藩主は、『膳合（ぜんあわせ）』の日、多聞にどんな用事があって御城を訪れたのだろうか。もしかすると、〈山科屋〉が裏で行っているなにかについて訴えるべく、訪れたとも考えられる……。

「来たぞ」

金吾の言葉で、きわめて俗っぽい行動に気持ちを戻した。通り過ぎて行くお由弥様は、顔立ちや雰囲気が千登勢に似ている。

――なんだ、主の好みか。

冷ややかに眺めたとき、

「ええ、お万が飴でございい、飴屋でございます。可愛けりゃこそ神田から通う。お万が飴でございます」

　飴売りの声が聞こえてきた。太鼓に合わせて、歌い、何度も声を張りあげている。

金吾の表情がまさに童子のごとく輝いた。

「飴屋じゃ」

　急に落ち着きなく目を彷徨(さまよ)わせる。

「壱太、飴じゃ、買いに行く。お万が飴は甘くての。旨いのじゃ」

「今少しお待ちください。お由弥様が座敷に落ち着かれてからでなくては、旦那様に
叱られてしまいます」

「では、呼び止めておけ。買うから今少し待てと」

「大丈夫でございます。飴屋はすぐには行きません」

　騒動の裏に女の影あり、だろうか。少なくとも赤穂藩の裏には、由弥という名の愛
妾がちらついている。たまたま〈山科屋〉と繋がりがあるだけなのだろうか。藩主が
気鬱(きうつ)の病になったのも、たまたまなのか。

　多聞に知らせなければならなかった。

五

その夜。

隼之助は、〈達磨店〉の家を訪れた多聞と会っていた。雪也に使いを頼み、今宵、会いたい旨、知らせておいたのである。短い挨拶が終わるのを待っていたように、父はある男と引き合わせた。

「すでに会うておるゆえ、今更、言うまでもないやもしれぬが」

「宮地才蔵にございます」

あらためて頭をさげた手下に、隼之助も神妙に頭をさげた。

「色々と助けていただきまして申し訳なく思います次第。未熟者でございますゆえ、宜しくお願いいたします」

「才蔵はお庭番じゃ」

多聞の言葉を聞き、少なからず気持ちが乱れた。

「さようでございますか」

あらためて才蔵を見やる。

お庭番は、吉宗公が八代将軍を継いだ際、もうけられた役職である。吉宗は二百名あまりの紀州藩士を幕臣団に編入。側近役の大半とお庭番全員を紀州藩士で固め、『御庭番御家筋』については、紀州藩士の世襲と定めた。

十七家ある公儀隠密を、手下に使う鬼役という役目は、いったい、なんなのか。大御所や将軍の毒味役の頭を務めるだけではないのか。こうやって、商店に潜入させるのはどうしてなのか。

木藤家を出て以来、くすぶっていた数々の疑問に火が点き始めている。

「父上」

「待て」

気持ちを読んだに違いない、多聞は片手をあげて制した。

「諸々の事柄はあとまわしじゃ。まずは〈山科屋〉について、おまえが気づいたことを申し述べよ」

「は」

いつもながらの身勝手さに、不満はあったが、こらえる。

「わたしが気になりましたのは、極上品の『雪の花』でございます。聞けば、雪を欺くような輝くばかりの美しい白さゆえ、この名をつけたとか。見世の隠居や主たちも、この塩を用いておりまする。密かに味見をいたしましたが、木藤家で使うている塩と同じでございました」

「確かか」

心を試すような問いかけだった。自信はあるのか、間違いなかろうな。多聞の視線を受けて、告げる。

「〝絵〟が浮かびましたゆえ、まず間違いはなかろうと」

後ろに控えている才蔵にも素早く目を走らせたが、不審げな表情は浮かべない。内々に聞いているのだろうと判断した。

「それで」

多聞はさらに問いかける。

「『雪の花』のなにがおかしいと言うのか」

「量でございます。父上もご存じのとおり、我が国では、天日干しの塩というものを作るのはむずかしゅうございます」

外国では溜めた海水をそのまま干して、文字どおり、天日干しの塩が作れる。しかし、雨や湿気の多い日本では、純粋な天日干しの塩を作るのは非常に困難なことといえた。我が国で用いられているのは、塩田製法である。

　これは、塩田の砂を仲立ちにして、海水中の水分のうち、八割から九割の水分を天日で蒸発させ、鹹水（かんすい）——濃縮した塩水を採取する方法だ。この作業を採鹹（さいかん）といい、一日か二日の晴天が続けば作業できる。

「採鹹した後、残っている一割から二割の水分を、石炭で蒸発させるのが、今のやり方です。昔は薪や松葉で蒸発させせましたが、石炭を用いるようになってからは、より安価な塩ができるようになりました」

「ふむ、瀬戸内の十州塩、俗に言われるところの下り塩も、それによって値を下げた。文字どおり、値を下げた『下り（さが）塩』となったわけじゃ」

　多聞にしては珍しく、駄洒落らしきものを発したが、笑っていいものやら、隼之助と才蔵はどちらからともなく目を合わせる。その様子が気に入らなかったのか、

「それで」

　不機嫌そうに先を促した。

「は。古くから塩の産地である行徳では、文政の頃より、この安価な下り塩を買い取って、これを加工したものを囲塩（かこい）や古積塩（ふるづみ）といって売るようになっております。〈山科屋〉が一般売りとして扱っている松竹梅の三種類のうち、おそらくは竹と梅がこの囲塩ではないかと思うております次第。奉公人用の塩として、使われているのが、こ

の塩ではないかと」

下り塩は、ほとんどが苦塩（にがり）分の多い差塩（さしじお）であるため、産地から江戸まで運ぶ途中に、苦塩分が溶け出して、四分から七分の目減りがあった。江戸ではそれを小俵に詰め替えたうえで、関八州の奥地に運んでいる。それでも塩荷は、運ぶ途中や塩問屋の蔵の中で、多分に桝減り（ますべ）りしてしまうのだった。

これに対して行徳の塩業者が製造した古積塩は、苦塩や水分を取り除いて出荷するため、関八州の奥地の人々には、桝減りする下り塩よりも、目減りの少ない行徳塩が歓迎されるのである。

「なにが言いたい」

短気な多聞は、苛立たしげに睨みつけた。順序だてて話すのが、普通のやり方であるものを、父はそれを許そうとしない。

「『雪の花』に話を戻しますが、奉公した折には、毎日のように荷が届いておりました。しかも行徳からでございます。それを真っ直ぐ蔵に運びこみ、〈山科屋〉と『雪の花』の焼き印を入れたうえで、初荷として各大名家に届けた次第にございます」

隼之助はつい身を乗り出している。

「おかしくはございませぬか。そんなに大量の極上品を作るのは、どう考えても無理でございます。特に今は春とは名ばかりの寒い時期。塩作りには不向きな季節であるにもかかわらず、行徳からは初荷が運ばれて参ります。いささか不審の儀ありと思います次第」

可能な限り天日干しの時間を長くしたうえで、手早く水分を蒸発させた塩は、それだけ手間暇がかかる。しかも塩作りに適しているのは、焼けつくような陽射しが注ぐ真夏だ。この時期に極上品の塩を作るのは至難の業。

「つまり、『雪の花』には二種類ある、と？」

多聞の問いかけに、小さく頷き返した。

「おそらくは」

「大名家御用達の塩、蔵に納められている塩だが、その『雪の花』の味見はしたか」

「いえ、まだでございます。『雪の花』を納めた蔵には、常に見張りが立ち、容易に近づけませせぬ。買うことも考えましたが、『雪の花』だけは大名家と大店にしか卸しておりませせぬ。名実ともに大名家御用達のようで」

「才蔵」

確認するように、多聞は呼び掛ける。

「隼之助様の仰しゃるとおりでございます。隙を見て、一袋、頂戴しようと様子を窺ったのですが」

「無理であったか」

「は」

「味見をせぬことには、どうにもならぬ。さて、どうしたものか」

「ひとつ、わたくしに考えがございます」

遠慮がちに、隼之助は言葉を挟んだ。多聞とのやりとりだけでも緊張するものを、お庭番まで関わっているとあって、これは大事だと実感している。が、多聞はいつものように淡々としていた。

「申せ」

「は。昨日、赤穂藩にも『雪の花』を納めました。おそらくまだ袋は開けておりますまい。塩袋を間違えたと言って、すり替えるというのはいかがでございましょうか。『雪の花』だと思っていたが、別の塩を間違えて届けてしまったと言えば、案外、すんなりといくかもしれませぬ」

「それは名案」

と、才蔵は答えたが、主より先に言葉を発したことをすぐに詫びる。

「申し訳ございませぬ」

「気にするでない。うまくいっておる様子に、わしも安堵したわ」

多聞は言い、隼之助に視線を戻した。

「悪くない考えじゃ」

父の気質を考えれば最上級の褒め言葉といえるだろう。隼之助は嬉しくて、つい笑みを返しそうになったが、逆に口元を素早く引き締める。我ながら天の邪鬼だと思っていた。

「今の考えを実行する場合には、〈山科屋〉の塩袋が要ります。中身は他の塩問屋の品でもかまいませぬが、袋だけは『雪の花』のものでなければまずいと思います次第」

「わたしがなんとかいたします」

才蔵が即答する。

「袋ぐらいでしたら、なんとかなると思いますので」

「では、お願いいたします」

畏まった口調で告げ、隼之助は、赤穂藩のことを切り出した。

六

「わからぬのは、赤穂藩です。塩は藩の特産品であるはずなのに、なぜ、『雪の花』を買い求めるのか」

「『雪の花』の謎を知るためであろう。調べて、同じ塩を作ろうとでも思うておるのやもしれぬ」

多聞の答えに、問いかけを返した。

「藩主の森越中守忠徳様が、『膳合』の日に、ご登城なされた理由もそれに関わりがあるのでしょうか。いったい、父上にどのような御用向きだったのでございましょうか」

「さあて、あのような状態で、いったい、なにを訴えようとしたのやら」

「すでに才蔵殿より、お聞き及びのことと思いますが、〈山科屋〉の主は、越中守様にご側室を献上いたしております。たまたまとは思えませぬ。越中守様の身辺を探るため、あるいはお命を狙うためということも考えられませぬか」

「藩主の命を狙う、となー」

いささか懸念ありという感じだったが、笑いとばしたりはしなかった。隼之助は小声で続ける。

「わたしは越中守様のあのときの様子が引っかかっているのです。吉良様の斬られた首と身体を繋いだという、あれが」

「噂話が真実であったらしいという知らせは」

多聞の言葉を、才蔵が継いだ。

「お知らせいたしました」

「はい、確かに」

頷いて、隼之助は続ける。

「この家の向かいに住んでいた年寄り、徳丸という爺さんですが、徳丸が殺めた相手のことも引っかかっているのです」

行徳で豆腐屋と料理屋を営む〈森川屋〉の若旦那と手代。ひとりは行方不明、そして、ひとりは死んだ。

「若旦那を迎えに来た手代は、『持ちつ持たれつ』ではないかと言うておりました。下手に騒げば厄介なことになるとも……〈山科屋〉はすでに公儀御用達であるにもかかわらず、それをまだ看板には掲げておりませぬ。才蔵殿は」

「どうぞ呼び捨てに」

才蔵に言われて、苦笑する。

「才蔵は『穿った見方をすれば、なにか広めたくない理由があるのかもしれないな』と言うておりました。〈山科屋〉が公儀御用達を公にしない理由。そのあたりに、真実が隠れているのやもしれませぬ」

隼之助は、祐吉についても、父は当初から〈山科屋〉との関わりを知っていたのではないかと疑っていた。〈切目屋〉の女将から知らせが来た時点で、それらのことを調べ、隼之助に『外れ公事』として請け合わせたのではないのか。

「父上」

言葉を発しない多聞に、知りたかった事柄を訊いた。

「『雪の花』にも二つの顔があるやもしれませぬが、それと同じく鬼役にも、二つの顔があるのでございますか。毒味役は表の顔、もうひとつの顔は」

「江戸の食を守る御役目じゃ」

遮るように言った。

「大御所様直々のお声がかりでな。乱れに乱れた江戸の食を、なんとかせねばならぬというありがたいお心よ。むろん、上様も大御所様と同じお考えじゃ」

「その御役目があるゆえ、西の丸の大火の折にも、木藤家だけ特にお咎めなしということになったのでございますか」

なにかが違う、ぴんとこない、しっくりこなかった。多聞はまだなにか隠している。江戸の食を守るためという裏に真実が……疑いの目を向ける隼之助を、多聞は平然と見つめ返した。

「さよう」

得意の極端に短い答えでかわそうとする。

「まことでございますか」

懸命に食いさがった。公儀が江戸の民のことを本気で考えたりするとは、とうてい思えない。御城の台所に最上級の品が運ばれさえすれば、他はどうでもいいと考えているのではあるまいか。隼之助は公儀に対して、厳しい目しか持っていなかった。

「わしがおまえに偽りを申すとでも？」

多聞は凍りつくような眼差しを向ける。よけいなことは訊くな、おまえは黙って従えばいい。頭を押さえつけられたように感じたが、ここで言い争うのは、得策ではないとわかっていた。

「申し訳ございませぬ。差し出口でございました」

「わかればよい。商人は油断がならぬ。瓦版を使い、『鬼の舌』が動くことを広めたのもあやつらよ」

瓦版と聞いて、「ああ」と得心する。

「『鬼の舌、あらわる』と刷られていた瓦版でございますか」

「さよう。連絡役(つなぎやく)もおるようだが、急いで知らせたかったのであろう。あのようなものをばらまきおった。江戸から関八州、さらには上方や奥州にいたるまで、あの瓦版は広まるであろうな」

「上方や奥州」

その部分だけ繰り返してみたが、どういう意味なのか、理解できなかった。油断のできない豪商は、確かに日本全国にいる。しかし、それがどこでどうやって『鬼の舌』に繋がるのか。閃き(ひらめ)は訪れなかった。

「やつらは狼煙(のろし)をあげたつもりなのであろう。そして、あの瓦版は、われらに対する果たし状でもある」

唐突に思える多聞の言葉に、怪訝(けげん)な目を返したが、

「いずれわかるときが来る」

それで終わらせた。

「赤穂藩の藩邸に行き、塩袋をすり替える件については、才蔵と段取りを決めろ。必要なものはこちらで揃える」

　立ちあがろうとした父に、慌てて訴える。

「小伝馬町の牢屋敷にいる徳丸のことでございますが、会うことは叶いませぬか」

「会うてなんとする。訊きたいことでもあるのか」

「いえ、あ、はい。訊きたいこともございますが、訊ねたところで答えますまい。雪也によれば、おそらくは闇師のひとりではないかとのこと。たとえ拷問されようとも、だれに命じられたのかは話しますまい」

「ほう、殿岡の三男坊が闇師のことを言うていたか。五目の師匠に尻の毛まで抜かれているかと思うたが、なかなかどうして、目端が利くではないか。伊達に遊び暮らしておるわけではないようだな」

　褒めているのか、けなしているのかわからない。隼之助はもう一度、真剣に目を見て訴えた。

「せめて、握り飯を差し入れてやることはできませぬか。徳丸爺さんはあと数日の命。冥土に旅立つ前に、旨い飯を食わせてやりとう存じます」

「市中引き廻しのうえ、獄門と決まった。処刑は明後日じゃ」

「獄門とは」

隼之助はたまらない気持ちになる。闇師と関わりがあるため、厳しい処罰になったのだろうか。重すぎるように思えなくもなかったが、今更、言ったところで聞き届けられるはずもない。

「では、なおのこと差し入れをしてやりとう存じます。身寄りもないと聞きました。せめて、握り飯だけでも」

「才蔵」

ひと言、告げて、多聞は出て行った。あとのことは才蔵にまかせたという意味なのだろう。隼之助は承諾と受け取ったが、はたして、そうなのか。

「いつおいでになりますか」

才蔵の問いかけに、ほっとする。

「明日の夜に」

「では、手筈を整えます」

「ついでにもうひとつ。徳丸爺さんの遺髪をもらえまいか。家族はおらぬと言うていたが、もしかしたら、現れるやもしれぬ。遺髪だけでもと思うのだが」

「わかりました。木藤様にお話しいたします」

　多聞の後を追うように出て行った才蔵と、入れ替わるようにして、おとらがおそるおそるという感じで入って来た。

「おとらさん」

皺(しわ)だらけの顔を見て、張り詰めていた気持ちと身体がゆるむ。

「行灯(あんどん)と茶葉をすまなかったな。返しに行くところだったんだ」

「今のお侍たちは」

　おとらは、戸口を見やりながら、あがって来る。

「隼(はや)さんの知り合いか」

「そんなところだ」

「年嵩(としかさ)の方は、なんだか怖い感じがするの。あとから出て行った若い男は、そら、こないだ届け物を持って来た男だがね」

「ああ、知っている」

「それにしても、驚いたがね。まさか徳丸爺さんがよ、人を殺めるとは思ってもいなかっただ。まんず人ってのは、わからねえもんだな」

　話しながら、多聞が手をつけなかった茶を飲んでいる。隼之助も冷めきった茶で渇いた喉を潤した。

「徳丸爺さんに、明日の夜、握り飯を差し入れしようと思っているんだが」

「差し入れできるのか」

「伝手（って）がある。すまないが、飯を炊いておいてもらえないだろうか。おれは奉公があるゆえ、やる暇がない」

「おらにまかせておけ。お安い御用じゃ」

「頼む」

　答えた後、胸の奥から熱いものがこみあげてくる。なぜ、どうして、こんなことになったのか。頼み事をしたくない父に、かなり無理を言ってもらった痛み止めの薬草を、徳丸に与えたのは間違いだったのだろうか。

「おれは……人を殺めさせるために、薬を渡したわけじゃない」

　雪也にも言わなかった、いや、言えなかった言葉が口をついて出た。一度、あふれ出すと止まらなくなる。

「こんなつもりじゃなかった、殺められた男もおれの知り合いなんだ。もうひとりは行方がわからなくなっているが……なぜ？」

　答えなど得られないとわかっているのに訊いていた。なぜ、徳丸はこんなことをしたのか。自分は人殺しの片棒（かたぼう）を担（かつ）がされたも同然ではないか。

「具合が悪いと思ったから、おれは、薬草をもらい、煎じて、飲ませた。それで徳丸爺さんは動けるようになった。あのとき、おれが煎じ薬を与えていなければ、そうだ、動けないままであれば」

「おらは産婆だ」

おとらは静かに遮る。

「招ばれるのは、貧乏人の子沢山っていう家ばかりだ。ほとんどはちゃんと育てるがよ、中には生んだ後で間引く者もいる。おらは殺めさせるために、赤児を取りあげたわけじゃねえ」

「…………」

はっとして目をあげる。おとらはどこか遠くを見やっていた。

「この夫婦は危ねえと、思うときもある。でもよ、招ばれりゃ行くのさ。赤児を生むのは大仕事だ、悪くすりゃ死ぬかもしれねえ。母親だけでも助けてやりてえと思ってよ。危ねえとわかっていても行くのさ」

「おとらさん」

「隼さんは、悪くね。またかだれかの具合が悪くなったら、診てやってくれろ。こいつを助けたらまた人を殺めるかも、なんてことは考えちゃならねえだ。人はだれだって、生きたいと思っているんだからよ」
おとらの言葉が心に沁みていく。
隼之助は何度も小さく頷いていた。

第六章　塩を制する者

一

徳丸（とくまる）は、市中引き廻しのうえ獄門。

刑場は小塚原（こづかっぱら）に決まっていたが、引き廻しにも二種類ある。

軽い方としては、日本橋と江戸橋を通って刑場に向かい、重い方は、日本橋、両国、筋違橋（すじかいばし）、四谷御門、赤坂御門に捨札を立て、これに御仕置場へ行く道順が加わった。

隼之助（はやのすけ）は昨夜、握り飯を差し入れた折に、軽い方の引き廻しだと聞いている。

日本橋界隈は、引き廻しを見ようという人で、身動きするのもままならないほど埋めつくされていた。

「隼さん」

人波を掻き分けるようにして、おとらを含む三婆がこちらに来る。差し入れした後、隼之助は真っ直ぐ〈山科屋〉に戻ったため、おとらには会っていない。

「徳丸爺さんには会えたか。握り飯は差し入れられたか」

「ああ、食うところを見た。おとらさんたちに宜しくと言っていたよ」

隼之助の隣には、雪也と将右衛門も立っている。そろそろ裸馬に乗せられた徳丸が、来る頃だった。

「すまねえ。あんたには迷惑をかけちまった」

昨夜、徳丸は最初に詫びて、続けた。

「今まで食べた中で、一番、旨い握り飯だったよ。あんたは医者の心得があるだけじゃないんだな。料理も上手い」

「爺さん」

訊きたいことは山ほどあった。本当に若旦那も殺めたのか。殺めたように見せかけて、逃がしたのではないのか。殺めるように命じたのはだれか、〈山科屋〉ではないのか。裏には闇師の頭がいるかもしれないが、殺めるように頼んだのは玄助ではないのか。

「忘れろ。あんたには明日がある」

ひと言、告げて、さらに言った。

「初七日には、おれの家に浄めの塩を撒いてくれ。それが徳丸の野辺送りだ」

最後の言葉は、むしろ、さばさばとしていた。肝心なことは、なにひとつわかっていない。もし、祐吉が生きているとすれば、まさに生き証人。〈山科屋〉が裏でなにをしているのか、知ることができる。が、そのことはわからないまま、今日を迎えていた。

「来たぞ」

大男の将右衛門が、いち早く徳丸を見つけた。日本橋に差し掛かった黄泉送りの裸馬が、ゆっくりとこちらに近づいて来る。無精髭だらけの徳丸だったが、真っ黒な顔の中で、目だけは妙に輝いていた。

「二人も殺めたんだとさ」

「白髪だらけの年寄りじゃねえか」

野次馬たちの囁き声にまじって、おとらが南無阿弥陀仏と繰り返している。徳丸は隼之助にじっと目を当てて、それから、ちらりと他に向けた。二度、繰り返したその仕草が気になり、隼之助は視線の先を見やる。

——若旦那？

群衆の中に、祐吉に似た面差し（おもざし）の男が立っていた。一瞬、横顔が見えたものの、すぐに顔をそむけてしまったので、よく確かめられない。隼之助は二人の友に小声で告げる。

「若旦那かもしれない」

「なに？」

「どこじゃ」

色めきたった二人に、手で合図する。

「おれは見世（みせ）に戻らなければならぬが」

「われらが引き受けた。若旦那かどうかはわからぬが、とにもかくにも将右衛門と追いかけてみる」

「頼む」

「江戸橋まで行かねえのか」

腕を摑んだおとらに、すまないと詫びた。

「奉公がある。できれば小塚原まで行き、最期（さいご）を見届けてやりたいが」

「そうか。握り飯で別れは済ませたもんな」

頷き返して、隼之助は散って行く人々にまぎれる。雪也と将右衛門はとうの昔に、姿が見えなくなっていた。

——手代の死を無駄にはできない。

隼之助は見世に駆け戻る。気になることは多々あるが、今は多聞の命令を遂行するしかなかった。見世の裏門近くでは、いつものように、おりきが待ち構えていたが、尻をつねられる前にうまく逃げる。

「このろくでなしが、油を売ることばかり覚えやがって」

口汚い罵声を背に受けつつ、勝手口から台所に飛びこもうとしたが、

「新入り」

井戸の前にいた才蔵が呼んだ。おりきが凄い目つきで、隼之助の後ろを通り過ぎて行く。飛びかかって来るのではないかと、背後を気にしながら、井戸に行った。

「必要なものが揃いました。今宵、いかがかと思いまして」

見世の屋号と『雪の花』の焼き印を入れた塩袋が手に入ったので、赤穂藩に納めた塩とすり替えよう。二人だけに通じる言葉で誘っている。〈達磨店〉での密談後、才蔵は奉公人たちの前では、以前のような口調を使うが、それ以外のときは主従の言葉づかいになる。しかし、隼之助はまだそれに慣れていない。

「行きたいのですが、抜け出せるかどうか。それに、夜中に行ったとしても奉公人た

ちは寝んでいます。行くのは、明け方近くの方がいいように思いますが」

あくまでも新入りのような感じで告げた。昨夜からは夜も金吾の隣で寝るようになっている。こうやって昼間、抜け出すのもやっとなのだ。玄助が隼之助のことを怪しいと思い、動きを封じるために世話役にしたのであれば、成功しているかもしれない。

「わかりました、行くのは明け方にしましょう。抜け出すことに関しましては、わたしがなんとかします」

「できれば行徳にも行きたいと思っているんですが」

勝手口の様子を見ながら、小声で訊いた。おりきが勝手口のところで睨みつけている。またなにか言ってくるのではないかと、内心、気が気ではなかった。

「ご隠居様に、行徳への寺詣りを勧めてはいかがですか。成田山新勝寺へのお詣りを口にすれば、腰をあげるかもしれません。退屈しきっておられますから」

才蔵の答えに、おりきの声が重なる。

「壱太はまだかと、女将さんがお呼びだよ。男同士が好きなのはわかったけどさ、女将さんまで袖にするのはまずいんじゃないのかい」

「今、参ります」

答えて、才蔵と目で頷き合い、勝手口に走る。尻をつねられるのは覚悟していたが、珍しく、おりきはなにもしなかった。だが、嘗めるような独特の目つきに、あの夜の恨みがあふれている。

――しつこい女だ。本当に鼈みたいだな。

隼之助は板場の手前で足を拭き、隠居部屋に急いだ。雑踏で見たのは、本当に祐吉だったのだろうか。殺められた手代は、将右衛門が知らせに走ったため、すでに亡骸を引き取られている。〈山科屋〉の秘密を知るには、行徳に行くしかないと思うのだが、なかなか思うようには運ばない。

「どこに行っていたんですか。壱太はどうした、どこに行ったと、ご隠居様が探しておられましたよ」

隠居部屋では、付き添っていた千登勢が、待ってましたとばかりに不満をぶつけた。尖った声と表情に抑えきれない怒りが表れている。

「申し訳ありません」

千登勢がいたゆえ抜け出したのだが、むろん、よけいなことは言わない。処刑される咎人を見て来たと言えば、怒りが増すのは必至。もう一度、頭をさげて、布団に横たわる金吾のそばに近づいた。

「今日はおかげんがよくありませんか」

隼之助が呼びかける前に、千登勢は部屋を出て行っている。関心があるのは、芝居や寺詣り、呉服屋や小間物屋といった派手やかな事柄のみ。老耄かけている隠居など、千登勢の暮らしには必要のない存在なのだろう。本性を知らずに行方知れずとなった祐吉が、哀れに思えなくもない。

「やれ、よかったわい。若女将がそばにいると、よけい具合が悪くなる」

本性を知っている金吾は力無く答えた。

「お揉みいたしましょうか」

「今日は揉まれるのも、ちときついほどじゃが……背中と腰が痛くてたまらんのじゃ。壱太は鍼はできないか」

「道具さえあれば、鍼も灸もできます」

「おお、そうか。あそこに」

と、金吾は床の間の脇にある地袋戸棚を指さした。

「左の方じゃ。鍼の道具が入っておる」

「はい」

隼之助は言われるまま左の戸棚を開ける。さらに金吾が言った。

「書物の下に文箱があるじゃろう。その中じゃ」

「わかりました」

かなり古そうな何冊かの書物を出して、文箱も外に出した。とそのとき、書物に記された表書きに、いやでも目が留まる。

栗崎道有覚書。

「これは」

聞き覚えのある名前だった。才蔵の話に出て来た名ではなかったか。吉良上野介と赤穂藩の藩主、そうだ、赤穂浪士の討ち入り騒動。

〝殿中においての刃傷沙汰の折、吉良殿の傷の手当てをした金瘡医、栗崎道有が残した書物にな、その旨、記されていた。首級を獲られたとき、正しくは、首級を獲られた後だろうが、その首と胴体を一つに縫合したと〟

才蔵は確かにそう言っていた。話に出た金瘡医、吉良上野介と親しかった医者の文書が、なぜ、ここにあるのか？

――〈山科屋〉と赤穂藩。

隼之助は、現在の赤穂藩の藩主、森越中守忠徳のことを思い出さずにいられない。あきらかに様子のおかしい忠徳、気鬱の病であるのは間違いないだろうが、忠徳のそばには、主の玄助が献上した愛妾が仕えている。たまたまであるはずがない。やはり、なんらかの意図を持って、玄助はお由弥（ゆみ）の方を差し向けたのではないだろうか。

「どうしたのじゃ」

金吾が不審げに問いかける。

「いえ、栗崎道有という名が記された書物が、ここに」

表紙の色が変わった書物を掲げた。

「ご隠居様となにか関わりがあるのですか」

「わしというよりも、我が家とじゃ」

持って来いというように、金吾が手招きする。隼之助は何冊かの書物を持ち、隠居の傍らに置いた。

「栗崎家は、我が家のご先祖様での。医者をしていたとか。これを記した栗崎道有は、御城の御典医を務めたこともあったそうじゃ。子孫は出来が悪かったのか、医者の血筋は絶えてしもうたがの」

「さようでございましたか」

読みたくてたまらなかったが、かろうじて気持ちを抑える。なにが記されているのだろう。それにしても、まさか、〈山科屋〉の先祖が栗崎道有だったとは、と、軽い興奮を覚えている。

「ご先祖様は、鍼医でもあったのですね」

　道具を収めた文箱を開ける間も、書物から目を離せない。そんな視線を読んだかのように、金吾が書物を手に取る。

「栗崎道有が鍼医であったかどうかはわからん。鍼の道具は、道有の名を継いだ子孫が残したものかもしれんがの。この書物は道有が記したもののようじゃ。なかなか面白いことが書かれておる。壱太は、元禄の頃に起きた赤穂浪士の騒ぎを存じておるか」

「はい。『忠臣蔵』でございますね。芝居で何度も観たことがございます。主君の仇を討つ赤穂浪士が、わたしは好きで好きでたまりません。もしや、栗崎様は、あの騒動に関わっておられたのですか」

　芝居好きの下男を演じて、書物に興味があることを訴えた。金吾に内容を語らせるしかない。はたして、真実はどこにあるのか。

「そうか、壱太は赤穂浪士が好きか。だが、芝居は正しくないのじゃ。間違った形で話が伝わっておる。この書物に記されているのは」

　金吾は言い、覚書を開いた。

　奥座敷の隠居部屋は、元禄の頃に戻る。

二

元禄十四年三月十四日。

江戸城の松の廊下で、騒ぎは起こった。

「おのれっ、上野介！」

浅野内匠頭長矩は、大紋の袖を払いあげて、小刀を振りあげた。

「この間の遺恨おぼえたるか⁉」

と、吉良上野介に後ろから斬りかかる。慌てふためいて逃げようとした上野介の額にも一撃を浴びせかけた。勅使饗応役を務めていた内匠頭の突然の乱心に、居合わせた者たちは狼狽えながらも止める。

この日の当番目付は、多門伝八郎だった。伝八郎は同役の近藤平八郎と、内匠頭の訊問にあたっている。

「御定法のとおりに言葉をあらためるので、さように心得られよ」

と、内匠頭に申しきかせたのち、訊ねた。

「そのほう儀、御場所がらもわきまえず、さきほど上野介へ刃傷に及んだが、いかなる存念があってのことか」

　これに対して内匠頭は、一言の申しひらきもせずに、ただこのように答えている。

「上へ対したてまつりては、いささかのお恨みもございませぬ。されど私事の遺恨がありまして、一己の宿意をもって前後を忘却つかまつり、打ちはたすべしと思いさだめて刃傷に及んだのでござりまする」

　さらに続けた。

「このうえは、どのようなお咎めをおおせつけられましても、ご返答申しあげる筋にはござりませぬ」

　後ろから斬りつけただけでも、武士にあるまじき行為である。しかも狙った相手を小刀で仕留めるには、斬ってはならない、突くのが常道だ。内匠頭は武人としての心構えがまったくできていないといえた。

「自分はぜんたいが不肖の生まれで、そのうえ持病に痞がございまして、物事をとりしずめること、まかりなりませぬ。それゆえ、今日も殿中をもわきまえず、不調法な真似をつかまつりました」

　これは目付の多門伝八郎の文書ではなく、『江赤見聞記』に記されている一文だ。痞は胸や腹などに起こる激痛のことで、原因は定かではないが、騒ぎのあった頃の天気も無関係とはいえないだろう。花曇りで小雨のぱらつく陰湿な日が続き、病い持ちの内匠頭にとっては、たまらぬ陽気だったことが推察される。

実弟の浅野大学が、のちに語った言葉として、『四十六士論評』にもこう記されている。

「内匠頭は性甚だ急なる人にて有りしとぞ」

内匠頭はきわめて短気な癇癪もち、瞬間的に激怒する気質で、発作のようにはげしく逆上する人物だったという貴重な証言だ。

では、斬りつけられた吉良上野介はどうだったのか。

「ありていに申したてよ」

多門伝八郎に言われて、上野介は答えた。

「拙者、何の恨みをうけたのか、覚えなぞなく、まったく内匠頭の乱心と相見えまする」

実際、刀を抜くこともなく、なんの反撃もしていない。

「上野介は御場所がらをわきまえ、手向かいいたさず、神妙のいたり」

と、内匠頭寄りの多門伝八郎でさえ、そう記しているのだ。かたや内匠頭は、一関藩田村家に預けられたときにも、同家の御挨拶人に、酒や煙草を求めたとされる。大罪人の身であり、ただ裁定を待つばかりであった大名が、嗜好の品をほしがるなど普通であれば考えられないことだ。

「わかるか、壱太。上野介様に非はないのじゃ」

金吾は言った。

「武人としては未熟な大名の癇癪によって、騒ぎが起きてしまい、ああいう大騒動になったのじゃ。赤穂浪士が吉良様を討ち取りやすいようにと、本所松坂に屋敷替えをしたあたりに、お上の真意が見え隠れしておる」

「ご隠居様は、騒ぎの裏には、公儀がいるとお考えなのですか」

「わしが言っておるのではない、これじゃ」

金吾はうつ伏せのまま、傍らの書物を目で指した。鍼を熱湯消毒してから、隼之助は鍼師さながらの療治を行っている。いたたた、と、声をあげながらも、金吾は討ち入り騒動の話を続けた。

「今でこそ、本所は江戸市中に数えられておるがの。討ち入り当時は、まだまだ田舎だったのじゃ。わけても吉良邸が移ったあたりは、『無縁寺裏』と呼ばれていて、暗く、寂しい場所であったらしい」

「回向院の裏手でございますね」

「うむ。明暦の大火で焼け死んだ無縁の死者を葬ったために、そう呼ばれているらしいがの。公儀は『江戸城の郭内での騒擾だけは、ぜひとも避けねばならぬ』と考えていたのであろう。吉良様は見殺しにされたのじゃ」

上野介は騒ぎの後、辞職届けを出し、これはすぐに認められた。同時に嫡子の佐兵衛に対する家督相続も認められたように見えるが、事実は違っている。

「嫡男、佐兵衛様の高家就任は、しばらくの間、宙に浮いていたのじゃ。認可を引き延ばされたのよ。その間に、屋敷替えの命がくだった」

跡継ぎに高家を継がせたければ、おとなしく命に従え。

公儀の静かな脅しが、この不審な引き延ばしに、表れているように思えなくもない。

「ですが、辞職なされたとはいえ、吉良家は名門。屋敷替えに対して、上野介様は異議申し立てをなさらなかったのですか」

「そこよ」

首だけねじ曲げて、金吾は後ろを見た。

「申し立てをしなかったのではない、おそらくは、できなかったのじゃ」

「それほどの大物が、陰で動いていたと？」

問い返しながら隼之助の頭には、ふたたび才蔵の話が甦っている。

〝吉良様はお上の身代わりにされたのさ。わざと孤立させて、襲わせやすくさせたのは、五代将軍綱吉公の御側用人、柳沢吉保様という話もある〟

金吾は「うむ」と短く答えただけだった。

「わたしは、吉良様の動きにも、幾つか疑問を持っています」

鍼を打ちながら、隼之助は思いつくまま問いかける。

「赤穂浪士が狙っているとわかっていたはずなのに、なぜ、茶会などを催したのでしょうか。赤穂の田舎侍が、そんなだいそれた真似をするはずがないと、たかをくくっていたのでしょうか」

「田舎侍とは手厳しいの」

「あ、申し訳ありません。言葉がすぎました」

「事実ゆえ、仕方あるまいが……吉良様はの、『松の廊下の騒ぎ』においては、ご自分に非があるとは考えてはおられなんだのじゃ。それゆえ、堂々としておればよいと思ったのであろうさ。さらに年の暮れに開かれたあの茶会は、後継者となる佐兵衛様のお披露目の会でもあったのじゃ」

湯飲みに手を伸ばした金吾は、茶をひと口、啜りあげて、続けた。

「それと同時に、吉良様のご健在ぶりを世に示す茶会でもあったのであろう。引き延ばされていた跡継ぎのことについて、ようやくお許しが出たため、安堵されたに相違(そうい)ない。これで吉良家は安泰と、茶の湯、能に舞、謡(うた)いなどが披露されて、酒肴が供された」

「家臣たちに慰労のふるまい酒も出された」

と、隼之助は討ち入りの夜に戻ったつもりになって言葉を継いだ。

「さよう。心のどこかでは、赤穂浪士がいつ襲ってくるかと怖れていたのは間違いあるまい。しかし、浅野内匠頭様のご命日は、明くる年の三月十四日。よもやこの年の瀬に襲撃することはなかろうと、油断したのじゃ」

「赤穂浪士は、その隙を見事に衝(つ)いた」

「闇討ちじゃ」

金吾は厳しい声音になる。

「吉良様はむろんのこと、家臣たちも酒を飲み、眠りについておったのじゃ。やつらは卑怯にも、そこを狙い、押し入った。非力な年寄りをなぶり殺すためにの」

「陣太鼓を鳴らして、派手に討ち入ったのではないのですか」

「それは芝居の話じゃ。襲撃するのに、わざわざ太鼓を打ち鳴らしたりはすまい。逃げられてしまうからの」

赤穂浪士のひとり、小野寺十内が残した『小野寺十内書状』には、

「きのふふりたる雪の上に暁の霜置、氷りて足もとも能、火のあかりは世間をはばかりて挑燈も松明もともさねとも、有明の月さえて道まかふへくもなくて、敵の屋敷の辻迄押詰、ここより東西へ二十三人、二手にわかれて取かけ、屋根より乗込申候」

と、記されている。降り積もった雪に有明の月が反射して、提灯や松明がなくても、充分な明るさがあったようだ。

「装束の違いも明暗を分けた」

しみじみした口調で、金吾は言った。

「吉良方の家臣が、赤穂方に劣っていたわけではない。赤穂方は着物を着こみ、鎖かたびらを着けていた。対する吉良方は、寝入りばなを襲われたため、戦装束を整えるどころではないわ。赤穂方は非情じゃ。息を殺して布団を被っていた年端もゆかぬ小坊主までも、槍で突いて仕留めておる。見のがしてやればよかったものを」

「吉良様の最期は、どうだったのでしょうか」

「戦われた、立派にの」

赤穂方の頭となった大石内蔵助の口上を記したものとして、

「上野介殿脇差を抜刃向被申候」

という一文が残っている。上野介は脇差を抜いて、果敢に抵抗した挙げ句、首を刎ねられて絶命した。

「栗崎道有はその首と胴体を縫って、繋ぎ合わせたのじゃが……わしは昔、この書物を読んでの。吉良様にいたくご同情申しあげた。なんの落ち度もない吉良家を見捨てたお上に、一矢報いてやることはできないか、と」

「え？」

どきりとして、隼之助は、うつ伏せになっている老人の背を見つめた。これは私の恨みなのか、公儀に対する厳しい訴えなのか。あるいは、時を経て行われる赤穂藩への仇討ちか。

「塩を制する者は、天下を制す」

金吾は呟いた。

「わしはそれゆえ、塩問屋になった」

赤穂浪士の騒動が、事の発端なのだろうか。〈山科屋〉の目的は、いったい、なんなのか。まだ詳細はわからない。はっきりしているのは、首と胴体を縫ったところで、人は生き返らないということだ。

——徳丸爺さん。

もう小塚原に着いてしまっただろうか。

小坊主を見のがしてやらずに、槍で突いて仕留めた赤穂浪士。徳丸は祐吉を見のがしてやったのか。

生きていてほしいと、隼之助は心の中で祈っていた。

三

塩を制する者は、天下を制す。

翌日の未明。

金吾が告げた話を、隼之助は道すがら才蔵に伝えた。二人は荷車に塩袋を積み、日本橋から新両替町に出て芝口橋を渡り、芝口町を進んでいる。

芝は、御城の南に位置する区域で、ほとんどが武家地と寺地で占められていた。大名家の上屋敷と、多数の寺社がこの地を選んで蝟集（いしゅう）している。代表されるのが増上寺だが、芝の名は増上寺の存在とともにあるといっても過言ではない。二人が進んでいる道の両側は、数少ない町屋だが、暖簾（のれん）を仕舞（しま）い、周囲は薄気味悪いほどの暗闇と静けさに包まれていた。

「才蔵さんは、どう思いますか。〈山科屋〉は私の恨みを晴らすために、森越中守様にお由弥の方様を献上したのでしょうか」

隼之助の問いかけに、才蔵は苦笑を滲ませる。

「呼び捨てでかまわないと、この間も言ったではありませんか。殿岡様たちと話すときのような口調でいいのです」

「そう言われても……おれは不器用なので、ふとした拍子にふだんの口調が出てしまうかもしれない。才蔵さんのように、うまく切り替えられるかどうか」

「すぐに慣れます。話を戻しますが、老耄始めているご隠居の話を鵜呑みにするのは、いかがなものかと」

「だが、現に主の玄助は、愛妾を潜入させている。命を奪うためか、赤穂藩の内情を探るためかはわからぬが」

「そして、越中守様は気鬱の病に、ですか」

「夜毎、耳もとで囁いたのかもしれぬ。『赤穂藩は呪われている、ほら、今も枕元に首を縫われた吉良様が』とでも言えば、気の弱い者はおかしくもなろう。あるいはなにか薬を用いたのかもしれぬ」

「薬？」

「そう、たとえば麻黄だ。茎を煎じたものだけを飲めば、咳や痰を抑えたりする良薬となるが、酒と一緒に飲むと、意識が朦朧となったりする。一度や二度なら大事ないが、度重なるとおかしくなるようだ。おれは人よりも鋭敏らしゅうてな。父上に一度、酒と一緒に飲まされたが、ぐらぐらと景色がまわり、ひどい有様になった」

「御城で越中守様に会われたとき、薬の匂いのようなものを感じましたか」

「いや」

短く答えて、隼之助は笑った。

「臭いだけだった」

「確かに」

才蔵も笑い、「ですが」と疑問を投げかける。

「〈山科屋〉は、なぜ、越中守様にそんなことを」

「わからぬ。されど、なにかを探るために、主の玄助は密偵役として女子を送りこんだ。ご隠居は老耄気味ではあるものの、頭がしゃきっとしているときは、なかなかいいことを言うとは思わぬか。塩を制する者は、確かに天下を制するやもしれぬ」

「味噌も醤油も塩なしにはできませんからね。戦のときは、塩を持ち歩くのが常だったとか。水は二、三日、飲まずとも生きていられますが、人の身体は塩を失うと、いくらも保たぬ由。わたしも塩を携えております」

「おれもだ」

隼之助は懐を叩いた。

「万が一、閉じこめられたりしたときには、塩を嘗めて、自分の小便を飲めと、父上に教えられた」

「正しい教えです。そういえば、隼之助様は、木藤様と一緒に関八州をまわられたと伺いましたが」

「関八州だけではない、名水の産地には、ほとんど足を運んでいる。はじめの三年間は、ご嫡男の弥一郎殿も一緒だったのだが、おれと行くのはいやだと言って、その後は父上と二人きりだ。弥一郎殿がいたときは、厳しい目が二分されたが、おれひとりになってからは、すべてが向けられる。楽ではなかった」

一年の半分近くを旅していたが、今にして思えば、それで毒味役が務まるのだろうかという疑問を抱かずにいられない。諸国を旅しながら、多聞はなにかを探っていたとも考えられる。隼之助はちらりと才蔵に目を走らせたが、

「弥一郎様は、直心影流の免許皆伝であらせられるとか」

あたりさわりのない話題を振られた。

「うむ。おれとは出来が違う。剣術はどうも苦手でな。逃げ足の速さと身軽なところだけは自信があるが」

「ははは、確かにおりきから逃げるときも速かったですね。軽々と塀を跳び越えたあれは見事でした」

見られていたのか。

隼之助はかっと頰を染める。

「才蔵さんも、存外、人が悪い。部屋に引きずりこまれる前に、助けてくれればよかったではないか」

「申し訳ありません。助けようと思ったとき、隼之助様が飛び出して来たんです」

「隠居の世話役にされたお陰で、おりきからは逃げられたが、動きを封じられているように思えなくもない」

露骨に話を変えた。

「そのうえ、おれの動きを向こうにつかまれてしまう。今日のこれもそうだ。才蔵さんは玄助に、なんと言うたのだ」

「知り合いを亡くして、気落ちしているので、今宵は岡場所にでも連れて行ってやりたい、と」

「そちらの方がよかったな」

「それは、この騒ぎが終わった後にいたしましょう。赤穂藩の話ですが、今の藩主は当然のことながら、浅野内匠頭様ではありません。〈山科屋〉は、それでも仇を討つというのでしょうか」

「森越中守様は、身代わりなのかもしれぬ。吉良上野介がお上の身代わり、いや、生贄(いけにえ)にされたように、無実の者を血祭りにあげて、公儀に果たし状を叩きつけるつもりなのかもしれぬな」

身代わり、生贄、それらの言葉が胸を騒がせた。なぜかはわからない。たまらなく不安になってくる。急に黙りこんだのを不審に思ったのだろう。

「どうかしましたか」

才蔵が顔を覗きこむ。

「いや、なんでもない。『雪の花』は顧客のほとんどが大名家だ。もしかすると、大名家を含めた公儀への仇討ちなのやもしれぬ。すでに公儀御用達でありながら、〈山科屋〉がそれを看板に掲げないのも、ご隠居の意志を引き継いだ玄助なりの意地かもしれぬ」

「なるほど。公儀への仇討ちとなれば、ありえることかもしれませんね」

才蔵は考えながら答える。隼之助は多聞と話した折のことを思い出していた。『鬼の舌、あらわる』という瓦版について、多聞は意味ありげなことを告げている。

「おかしな瓦版はすなわち、やつらの狼煙(のろし)、あるいは果たし状であろうと、父上は申されていた。狼煙は戦のときにあげるもの。果たし状は言うまでもなく、戦のときに送りつけるものだ。つまり、連中が戦を仕掛けて来るということか」

「それは」

口ごもって、俯(うつむ)いた。

「いずれ、そう、また同じ返事になってしまうかもしれませんが、この騒ぎが終わった折に、木藤様からお話しがあると思います」

「すべては終わった後か。まあ、いい。森越中守様のことだが、思えば『膳合(ぜんあわせ)』の日に、わざわざ御城へあがったのも、父上になにかを訴えるためだったのではあるまいか。そうだ、『雪の花』」

隼之助は肩越しに荷車の荷を振り返る。これからすり替える塩袋を積んでいた。他の塩問屋で買い求めた塩を、才蔵が手に入れた『雪の花』の袋に入れ替えている。

「もしかすると、証拠の品として、父上に渡すつもりだったのかもしれぬ」

多聞は越中守が『雪の花』を買い求めたことについて、塩の作り方を調べるためではないかと言っていたが、それよりも渡すためと考えた方がしっくりくる。才蔵もそう思ったに違いない。

「そうか。わたしも『雪の花』を買った件については、引っかかっていたんですが、鬼役に渡すつもりだったと考えれば得心できます。そうなると」

不意に足を止めた。

「無駄足に終わるかもしれませんね」

〈山科屋〉の主は、間抜けな男ではない。越中守の意図を察して、偽物の『雪の花』を納めたことも考えられる。間を省いた言葉だったが、多聞に無理やり馴らされている隼之助は素早く理解した。

「どうする?」

短く訊ねる。

「行くだけ行きましょう。すり替えた塩を味見していただけば、本物か偽物かがわかります。この様子では『雪の花』にお目にかかるのはむずかしいかもしれませんが」

「越中守様が買い求めた品だけではない。主がわれらの動きを怪しんでいるとしたら、証拠の品を始末しにかかるかもしれぬぞ。見張り付きの蔵にある『雪の花』も消えてしまうかも……」

自分の言葉に、はっとした。

四

隠居の世話役にされた隼之助は、動きを封じられたうえ、動きを読まれている。玄助は二人がいない隙を縫って、『雪の花』を始末しようとしているのではないだろうか。

「迂闊(うかつ)でした。先手を打たれたかもしれませんね」

どうしますか、と今度は才蔵が目で問いかける。

「予定どおりに動こう。万に一つかもしれぬが、赤穂藩の『雪の花』が本物ということもありうる。玄助の読みが甘いことを祈るばかりよ」

ふたたび荷車を曳(ひ)き始めた。多聞に怒られるのは間違いない。この間抜けめが、後手後手(ごてごて)になりおって、商人ごときにしてやられたか。耳もとで怒声が響いていた。

「父上はお怒りになられよう」

つい弱音が出る。

「いいえ、わたしの不始末です。もっと早く気づくべきでした。ですが、木藤様も同じではないでしょうか。そこまではお読みになれませんでした。探索というのは、生き物なのです。その時々で潮目が変わる。どれほど早く相手の動きを読めるか、すべてはそこにかかっています」

「責はおれにある」

躊躇いなく言い切った。

「隼之助様」

才蔵の眼差しに、優しさのようなものが加わる。

「そういうところも木藤様に、よく似ておられる」

「父上に？」

意外だった。失敗をしたときは、おまえが悪いとしか言わないあの父が、配下に対しては、違う顔を見せるのだろうか。

「はい。木藤様はお気持ちを示すのが、下手な方なのです。ご自身も隼之助様のように、いいえ、もっと厳しく育てられましたから、どうやって気持ちを表せばよいのか、おわかりにならないのでしょう。隼之助様は十歳までは、裏店住まい。人の気持ちがわかるのは、そのお陰なのではありませんか」

裏店住まいと言い切ったそれが気になった。

「幼い頃のおれを知っているのか」

「はい」

才蔵は躊躇いがちに告げる。

「亡くなられたお母上は……お庭番の家の女でした」

「えっ」

絶句して、隼之助は足を止めた。才蔵も立ち止まり、しばし無言で二人は見つめ合う。青白い月の光が、整った才蔵の顔の陰影を浮かびあがらせていた。二十二年目に明かされた話を受け入れるのにかなりの時を要した。

「まことなのか」

掠れた問いかけを発すると、才蔵はまた荷車を曳き始めた。隼之助も隣を歩く。

「はい。十七家のひとつ、中村家の女でした」

「中村か。ありふれた姓ゆえ、墓参りのときにも、特に気にかけたりはしなかったが……そうか、母上の家はお庭番か」

じわりと、あたたかいものが胸にあふれてくる。氏素性のわからない妾腹と、ずっと蔑まれてきたが、自分にもちゃんとした家族がいた。しかも将軍の手足となって働く公儀お庭番。公儀の密偵と陰口をたたく者もいるが、出自がはっきりしただけでもありがたい。才蔵が小さな声で続ける。

「わたしは幼い頃、跡継ぎのいない宮地(みやじ)家に養子に入りました。それで宮地を名乗っていますが、もとは同じ中村家です。隼之助様とは、親戚筋にあたります。それで、時々、様子を見に行きました。ある程度の年までは、裏店で育てたいというのが、木藤様のお考えでしたので、声はかけないようにしておりましたが」

「父上もおいでになっていたのか」

「もちろんです。毎月、金子(きんす)を届けておられました。時々、わたしがその御役目を申しつけられたこともあります」

見捨てられていたわけではなかった、突然、迎えに来たわけではなかったのだ。多聞は裏店住まいの倅(せがれ)のことを気にかけていた。が、亡き母のことはどうだったのか。

「母上も、その、お庭番だったのか」

「いえ」

これ以上は聞いてくれるなと、短い答えにこめていた。自分の昔がわかっただけで上出来と考えるべきだろう。才蔵とは親戚筋、つまり、血の繋がりがある。身近に同じ血筋の者がいてくれるのだ。隼之助は昨日まではまったく違う気持ちになっていた。

「今の話は、だれにも言わぬ」

　男の約束を口にする。

「何度も人としての誇りを失いかけたが、才蔵さんの話で、生まれ変わったような気がする。この御役目のことも、初めて前向きに考えられた。父上には父上のお考えがあるのだろう。おれは父上を信じて、己の役目をはたすつもりだ」

「宮地才蔵。及ばずながら、お力添えいたします」

「頼りにしてるぞ。よし、まずは赤穂藩だ。無駄足に終わるかもしれぬが、『雪の花』をすり替えて、味見をする。偽物だった場合には、見世の蔵から盗み出すしかあるまい。もっとも蔵が空になっていなければの話だが」

「豆腐屋の若旦那、祐吉でしたか。あの者が生きていてくれれば、〈山科屋〉の悪事を暴くことができるかもしれません。徳丸という爺さんが、見のがしてくれていればいいんですが」

「似た男を見た」

「え」

「裸馬に跨（またが）っていた徳丸爺さんが、目で教えてくれたのだ。雪也と将右衛門が探してくれている。うまくいくと、見つけ出せるかもしれぬ」

「そういうときは、すぐわたしに知らせてください。探したり、尾行けたりするのは、お庭番の役目。だれにも気づかれぬよう、うまくやり遂げますので」

「承知した。次からはそのようにする」

話しているうちに、二人は赤穂藩の藩邸に着いていた。敷地面積はおよそ一万七千坪。石高は二万石の小藩だが、藩邸だけは広い。荷車を曳きながら、裏門の方にまわった。夜明け近くだが、周囲はまだ暗闇に包まれている。

「だれかいます」

いち早く才蔵が、裏門の前に佇む人影を見つけた。

「わたしが話してきます。隼之助様はここでお待ちください」

「気をつけろ」

なんとなくいやな胸騒ぎがある。隼之助は懐に忍ばせている短剣の柄を握りしめていた。才蔵はまったく足音をたてずに、人影の方へ近づいて行く。と、向こうもこちらに気づいたのか、よろよろと歩いて来た。

「上野介様じゃ」

しわがれた声に、どきりとする。人影は、先に近づいた才蔵のことなど目に入らぬかのごとく、その横を通り過ぎた。一歩、二歩と近づく度に、不愉快な臭いが濃密さを増してくる。

——この臭いは、もしや。

隼之助は押されるように後ずさっていた。

「赤穂藩は呪われておるのじゃ、上野介様にな。つい今し方も現れたわ。首に縫い目のある上野介様じゃ。逃げても、逃げても、追いかけて来る。内匠頭様を恨んでおるのじゃ。代わりに余の命が、赤穂藩主の命がほしいと言うて、追いかけて来る」

「……お、お殿様」

隼之助は慄えた。森越中守忠徳は、絹の白い寝間着姿で、髪の毛を振り乱している。ぐっと隼之助の腕を掴んだ。

「上野介様が離れぬ」

「どこにもおりませぬ。お気持ちをしっかりお持ちなされますよう、上野介様はお殿様を恨んではおりませぬ。だれかに偽りを……」

言葉は最後まで続けられない。頭が朦朧としてしまい、景色がぐるぐるとまわり始めた。なにか叫んで、才蔵が駆け寄って来る。

「お殿様を」

と口の中で言ったが、伝わったかどうか。

隼之助はくずれ落ちるように倒れこんでいた。

五

森越中守忠徳の身になにが起きているのか。

〈山科屋〉は私(わたくし)の恨みによって、大名家に『雪の花』を売っているのか。『雪の花』はどんな塩なのか。消えた祐吉、殺められた手代。二人を殺めろと命じたのは〈山科屋〉ではないのか。

「ここに二つの道があるとします」

祐吉は言った。

「ひとつは、今までどおりの暮らしが続く道。もうひとつは、今までどおりの暮らしができなくなるうえ、危ない目に遭うかもしれない道です。もし、目の前に二つの道があったとしたら、隼之助さんは、どちらの道を選びますか」

楽な方に行きたい。

本当はそう思っている。

――だが、きっとおれは険しい方に進むだろう。天(あま)の邪鬼(じゃく)だからな。

祐吉もまた荊の道を選んでしまった。千登勢に逢わせると言われて、のこのこ江戸に舞い戻って来たのは間違いない。後ろにいるのは、そう、〈山科屋〉だ。

塩を制する者は、天下を制す。

と、金吾は言っていた。天下を制して、だれが、なにをしようとしているのか。〈山科屋〉が天下を……。

「うっ」

隼之助は呻いた。目を開けたとたん、あまりの眩しさに次の声が出ない。がたがたと揺れていた身体が、不意に動きを止めた。

「気がつきましたか」

才蔵の声を聞き、隼之助は上半身を起こした。塩袋を枕にして荷車に横たえられていたらしい。朝陽をまともに受けて、目をしばたたかせる。

「おれは」

「倒れたのです、越中守様に腕を摑まれて」

荷車を道の端に寄せて、才蔵は停めた。忙しげに人が行き交う町は、ふだんどおりの賑わいを見せている。天気はいいが、堀から吹きつける風は、凍りつくように冷たい。

「ここはどこだ」

「江戸橋を渡って、じきに瀬戸物町です。〈山科屋〉の近くを通らないよう、迂回いたしましたので、いささか時がかかりました」

「越中守はどうした、塩袋はすり替えられたのか」

荷車を降りて、才蔵の隣に立つ。

「大丈夫ですか。まだ顔色がよくありませんよ」

「そんなことよりも」

「わかっています。門番に知らせて、越中守様は、屋敷の中にお戻りになられました。塩袋も無事、取り替えることができました。一度、〈達磨店〉の家に戻り、ゆるりと味見していただくのが宜しかろうと思いまして」

「では、急ごう」

隼之助は自ら曳こうとしたが、

「おまかせください」

才蔵はゆずらない。深更には塩袋がひとつでも目立たなかったが、今は人目を気にせずにいられなかった。大の男が二人も揃って、さも大切そうにたったひとつしかない塩袋を運ぶ様子は、奇妙に映るのではないだろうか。

「本当に具合は大丈夫なのですか」

気遣わしげに才蔵が目を走らせる。

「なんともない。越中守だが、あれは」

と、声をひそめた。

「おそらく阿片だぞ」

「まさか」

「そう、おれも吸うたことはないゆえ、言い切れぬがな。父上から話だけは聞いたことがある。阿片を吸い、朦朧とした状態になって、ふらふらと出て来たのではあるまいか。吐く息の臭いが、おかしいと感じたとたん、あの始末よ」

「わたしの注意が足りず、申し訳ないことをいたしました。木藤様から『鼻も常人とは比べものにならぬほど鋭いゆえ気をつけろ』と申しつけられておりましたものを」

鼻も、の前には、舌だけでなく、と入れたかったに違いない。隼之助は小声で話を続ける。

「ひどい真似をするものだ。殺めるよりはいいと思うておるのやもしれぬが」

「越中守様は、〈山科屋〉を脅していたのかもしれません」

才蔵の言葉に頷き返した。

「祐吉のようにな」

塩問屋として、飛ぶ鳥を落とす勢いの〈山科屋〉。塩を扱う大名家は苦々しく思いながらも、塩田の管理をまかせるしかない。どんどん増える借財、それに反して力をつけていく〈山科屋〉。越中守が弱みを摑み、反撃に出たことは容易に想像できる。

「『雪の花』はすべて始末したかもしれぬな。あるいは暖簾（のれん）分けした出店に隠すことも考えられるが、主の玄助は目端の利く男。われらが知らぬ蔵屋敷にでも運びこみ、ほとぼりが冷めるのを待つのではないだろうか」

「まだこれが偽物であると、はっきりしたわけではありません」

「ここからはおれが運ぶ」

隼之助は塩袋を担ぎあげた。〈達磨店〉の木戸が見えて、どこかほっとしている。長い一夜だった。奥の井戸端に三婆が集まっていたが、会釈だけして、家に入る。すぐに才蔵が追いかけて来た。この長屋の者たちを巻きこみたくない。

「そこで見張り役を頼む。おとらさんたちに知られると厄介だ」

早口で言い、さっそく塩袋を開けた。薄暗い家の中だからなのか、雪を欺くような白さには見えなかった。指先でひとつまみ取り、静かに舌の上に置く。眩い陽射しが浮かぶかと思いきや、ただ湿った感覚だけが、鼻から抜けていった。

「いかがですか」

才蔵にしては珍しく、待ちきれないように問いかける。

「違う、と思うが……少なくとも、主や隠居用の『雪の花』ではない。しかし、おれは偽物の『雪の花』を知らぬからな。比べようがない」

「わたしは詳しくないため、なんとも言いようがないのですが、豆腐屋の若旦那、いえ、仮に豆腐屋が関わっているとした場合、どのような塩ができあがるでしょうか」

「豆腐屋と塩問屋」

あらためて、隼之助は考えた。殺められた手代は〈切目屋〉で祐吉に互いに「持ちつ持たれつ」なのだからと言っていた。豆腐屋が豆腐を作る過程で余るもの。雪花菜ともうひとつ……。

「そうか」

ぽんと膝を打つ。

「雪を欺くような白さ、そうか、そういうことか」

もう一度、塩袋の塩を味わってみる。

「〝絵〟は浮かばぬ。つまり、これは大名家御用達の『雪の花』ではない。舌に訊け、だ、才蔵さん。おれの舌が答えを教えている」

「それは」

才蔵が口を開きかけたとき、戸を叩く音が響いた。

「隼さん、ちょいと出て来てくれねえか」

おとらだ。『山科屋騒動』には、危険な臭いがちらついている。お節介な三婆には、無関係のまま、平らかに明日を迎えてもらいたい。

「どうした」

なにくわぬ顔で、隼之助は外に出る。

「徳丸爺さんの」

おとらは言葉を切り、斜め向かいの家の前に立つ女を目で指した。年は二十五、六。不健康に白い肌と、くずれた着こなしや髪型が、遊女屋あがりであろうと思わせた。しかし、決して裕福とは言えないうえ、重い病を抱えていた徳丸のもとに、馴染みの遊女が訪ねて来ることは考えにくい。

「爺さんの娘さんか」

おとらに背中を押されるようにして、問いかける。

「たぶん」

女は曖昧に答えて、物憂げな眼差しを返した。

「あんた、だれだい」

　表情にも声にも感情らしきものがまったく感じられない。隼之助は、肉体の形をした木像とでも向かい合っているような、寒々しさを覚えた。手短に自己紹介して、徳丸の身に起きたことを説明する。

「ああ、そう」

　相変わらず乾いた声が返ってきた。岡場所に奉公していたが、徳丸の、我が身を犠牲にした貴重な金によって、苦界を抜け出せたのかもしれない。

「それじゃ、もう、ここにはいないんだ」

　くるりと背を向けた女に、慌てて訊ねる。

「徳丸さんから、なにか、そう、文のようなものを預かっていないか。あんたのもとに届けられなかったか」

　一縷の望みを懸けた。祐吉殺しを頼んだのが〈山科屋〉とわかれば奉行所に呼び出せる。玄助は当然、否定するだろうが、その間に本店や出店、さらに行徳の見世を調べられる。祈るような問いかけに、女は短く答えた。

「ないよ」

　よけいなことを言ってはならないと、だれかに釘を刺されているのか。あるいは生来の気質なのか、はたまた荒(すさ)んだ暮らしのせいなのか。およそ感情らしきものが伝わってこなかった。

「どこに行く」

思わず呼びかけていた。

「小塚原さ」

「見に行くだか、父親(てておや)の首を」

おとらが耐えきれないというふうに口を挟んだ。

「やめておけ。あんなところに、女ひとりで行くもんじゃねえ。晒(さら)されている首を見たって、父親は喜ばねえぞ」

「おとらさんの言うとおりだ。遺髪をもらえないかと、知り合いを通じて頼んである。小塚原に行くのは……」

「ろくに会ったこともないんだよ」

女は肩越しに、ちらりと目を投げる。

「だから、死に様を見て、生き様を想うしかないだろ」

歩き出した女を、だれも止められない。晒した首を見て、なにを想うのか、空虚な心が少しは埋まるのか。木戸を出て行くまで、隼之助たちは空っぽの女の背を見つめていた。

　駆けこんで来た雪也が、怪訝そうな目を向ける。

「勢揃いして、どうした」

「いや、なんでもない。それよりも、若旦那は見つかったか」

「隼さんよ、ちょいと話が」

　袖を引いたおとらに、片手をあげて、家に戻る。後に続いた雪也は、才蔵を見て、警戒するような素振りを見せた。

「案ずるな、父上の手下だ」

「宮地才蔵です」

「挨拶はあとにしよう。若旦那はまだ見つかっておらぬ。将右衛門が引き続き、探しているが、それよりも〈山科屋〉だ」

「なにかあったのか」

「盗人に入られたらしい。おまえになにかあったのではないかと思い、奉公人に聞いてみたが要領を得ぬゆえ、とりあえず、ここに来てみた次第。無事な姿を見て、安堵した」

「盗人だと？」

訊き返すと同時に、隼之助は家を飛び出している。

「隼さん、待ってくれ、隼さんよ」

おとらの呼びかけを聞きながら、木戸を走り抜けていた。

六
「ご隠居様は？」

隼之助は、見世の前に並んでいる役人の手下を押しのけ、中に飛びこんだ。帳場は嵐が通り過ぎたかのごとき有様である。立ち竦む隼之助の耳もとに、才蔵がそっと告げた。

「今のうちに『雪の花』の蔵を」

どさくさにまぎれて塩袋を運び出そう。意味は理解していたが、心は物よりも人に傾いている。

「いや、まずはご隠居様だ」

と、奥座敷に向かった。座敷はどこも帳場同様、激しく荒らされている。隼之助は血の臭いを懸念したが、感じられなかったため、かなり不安は薄れていた。座敷のひとつに主夫婦と隠居、そして、奉公人たちが座りこんでいる。それを見て、心底、安堵の吐息が洩れた。

「ご無事でしたか」

「壱太」

金吾がしがみついて来た。

「どこに行っていたのじゃ、姿が見えぬゆえ、連中に殺められたんじゃないかと案じていたのじゃ」

「申し訳ありません。昨夜は才蔵さんと一緒でした。たった今、見世のことを聞いたんです。まさかこんなことになっているとは」

「あんたも一味なんじゃないのかい」

おりきが意地悪く唇をゆがめる。

「まるで、いないときを狙ったかのようじゃないか。才蔵が引き込み役、あんたが連絡役（つなぎやく）と考えると、妙にしっくりくるのさ。よくもしらじらしい顔で、戻って来られたもんだね。たいした役者だよ」

「ええい、うるさい」

金吾が蠅（はえ）を追い払うように手を振った。

「おりきは向こうに行っておれ。わしは壱太を信じておる。盗人の一味であれば、逃げるはず。しかし、戻って来た。こうやって戻って来たのが、なによりの証じゃ」

「ご隠居様」

目頭が熱くなるのを覚えて、隼之助は顔をそむける。涙を滲ませたところなど見せたくないと思ったのだが、才蔵がついて来ていないことに気づいた。蔵に行ったのだろう。

「お部屋に参りましょう。すぐに片づけます」

「うむ」

金吾に手を貸して隠居部屋に行き、横になれる場所を作る。よほど怖かったのか、

「賊が何人かはわからんが、わしらを一か所に集めての。縛りあげたのじゃ。黒覆面に黒装束、無言でなにかを探していた」

訊きもしないのに、金吾はひとりで喋っていた。

「なにを探していたんでしょうか」

隼之助は散らばっている物を棚の中に納める。金蔵にも見張りがいたはずだが、無事だろうか。

「わしに訊いてもわからん」

答えた後、金吾はいつもの調子に戻る。

「壱太。腹が減った」

「わかりました。台所はしばらく使えないと思いますので、なにか買って参ります」

立ちあがりかけたものの、金吾はなかなか手を離さない、きつく腕を握りしめている。こんな年寄りに怖ろしい思いをさせて、と、押し入った賊に怒りが湧いた。

「すぐに戻ります」

なんとか手を引き剝がして、隼之助は廊下に出る。庭に姿を見せた才蔵が目で合図を送ってきた。まだ放心状態の主夫婦や奉公人には悪いが、今のうちにという気持ちがある。庭に降りて、才蔵の後に続いた。幾つか建ち並ぶ蔵から血の臭いが流れてこないか、内心、気が気ではなかったが、

「怪我をした者はいないようです」

心を読んだように才蔵は告げ、『雪の花』が納められていた蔵を示した。開けられたままの蔵に足を踏み入れる。

「あっ」

隼之助は小さな声をあげた。蔵の中は空だった、なにも残っていなかった。賊の目的はこれだったのだろうか。石造りの空の土蔵は、空虚な名無し女のよう。名も告げ

ずに小塚原へ足を向けた徳丸の女を、なぜか、思い出している。

「狂言かもしれません」

才蔵の囁きに、隼之助は驚いて見つめ返した。自作自演の盗人騒動ではないのか、蔵が空だと教えるために、わざとこんな真似をしたのではないか。しかし、隼之助は座敷の荒らされ方が気になっていた。

「だが、賊はなにかを探していたように思えなくもない」

「蔵が空だったので、小判を探したのかもしれません」

「そうかもしれないが」

「そのほうら」

若い同心が、戸口に現れた。

「ちと話を聞きたい。おりきなる下女の訴えによれば、両名とも昨夜から今朝にかけては、ここにいなかったとか」

「わたしたちは」

「壱太」

才蔵は素早く遮り、同心になにか耳打ちする。怪訝そうな顔をして離れて行ったが、今度は与力を伴って来た。番屋に引き立てるつもりなのだろう。隼之助は慌てたが、才蔵は落ち着いた様子で問いかける。

「あれはお持ちですね」

短刀のことだとすぐに察した。

「ここに」

懐を示すと、才蔵は、自分から与力に近づいて行った。二言、三言、話した後、与力は蔵に入って来る。隼之助のそばに来た。

〝見せてください〟

という才蔵の合図で、懐からわずかに短刀を覗かせる。

「わかった」

与力は頷き、それ以上はなにも言わずに若い同心の背中を押した。才蔵が短刀を懐に押しこむ。

「これは、味方に見せればこのうえない力となりますが、敵に見られたときには、あなたの命を奪う冥府(めいふ)の刃になりかねません。くれぐれもお気をつけなされますよう」

「…………」

隼之助は無言で頷くしかない。おそらく与力や同心の中にも、敵に通じている者がいるのだ。その敵は、今、この場に、そう、自分のすぐ後ろにいるかもしれない……。

「蔵の小判と『雪の花』は、一昨日、行徳の見世に移したんだよ」

突然、主の玄助の声が響いた。蔵の戸口に立ち、縛られた手首をさすりながら続ける。

「虫の知らせというやつかもしれないね。賊は、せめて塩だけでも盗もうと思ったのかもしれないが、その塩も盗めず終い。間抜けな盗人もいたもんだよ」

「さようでございましたか。それは不幸中の幸い、なによりでございました」

隼之助は会釈して、才蔵ともども蔵を出ようとしたが、

「壱太。おまえに話があるんだよ」

玄助が言った。

「わかりました」

もう一度、頭をさげ、主の後ろをついて行く。盗人騒動は本当に狂言なのだろうか。あらたな疑問が湧いていた。もしや、多聞の仕業ではないのか。『雪の花』を手に入れるために手荒な真似をしたということも、充分、考えられる。

――才蔵はそれを知っていたから、昨夜、おれを誘ったのかもしれない。

いない間に起きた騒動は、謎を秘めている。ただの押し込みとは思えない。多聞の仕業であるならば、なぜ、座敷まで荒らしたのか。蔵が空だとわかった時点で、引き

あげればよかったように思えなくもない。

「江戸は物騒だ」

玄助の言葉で、隼之助は目をあげた。

「はい」

隠居部屋はすみやかに片づけられている。金吾は先刻までの怯(おび)えはどこへやら、布団に横たわり、早くも鼾(いびき)をかいていた。廊下や庭では、慌ただしく人が行き交っているというのに暢気(のんき)なものである。

「こういうときは、老耄ていることが、ありがたく思えるね」

玄助は呟き、視線を戻した。

「親父様には、しばらくの間、行徳に移っていただこうと思っているんだよ。すまないが、壱太。おまえ、親父様と一緒に行っておくれでないか」

渡りに船の誘いだが、危険な企みが見え隠れしている。しかし、断ることはできない、いや、断ることなど多聞は決して許すまい。

「お供いたします」

邪魔者を始末するには絶好の機会。心なし玄助の目が、きらりと光ったように思えた。行徳には『雪の花』があるのかどうか。

——徳丸爺さんの女と同じように。
行徳の蔵も空っぽかもしれない。
と、隼之助は思っていた。

第七章　老馬の智

一

行徳は、江戸からおよそ三里（十二キロ）、房総半島の北側——下総に含まれる村だ。

房総半島は関八州の最南端、西は江戸湾、東は太平洋に面して大きく南に伸びている。これを三つに分けて、一番南の先端部が安房、中央部が上総、北側の基部が下総となっている。行徳は江戸川沿いの村だが、江戸川や利根川には軍事上の理由から、橋がひとつも架けられていない。すべて渡し船で渡っていた。

日本橋小網町の行徳河岸から、小名木川、新川を通り、行徳にいたる舟路は、成田山参詣、あるいは慈恩寺や浅草の観音参りなど、信仰の道ともなっている。

二日後。

昨日、行徳に着いた隼之助は、金吾とともに豆腐料理屋〈森川屋〉に来ていた。江戸川の河口近辺の堀江という場所に〈森川屋〉はあるのだった。祐吉は行徳と言っていたが、江戸川沿いに塩田がある点は同じであるものの、正しくは行徳ではない。

――若旦那は、やはり、行徳にも見世を持つ〈山科屋〉のことを教えようとしていたのかもしれないな。

隼之助は、料理屋の二階から素晴らしい景色を眺めている。広々とした江戸川の川面を上り下りする白帆の船、川沿いの森や点在する田舎家、そして、川沿いにもうけられた塩田では、釜煎りしているのだろう、時折、煙があがっている。

行徳塩田は、江戸川の三角州に発達した干潟に、堤防を築いて開いた入浜式塩田であるため、長い間に川の水や田畑から流れ出る真水によって、海水の塩分濃度が薄められてしまうという欠点がある。こういった塩田を荒浜と呼ぶが、これは田畑に転用し、塩田の地先にさらに新しい塩田、新浜を開発する必要があった。

「行徳の塩田は、神君家康公が、江戸に移ってすぐ小名木川と新川を開き、行徳塩の輸送路を確保することに始まったと言われておる」

金吾も窓際の席で目を細めていた。時刻は午の少し前、一月にしては暖かく、開け放した窓から流れこむ風も心地よい。田舎の穏やかな空気にほっとしているのか、金吾は言葉も明瞭で、顔もすっきりしている。今日は調子がよさそうだった。

「江戸の近場で採れる塩は、お上にとっては貴重な品。嵐などで海が荒れれば、瀬戸内近辺の十州塩、つまり下り塩じゃが、これが届かなくなる怖れもある。そのため、昔からお上は行徳塩を保護してきたのじゃ」

「ですが、近頃は公儀の手を離れ始めているとか」

隼之助はさりげなく探りを入れる。二階の座敷にいるのは、隠居と二人だけ。隼之助は飲んでいないが、金吾は旨そうに昼酒を楽しんでいた。

「お上は吝ん坊じゃ」

鼻に皺を寄せ、金吾は笑った。

「しかしまあ、そのお陰で、〈山科屋〉は多くの塩田を手に入れることができた。塩の値が下がったことにより、手放す者が増えたからの。江戸川沿いの塩田は、ほとんどがうちの見世のものじゃ」

「では、あの塩田もそうでございますか」

と、隼之助は彼方に広がる塩田を指した。

「いや」

短く答えて、ちょうど湯豆腐の材料を運んで来た主の和吉を見やる。

「堀江をはじめとする江戸川の河口一帯の塩田は、〈森川屋〉さんのものじゃ」

「え」

和吉は驚いたように目を見ひらいた。年は四十なかば、倅の祐吉は父親似であることが、なよやかな男ぶりに表れている。ふだんは料理屋まで手伝ったりしないのだろうが、金吾は特別の客らしく、主みずから給仕を務めていた。急に話を振られて戸惑っているのか、少しの間、金吾をじっと見つめ返している。

〝持ちつ持たれつじゃありませんか。下手に騒げば厄介なことになりますよ〟

隼之助の頭には、死んだ手代の言葉が甦っている。言葉どおり厄介なことになっていた。塩問屋〈山科屋〉と、豆腐屋と豆腐料理屋を営む〈森川屋〉の間には、間違いなく商い上の繋がりがある。

〝仮に豆腐屋が関わっているとした場合、どのような塩ができあがるでしょうか〟

という才蔵の言葉によって、隼之助はそれを確信していたが、今は二人のやりとりを見守っていた。

「どうしたのじゃ。わしは見惚れるほどの色男か」

金吾に促されて、和吉は目をしばたたかせる。

「あ、いえ、ご隠居様の若々しさに、つい目を奪われました。肌などもつやつやしておいでになる。てまえもあやかりたいものでございます」

慌てて取り繕(つくろ)ったが、どこか不自然な感じがあった。金吾の言葉に異論があるように見えたが、隼之助はこれも口にしない。

「色男がなにを言うのじゃ。若い頃は江戸で、ずいぶん遊んだのであろう。あちこちに隠し子がいるのではないか、ええ、和吉さんや、どうじゃ」

「子は残念ながら、祐吉ひとり。その大事な跡取りは、いまだ行方知れずでございます。いったい、見世はどうなることか……あ、つまらないことを申しました。せっかくご隠居様がおいでになられているというのに」

「一石橋(いっこくばし)の見世も盗人騒ぎじゃ。当分、商いはできまい。わしらのまわりでばかり、なぜ、このような不幸が続くのか。せめて〈森川屋〉さんの商いだけでも、うまくいってほしいものじゃ」

「お陰さまで、この見世は繁盛しております。江戸にも出店を持ちたいのですが、江戸の水では、旨い豆腐は作れません。豆腐は豆も大事ですが、なにより水が命。簡単に出店はできません」

「その方がよい。和吉さんがしっかりしておるゆえ見世も安泰、わしも安泰じゃ。ここに来れば、いつでも旨い湯豆腐が味わえるからの。長生きの秘訣はこれよ」

「湧き水を用いた〈森川屋〉自慢の豆腐でございます。ごゆるりとご賞味くださいませ」

立ちあがった和吉は、一瞬、金吾に物言いたげな眼差しを投げたが……なにも言わずに階段の方へ歩いて行った。

「壱太も食べるがよい。ひとりよりも二人じゃ。飯は大勢で食べる方が旨いからの。特に鍋はそうじゃ」

金吾はみずから箸を使い、豆腐を鍋に入れた。河口近辺の塩田は、〈森川屋〉のもの。はたして、真実だろうか。仮に偽りだとすれば、なぜ、金吾はわざわざそんな偽りを言ったのか。

「醤油もよいが、これをつけて食べてみろ」

と、小皿に塩を載せた。

「湯豆腐に塩ですか」

「そうじゃ」

自信ありげな様子を見て、隼之助は、まず塩を嘗めてみる。刹那、脳裏に眩い光が満ちた。真夏の強烈な陽射しで視野が明るく染めあげられる。続いて、じわりと、舌に旨味が広がった。

　――木藤家の塩だ。

　正真正銘、極上品の『雪の花』。金吾や玄助たちの奥座敷専用の塩だった。あまりにも眩い輝きに、くらくらするほどだったが、なにくわぬ顔で言った。

「わたしは味には疎い方でして、塩の良し悪しまではわかりません」

　この塩がここで使われていることに、両家の深い繋がりが表れているように思えた。値段もそうだが、それよりも稀少品ゆえ、手に入りにくい。料理屋で出せるというのは、仕入れが安定しているという証でもある。

「握り飯は上手いが、舌はそこそこ人並みか」

　金吾に言われて、苦笑を返した。

「はい」

「試しにつけてみるがよい。塩で味わう湯豆腐も、おつなものじゃ」

「ご相伴させていただきます」

　酒を注いでやりながら、隼之助も自分の舌に極楽気分を味わわせてやる。金吾の言うとおり、塩で湯豆腐というのも、なかなか旨かった。が、舌と胃ノ腑は喜んでも、心から堪能できない。

——もうひとつの『雪の花』はどこにあるのか。

大名家御用達の塩を求めて、昨夜は隠密まがいの行動を取っていた。行徳の見世の蔵に忍びこみ、味見をしようと思ったのだが、またしても空振りに終わっている。蔵の中にはなにも入っていなかったのだ。

隼之助と才蔵が、赤穂藩の藩邸に行っている間に、玄助は手筈を整えたのだろう。この分では、すべての『雪の花』を始末した可能性が高い。

〝仲間たちと手分けして、暖簾分けした〈山科屋〉の出店も探してみます〟

才蔵は言っていたが、彼の者たちが味見したところで、『雪の花』であるかどうかはわからない。さらに本店と出店は併せて十店舗、全部の見世の塩袋を調達したうえで調べるしかないのだが、今の段階ではそれもむずかしかった。玄助が承知すまい。

——それゆえ、おれが囮役になる、というわけか。

自虐めいた気持ちになっている。行徳行きは死の旅路と、おそらく多聞はわかっているに違いない。〈山科屋〉が隼之助を怪しんでいることを、この機に始末しようとしていることを、多聞は気づいている。

——刺客が放たれれば、鬼役も黙ってはいない。

そこで多聞の登場となる。つまり、隼之助は生贄だ。幕府に見捨てられて、首級を獲られた吉良上野介のように……。

「旨くないか」

金吾の声で、はっと我に返る。

「いえ、味わわせていただいております。塩と聞けば、昔は赤穂の塩。赤穂といえば、吉良様などと、つまらないことを考えておりました」

彼方を見やり、ふと思った。金吾は堀江をはじめとする河口近辺の塩田は、〈森川屋〉のものだと言っている。和吉の様子では、いささか怪しい話のように思えるが、塩を隠しているとしたらどうだろう。

――そうだ、もしかしたら、〈森川屋〉の蔵に。

『雪の花』を移したのかもしれない。金吾の意味ありげな言葉には、思いもかけない贈り物が隠されているのではないか。ここ数日の間に、祖父と孫のような気持ちが芽生えている、ように感じていた。

金吾は真実を教えているのではないのか。

「吉良様か」

独り言のように金吾は言った。

「炭小屋に隠れていたところを討ち取られた由。だが、この間も言ったように、吉良様は脇差を抜き、果敢に戦われたのじゃ。それを赤穂浪士どもが、よってたかって、なぶり殺しにしおった。わしは無念じゃ。ご先祖様と同じほどに無念じゃ」

炭小屋の部分が、やけに大きく聞こえた。〈森川屋〉の炭小屋か。金吾は『雪の花』の在処を知らせているのか。

「お酒はそれぐらいになされた方が」

隼之助は躊躇いがちに止める。

「ご隠居様は、気滞というご体質。無理のきく頑丈なお身体ですが、昼酒はほどほどになさるのが宜しかろうと。豆腐を召しあがってください。豆腐も蜜柑と同じように、失いがちな身体の水分を補い、身体に潤いを与えてくれますので」

「そうか、豆腐はよいか」

素直に杯を置いた金吾に微笑を向けた。敵も味方もない、年寄りは大事にするのが人の道だ。今はこの穏やかなひとときを楽しもうと言い聞かせたが、

——来たか。

二階から見世の茅門を見おろした。木戸を開けて、待ち望んだ者たちが入って来る。

主の和吉が出迎えた。

「これは、殿岡様、溝口様」

雪也（ゆきや）と将右衛門（しょうえもん）が、段取りどおりに姿を見せる。流石（さすが）に危ないと思ったのか、多聞が用心棒として雇ってくれたのだ。奉公先の〈山科屋〉を抜け出して、才蔵も来る手筈になっている。

「そのせつは、ありがとうございました。忠七（ちゅうしち）のことを知らせていただきまして、本当に助かりました次第。おいでになられるという使いが参りましたので、お待ちいたしておりました」

和吉は心から歓迎していた。将右衛門が手代の死と祐吉の行方知れずを知らせたことにより、いち早く亡骸（なきがら）を引き取ることができている。

「線香だけでもと思うてな」

雪也の挨拶に、将右衛門が続いた。

「守りきれなんだのは、すまぬと思うておる。だが、まさか、われらに送られたその足で、若旦那が江戸にとって返すとは思わなんだわ」

言い訳めいた言葉は、いささか鼻についたが、和吉も倅の自業自得と思っているのだろう。

「悪いのは、倅でございます。てまえの言いつけを聞かず、止める手を振り切って、出かけてしまいました。ひとりでは案じられましたので、忠七をつけたのが仇（あだ）になりましたようで」

深々と頭をさげて、見世を示した。

「ささ、どうぞ、まずは中へ。手代は荼毘に付しましたが、在所は上方でございますので、まだ家族が引き取りに来ておりません。線香は明日にでも、あげていただければと思います」

――『雪の花』は炭小屋に隠されているのだろうか。

待ち受けているのは、刺客かもしれない。

隼之助は肚をくくった。

二

「存じよるか、隼之助」

将右衛門は大徳利を片手に上機嫌である。

「江戸川には『松戸の渡し』があるが、その他にも、上矢切、下矢切、樋野口と、三つの小さな渡し場があるのじゃ。どれも地元の農家が田畑に通うための渡し場であるゆえ、銭を取って渡すことはないがの。そもそも矢切という地名はただ、戦国時代、小田原の北条氏と安房の里見氏における国府台の合戦の折、このあたりの村々も矢を喰うほどに攻められたというのが地名の始まりと言われておるのじゃ」

酒癖の悪さが出てしまい、雪也が〈森川屋〉から連れ出すのに、思いのほか時がかかっている。時刻は九つ（午前零時）になろうという頃か。

「もう戦はたくさんだという願いをこめて『矢切』とつけたわけか」

隼之助は闇に沈む料理屋を振り返る。金吾が〈森川屋〉に泊まると言ってくれたお陰で、深更の探索に出かけるのが容易になった。罠かもしれないが、本当に炭小屋に『雪の花』があるのかもしれない。万に一つの望みでも、懸けるしかなかった。

「さよう。おお、月が煌々と照り映えて、よき眺めではないか」

将右衛門は、額に手をあてて、おどけてみせる。三人はかつては塩田だったが、今は田圃になっている区域を通り抜け、新しく塩田がもうけられた場所に来ていた。背後の〈森川屋〉からは、だいぶ離れているとはいえ、咳ひとつでも大きく聞こえるほどの静寂に包まれている。

「将右衛門。酒はそれぐらいにしておけ」

うんざりしたように、雪也が窘めた。

「おぬしは飲み始めると止まらなくなる。特にただ酒となると、底がなくなるから厄介よ。われらは遊びに来たわけではない。隼之助の用心棒であるのを忘れるな」

素早く大徳利を取りあげようとしたが、将右衛門はするりとそれをかわした。

「おっと、この程度の酒で酔い潰れるような溝口将右衛門ではないわ。隼之助、さっさとその炭小屋に行かぬか。月見をするにはちと早い。問題の『雪の花』があるかどうか確かめてから、料理屋に戻り、飲み直そうではないか」

「まだ飲むつもりか」

隼之助は呆れて、両側に塩田が広がる畦道を進んで行った。昼間のうちに炭小屋の位置は調べてある。あらたにもうけられた塩田——新浜と、田圃の間に、粗末な小屋が建てられているのだった。

このあたりの塩田は、満潮時の海面よりも低いところにある塩田で、入浜式塩田と呼ばれている。海面下にあるため、周囲を堤防で囲まなければならない。隼之助はその堤防に、無数の草が生えているのを見た。

「これは」

屈みこんで、草を手に取る。

「どうした」

雪也も隣に来た。

「昼間は遠目に炭小屋を見ただけゆえ、気づかなんだが、これは、おそらくアッケシソウだ」

「雑草ではないのか」

「いや、そうではない、と思う。姿形が海の珊瑚に似ているところから、『野地サンゴ』とも呼ばれている草だ。秋になると、この松の緑に似た茎が、鮮やかな紅色に変わることからついた呼び名よ。水湿の多いところに咲き、秋には色変わりして、真っ赤に燃えるような美しさを放つのが特徴だ。一度だけだが秋に見たことがある」

答えながら、幾つかの事柄が頭に浮かんでいた。特徴のある珍しい草は、通常、このあたりに棲息するものではない。蝦夷からある場所に運ばれて、そこから、さらにまたここに運ばれたのではあるまいか。

「重要なことなのか」

雪也の問いかけに、曖昧な返事をする。

「わからぬ。元々は蝦夷の厚岸という場所にだけ生える草だと、父上から聞いたことがある。塩けを含む水辺でも、鮮やかに咲き誇れる草はそう多くない。だから憶えていたのだ。葉の形からして、まず間違いないと思うが」

「蝦夷とはまた遠い国から来たものよ」

「江戸川の岸辺にも生えているかもしれぬ」

と、隼之助は立ちあがったが、

「おい、寒風が吹きつける川縁に行くつもりではなかろうな」

将右衛門が慌て気味に言った。

「ここよりもっと寒いぞ。わしはご免じゃ」

「明日にする。ついでに本行徳の方も調べてみよう。瀬戸内の十州塩、下り塩のことだが、下り塩は主にこの河口付近の塩田に運ばれているのかもしれぬ」

「いつまで、つまらぬ草を見ておるのじゃ。そんな草など、どうでもよいではないか。寒くて酔いが醒めてしまいそうじゃ。早う炭小屋を見て、早う見世に戻るのが得策よ」

将右衛門に急かされて、ふたたび歩き始めた。

――蝦夷の厚岸に生える草か。

塩田の堤防に何度も視線を落としている。瀬戸内から出発する北廻り船は、遠い蝦夷の地までも行き来するが、行きは塩を運び、帰りには干魚、材木といった荷を積んで帰って来る。その際、船を安定させるために、蝦夷の土砂も積んで均衡を取るのが常。その土砂にまじって運ばれたものが瀬戸内に根付いたと、多聞は教えてくれた。

——ここに、瀬戸内から十州塩が運びこまれているのは確かだ。

しかし、それがわかったところで、別にどうなるというものでもない。〈山科屋〉が十州塩を仕入れているのは、他の塩問屋と同じことをしているだけであり、ご定法にふれているわけではないからだ。『雪の花』とは関わりがなさそうなのに、隼之助は、なぜか気になっている。明日は本行徳だけでなく、本行徳まで続く江戸川の川縁をよく見てみようと心に決めた。

「隼之助」

雪也の呼びかけに、警戒するような響きが加わった。ほとんど同時に隼之助も危険な気配をとらえている。闇の中から、凍てつくような殺意が押し寄せていた。ひとり、二人、いや、十人以上いるかもしれない。将右衛門も察したのだろう。

「今宵は実によい気分じゃ」

いっそう大きな声を張りあげる。

「夜空に浮かぶ月は冴えわたり、我が心まで照らしておるわ。悪心を持つ者は、神々しい輝きを受け、狂い死にするやもしれぬの」

大柄な身体にものを言わせて、威圧するように闇を睨み据えていた。が、相変わらず大徳利を離そうとはしない。二人に背後を守られながら、隼之助は足を速めた。炭小屋はもうすぐそこに迫っている。

「走れっ」

将右衛門は叫び、大徳利を投げつけた。わだかまっていた闇が、飛び散ったかのように見えた。大徳利を避け、飛びのいた人影は、すぐさま反撃に転じる。足音もなく駆け寄り、将右衛門と雪也に襲いかかった。

「おぬしは行け、炭小屋に飛びこめ」

刀を抜き放つや、雪也は黒い影を斬りつける。月明かりがなければ、目視するのはむずかしかったかもしれない。刺客は黒装束に黒頭巾の忍び装束をまとっている。隼之助は炭小屋の戸に飛びつき、勢いよく開けた。

「う！」

中から伸びて来た刃を、かろうじて避ける。懐に携えていた短刀を抜き、第二撃を弾き返した。炭小屋にひそんでいたのはひとりだが、繰り出す刃の速さは並みではない。脇差と同じぐらいの刀を巧みに操っている、忍び刀と呼ばれるものかもしれない。相当な手練れであることがわかった。

小屋の中には、やはり、『雪の花』があるのか。それとも、すべては隼之助を始末するための罠か。

「はっ」

隼之助は隙を見て、炭小屋に飛びこんだ。戸を閉めようとしたが叶わない。いち早く手練れも中に入って来る。小屋の中は空っぽだった。

「やはり、罠か」

呻くような呟きは、手練れの攻撃に掻き消される。閃光のように刃が煌めく度、鋭い一撃が急所を狙って伸びた。隼之助は受け、弾き返して、小屋の床を転がる。体勢を立て直そうとしたその一瞬を衝かれた。両足を摑まれてしまい、剝き出しになった地べたに這いつくばる。

「女の誘いを断ると、あとが怖いんだよ」

のしかかってきた手練れの声に、小さく息を呑んだ。

三

「おりき、さんか？」

信じられない思いで、のしかかる黒い影を見あげた。頭巾から覗く二つの目が、濡れたように光っている。

「とってつけたように『さん』づけかい。ありがたくって涙が出そうだよ」

ふふん、と、鼻でせせら笑った。隼之助の脳裏には、あの夜のことがいやでも甦っている。主夫婦の会話を盗み聞いた夜、おりきに部屋に引きずりこまれて、あわやの事態になりかけた。もしかすると、あれは……。

「おれを始末するつもりだったのか」

唸るように言った。

「あの夜のことなら、そうさ、旦那様たちの話を聞かれちまったからね。それにおまえは最初から怪しかった。引きずりこんだ時点で、ぶすりとやっちまえばよかったのにさ。味見をしてからと思ったのがまずかったね」

「忍びか」

「そんなところだね」

おりきはのしかかったまま、顔を近づける。

「あんたに、ひとつ、訊きたいことがあるんだよ。『鬼の舌』ってのは、なんなんだい」

おそろしく優しい声だった。

「知らぬ」

「とぼけるんじゃないよ、あんたが鬼役の手下だってことは百も承知なんだ。『鬼の舌を得た者は、永遠の安寧を得られる』とか。これ以上、徳川の世が続くのは困るのさ。三種の神器のようなものなのかい、ええ、そうなんだろ。剣か勾玉、それとも鏡かい」

「知らぬと言うている」

「若いのに頑固だねえ、教えておくれよ。そうしたら、楽に逝かせてやるからさ、苦しませないから、ね」

「知らぬものは答えようがない」

「くたばりやがれ！」

怒声を吐いて、おりきは忍び刀を振りおろそうとする。隼之助は短刀で受け止めながら、すかさず突いた。身体を反らしたおりきの下から、素早く逃げる。かっとなった女の刃に凄みが加わった。

「死ね」

右、左と突き出される忍び刀を、隼之助は紙一重で避け続ける。最初は速い動きだと思ったが、わずかなうちに目が慣れていた。軽業師さながらに、くるりと宙で回転した後、隼之助は壁を蹴って飛びかかり、おりきの首を斬りつける。

「くっ」

身体をひねってかわしたが、手応えあり。首の部分がざっくりと切れている。相手が怯(ひる)んだその隙に、小屋の外へ飛び出した。

「隼之助、無事か」

駆け寄って来た雪也と背中合わせになる。

「大丈夫だ」

「ちょこまかと鼠のように逃げやがって」

小屋から飛び出して来たおりきに、雪也が威嚇の一撃を浴びせかけた。

「その声は憶えがあるぞ。〈山科屋〉の下女だな」

何度か見世に来ていた友は、大女のことを知っていた。が、おりきは執拗に隼之助だけを狙っている。喉もと、胸、腹と、忍び刀が鋭く伸びて来た。避けながら、隼之助は周囲を見る。小屋のまわりには、すでに四、五人の刺客が倒れていた。将右衛門がまさに鬼神のごとき働きぶりを見せている。

「次」

またひとり地面に沈めて、将右衛門は、次の相手を袈裟(けさ)がけに斬りつけた。仰向(あおむ)けにのけぞった刺客にとどめを刺すのも忘れない。友たちが凡手(ぼんしゅ)ではないことを遅ればせながら悟ったのだろう、刺客は様子を窺うように間合いを取る。

「なにしてるんだい、三人とも始末するんだよ」

おりきに叱咤されて、残党が動いた。ひとりがするすると忍び寄り、構えを上段に変える。将右衛門も前に出た。しなやかに相手の脇腹に吸いついてから、のめるように前に擦り抜ける。

重く地を鳴らして、男の身体が崩れ落ちた。

「残るは三人か」

将右衛門は刺客を睨み据える。今宵ほど大男が頼もしく思えたことはない。しかし、刺客たちも退かなかった。まずはおりきが隼之助に迫る。突き出された一撃を、足を送ってかわした。と同時に隼之助は短刀を繰り出している。おりきは体勢を整えようとしたが間に合わない。

「あうっ」

胸に深々と短刀が食いこんでいた。すかさず雪也が刀を一閃させる。刎ねられたおりきの首が、軽々と宙を飛んだ。

「殺さずとも……」

隼之助の訴えは続かない。別のひとりが、忍び刀を振った。後ろに飛びのいて避ける間に、将右衛門が刀で突いている。残るひとりは逃げようとしたが、そうはさせじと雪也が追いかけた。

「待て」

最後のひとりは足が速い。雪也はみるまに離されてしまったが、隼之助は塩田を横切って、先まわりする。

「逃がすな、仕留めろ」

追いかけながら雪也が叫んでいた。将右衛門も走っていたが、二人とも追いつけない。足が自慢の隼之助は追いつき、塩田を飛び出して、相手の前にまわりこんだ。逃げられないとわかったに違いない。

「はぁっ」

気合いもろとも、忍び刀を振り降ろした。隼之助はその刀をはねあげるや、相手の喉に鋭い突きを打ちこんだ。ぐぅっと呻いて、一瞬、身体を硬直させる。

「とどめを刺せ」

雪也の声で、体当たりするように刺客の胸に短刀を食いこませた。なまあたたかい血があふれ出すのを他人事(ひとごと)のように見つめていた。無我夢中でなにがなんだかわからない。相手の身体が崩れ落ちた後も、隼之助は茫然(ぼうぜん)と突っ立っていた。

「怪我はないか」

問いかける雪也の声に、頷くのがやっとだった。肩で喘ぐようにして激しく息を吸いこんでいる。唇が震えてしまい、うまく声にならない。

「わたしも女は斬りたくなかった」

対する雪也は冷静だった。将右衛門同様、用心棒として、数々の修羅場をくぐり抜けてきている。それでも女を斬ることは、めったにないことだったのだろう。端麗な顔が、苦しげにゆがんでいた。

「しかし、木藤様に命じられてな。おまえの顔を知っている者が刺客の中にいたときは、絶対に息の根を止めろと、きつく申しつけられたのだ」

「ち、父上が？」

多聞を思い浮かべた瞬間、ようやく声が出た。

「ああ、下男の壱太の顔を知っている者は、逃がすなという仰せであった」

おりきは『鬼の舌』のことを訊いていた。敵の目的は、それを聞き出すことだったのかもしれない。

「おれの顔を知っている者」

呟いて、はっとする。

「他にもいる」

隼之助は言い、料理屋に走った。罠を仕掛けたのは、主の玄助だとばかり思っていたが、本当は違うのではないか。隠居の金吾こそが、〈山科屋〉の真の主ではないのか。老耄たふりをして、その実、玄助や刺客を操っていたのではないか。

料理屋は、出たときと変わらず、静まり返っているように見えたが……。

「隼之助様」

茅門のところに、才蔵が立っていた。隼之助を見て、張り詰めていた表情がゆるんだ。

「申し訳ありません、遅くなりました。ご無事でなによりです。〈山科屋〉の主が逃げようとしておりましたので、奉公人ともども捕らえました。それに手間取りまして、駆けつけるのが遅れた次第です」

「離してください、わたしはなにも知らないんです」

料理屋から和吉が出て来る。多聞の手下と思しき数人が、和吉を縛りあげ、引き立てようとしていた。

「なぜ、こんな目に遭わなければならないのですか。手代を殺めたのは、わたしではありませんよ。捕まえる相手を間違えているんじゃありませんか」

「ご隠居は？」

隼之助は和吉から、才蔵に視線を移した。

「逃げたようです」

答えを聞きながら、料理屋に飛びこんでいる。この目で確かめないことには納得できない。やはり、という気持ちと、まさか、という気持ちが入り乱れていた。盗人に押し入られた後、きつく隼之助の腕を握りしめたあれは、芝居だったのだろうか。おそろしさのあまり、指の跡が残るほどに……なにもかも芝居か、騙されたのか。

塩を制する者は天下を制す

座敷に金吾の姿はなく、書だけが残されていた。あるいは名前も偽名なのかもしれない。隼之助は苦笑して、書を手に取る。

「まんまとしてやられたな」

「老耄ぶりがあまりにも巧かったので、わたしも騙されました。おりきに対しては、もしや、という疑いがありましたが」

「忍びだと気づいていたのか」

「そうかもしれぬとは思っておりました。たまに姿を見せていた奇怪な風体の飴売りは、やつらの連絡役です」

「飴売り」

呟いて、記憶を探る。『お万が飴』、そう、派手な装いをしたあの男。

「まさか、あの飴売りも」

「忍びでしょう。どこにでも、敵の配下が潜んでいます。もしかすると、隠居の金吾も、もとは忍びだったのかもしれません」

「ご隠居が忍び」

そういえば、と、隼之助は金吾の引き締まった身体を思い出していた。若い頃は似たような体質であったろう徳丸が、暮らしぶりを示すかのように、筋肉が垂れさがっていたのに対して、金吾は張りのある手足を持っていた。気づくのが遅かったことを、あらためて感じている。

「まさに『老馬の智』よ」

逃げ足の速さは、敵ながら天晴れと言うしかない。見つからなかった『雪の花』。証となる品がないのに、〈山科屋〉を詮議できるだろうか。

——父上の叱責を受けるは必定。

暗い冬の夜空と同じように、心が重く沈んでいた。

四

「〈山科屋〉はしらを切るであろう」

案の定、多聞は厳しい言葉を吐いた。

「極上品の『雪の花』は、手間暇かけて作り上げた逸品とうそぶくのは間違いない。あるいはなにもかも〈森川屋〉に押しつけるやもしれぬ。刺客を差し向けたことについても、関わりなきことと涼しい顔で答えるであろうな。さて、どうしたものか」

そう言われても答えようがない。虚しさと徒労感だけを抱えて、隼之助は、〈達磨店〉の家に戻っていた。そろそろ夜明けが近いだろう。今日、奉行所で〈山科屋〉の詮議が執り行われるのだが……肝心の『雪の花』がなければどうしようもない。

「あのとき、ご隠居が〈森川屋〉の主に、江戸川の河口付近の塩田は〈森川屋〉のものだと言ったのは、こういう場合を考えてのことかもしれぬな」

仰向けに寝転がって、染みだらけの汚い天井を見つめている。他にはだれもいない、ひとりきりだった。

　玄助の容疑は、瀬戸内からの下り塩を古積塩として安く売らずに、なんらかの加工を施して、高値で売り捌いたことにある。危険極まりない下女を雇い入れていたばかりでなく、闇師に頼んで、秘密を知った者や奉行所に届け出ようとした者を殺めた件についても、当然、取りあげられるだろう。しかし、多聞が言うように、関わりなきこととしらを切られれば、手の打ちようがない。

「『雪の花』を仕入れていた大名家を調べたのも無駄足に終わったか」

　帰路、才蔵から話を聞いていた。多聞は『雪の花』を仕入れていた大名家に、調べさせてほしいと申し入れたのだが、丁重な断りを受けている。

〝お訊ねの塩は、すでに使うてしもうたゆえ、当家にはございませぬ〟

　偽りであるのはあきらかだが、大名家は元々公儀に立ち入られることを好まない。まして、相手が多額の借金をしている御用商人の〈山科屋〉となれば、いつも以上に口が堅くなるのは当然といえた。

「ええい、口惜しいことよ」

　殺められた手代の恨みと、行方知れずの祐吉の無念を、なんとか晴らしてやりたいのに、なにもできないのがなさけない。

「もうひとつの『雪の花』だ。木藤家で使っている塩ではない、大名家に売られていた塩がなんとかして手に入らぬものか」

「いるか」

雪也の呼びかけを、物憂げに受けた。

「おう、入れ」

起きあがりもしないで、天井を睨みつけている。飯を炊く気にもなれずにいた。初仕事は大失敗、明るく振る舞えという方が無理な話である。

「あら、なんだ、ぴんぴんしているじゃないですか」

若い女の声に驚いて飛び起きる。雪也の妹が顔を覗かせていた。

「佳乃(よしの)殿」

「大怪我をしたと聞いたから、急いで駆けつけましたのに、すっかり兄上に騙されましたわ。帰りましょう、お波留(はる)様」

「波留殿もいるのか」

慌てふためいて立ちあがったものの、なにをしたらよいのかわからない。落ち着きなく視線を彷徨(さまよ)わせている。遠慮がちに入って来た波留が、隼之助を見あげた。

「ご無事でしたか」

心底、安堵した様子だった。ほっとしたために思わず涙が滲(にじ)んだのかもしれない。

両眸(りょうめ)が潤んでいる。

「こんなに朝早くから駆けつけたお波留様のお気持ちと、それに付き合わされたわたくしの恨み、隼之助様、くれぐれもお忘れなさいませぬよう」

佳乃の悪態さえも、今朝はあたたかく胸に沁(し)みた。昨日の血腥(ちなまぐさ)い戦場と比べれば、蚊に刺されたほどの痛みも覚えない。思いもかけぬ訪れは、萎(な)えかけていた心に明るい灯(ひ)をともしてくれた。

「覚えておく。いつもすまぬな、佳乃殿」

「あら」

意外そうに、佳乃は美しい眸を見ひらいた。

「あまり素直に言われると、気持ちが悪くなります。隼之助様は、やはり、ちょっと斜(しゃ)に構えるというか、天(あま)の邪鬼(じゃく)なところがないと」

「おまえは本当に口が減らぬな。隼之助は心に深い傷を負うているのじゃ。それゆえ、波留殿をお呼びしたのではないか。いずれにしても、われらは邪魔者。さっさと消えるがよし、だ。行くぞ」

雪也は妹の背を押したが、佳乃はなかなか動こうとしない。

「今日はあまり長居はできませんからね」

隼之助をじっと見つめている。

「わかった」

と答えても視線を逸らそうとしない。

「ほら、行くぞ」

再度、雪也に促されて、ようやく出て行った。戸が閉められるのを待っていたように、波留がぽつりと呟く。

「佳乃様も隼之助様のことを、それはそれは案じておられたのです。ここに来るまでの間中、『大丈夫でしょうか』と繰り返されておりました」

「そうか。幽霊だと思うたのやもしれぬな。いつになく、真剣な眸をしていたが、佳乃殿にああいう表情をされると、おれは尻がこそばゆく、あ、すまぬ」

眸をあげて、どちらからともなく笑みを浮かべた。こうやって無事に逢えたのは、奇跡のようだとも思えた。平和な塩田とはおよそ不似合いの、血飛沫（ちしぶき）が舞いあがる異様な光景が、脳裏をちらりとよぎる。無理やりそれを遠くに追いやった。

恥ずかしげに微笑（ほほえ）んでいた波留が、

「朝餉（あさげ）の支度をいたします」

と袖を襷（たすき）がけし、頭に手拭いを巻いて、土間に立った。

「大丈夫なのか。佳乃殿が言うていたではないか、長居はできぬと」

「あれは……佳乃様のいつもの」

口ごもった波留の言葉を、隼之助は素早く継いだ。

「意地悪か」

「いえ」

「では、親切心か」

「隼之助様ったら」

ふたたび笑い合って、ひとときを幸せな気分に浸る。

「米はおとらさんが研いでおいてくれた。炊けばいいだけになっている。おお、そうだ。波留殿は目がお悪いゆえ、足もとに、ちと気をつけられよ。隅の方に小さな竹の器が置いてあるのだ」

「あら、お声を掛けていただかなければ、蹴飛ばしてしまうところでした」

屈みこんで波留は、竹筒を見た。

「これは、なんという名の草ですか」

「おそらくは、アッケシソウだと思う。江戸川の河口付近から本行徳にいたるまで、びっしりと生えていた。河岸や塩田の堤にな」

昨日、騒ぎが終わった後、隼之助は才蔵とともに、船で江戸川の河岸を調べていた。下手をすれば〈山科屋〉の玄助は、すべての責任を〈森川屋〉に押しつけるかもしれない。その卑怯な行いを、この可憐な草で阻止できるかどうか。

「さようでございましたか。この草が、なにかの役に立つのですね」

波留は深く訊ねなかった。鬼役については、めったなことは口にできぬと、膳之五(ぜんのご)家(け)の女(むすめ)としてわかっている。隼之助は逆に、ある程度のことを話しても他に洩(も)れる気遣いがないため、気が楽になっていた。

「うむ。役に立てばよいと思うてはいる。どうも連中は、鬼役の手下であるおれを、なめているようなのでな、これでぎゃふんと言わせられればとは思うているのだが……合点がいかぬのは、赤穂浪士による元禄の討ち入り騒動のことよ」

思いつくまま口にする。

「吉良上野介様を討ち取ったというあれですか」

相槌(あいづち)を打った波留に、〈山科屋〉の先祖だという栗崎道有(くりさきどうう)について手短に説明した。

金吾がわざわざ討ち入り騒動のことを話したのはなぜなのか。何度、考えてもわからない。

「姿を消した隠居は、『塩を制する者が天下を制す』と言うていた。確かに塩という貴重な品を牛耳れば、塩相場なども操れるうえ、味噌や醤油の値にも影響が出るからな。吉良様を討ち取った赤穂藩も、今はほとんどの塩田を〈山科屋〉にまかせているような状況だ。相当な借金があるのは間違いない。〈山科屋〉の言うがままであろうさ。ある意味、仇を討ったように思えなくもないのだが」

「それでは、〈山科屋〉は、私の恨みを晴らさんがために、此度の騒ぎを企んだのでしょうか」

「さあて、わからぬのは、そこよ」

赤穂藩の藩主、森越中守忠徳は、『雪の花』の不正を知り、多聞に訴えようとした可能性が高い。あるいは借金を帳消しにしろ、などと無理難題を吹っかけて、〈山科屋〉を脅したことも考えられる。断定はできないが、そういったことがあったため、〈山科屋〉に送りこまれた愛妾によって薬漬けにされたのではないか。

「事の真偽を問い質したところで、〈山科屋〉は喋るまい。加工した『雪の花』なる塩は見つかっておらぬゆえ、知らぬ存ぜぬを貫き通すのは間違いなかろうな。殺められた手代の仇を討ってやりたいと思うのに……はたせるかどうか」

「その手代を殺めたのは」

波留は味噌汁に入れる菜を切りながら、肩越しに後ろを見やった。

「斜め向かいのお年寄りだとか。道すがら、雪也様にお話を伺いました」

市中引き廻しのうえ獄門。〈森川屋〉の祐吉と手代を殺めた下手人として、小塚原に消えた徳丸。裸馬の上から、祐吉の存在を知らせてくれたように思えたが、いまだに見つかっていない。

「徳丸爺さんか」

「はい。隼之助様が、煎じ薬を差しあげたと」

「膈の病よ。痛みがひどかったようなのでな。ちょうどおいでになられた父上に、薬草をいただけぬかとお願いしたのだ」

痛みが取り除かれて楽になった徳丸は、その後、凶行に及んだ。人を殺めるために、薬を与えたわけではないと、隼之助は辛い思いを味わわされている。おとらによって、やわらげられた苦しみ。雪也もそれを察していたのは確かだろう。が、波留は一連の騒ぎの良い面だけを見ていた。

「徳丸というそのお年寄りは、さぞ、お喜びになられたでしょうね」

話しつつ、味噌や醤油の入った小さな壺を開けている。

「まあ、喜んではいたが……おれは色々と合点のいかぬこともあるのだ。波留殿にあらためてひとつ訊ねたい。鬼役という御役目について、そなたは、どのように考えていたが」

おるのか。父上は『江戸の食を守る御役目じゃ』などと、このような顔をして言うて

多聞を真似て、しかつめらしい顔を造る。波留は花がほころぶような微笑を見せた。

「御役目について、あれこれ言えるような立場ではありませぬが、木藤様のお言葉どおりではないでしょうか。もし、違うていたとしても、隼之助様はそういう心構えで臨めばよいのではありませんか。江戸の食を守ることはすなわち、江戸に住む民の胃ノ腑を守ること、命を守ることに繋がりますゆえ」

「江戸の食を守ることはすなわち江戸の民の命を守る、か」

いささか大仰に思えなくもなかったが、波留が口にすると、不思議にすんなりと受け入れられる。皮肉屋で天の邪鬼な隼之助も、素直な気持ちになっていた。

「そうか。江戸の食を守ることに、気持ちを向ければ、あれこれ思い悩まずとも、と、波留殿。さいぜんから、なにをしているのだ。味噌であれば、今、開けたその壺に入っているであろう」

「味噌はございましたが、他にはなにもございません」

と、波留は隼之助を見た。

「わたくしが、もし、その徳丸という年寄りでしたら、隼之助様にご恩返しをしたい

と思います。膈の痛みを取り除き、親切にしていただいたのですもの。せめてなにかできぬかと、必死に考えたでしょう。〈山科屋〉が不正を働いていたという証拠の品、『雪の花』を隼之助様の家のどこかに、隠しておくようなことをしなかったかと思いまして」

味噌と醤油、さらに塩壺の蓋を開けて、上がり框に並べる。隼之助も思わず壺の中を覗きこんでいた。

「味噌や醤油の中に塩を隠す場合は、油紙に包まねば駄目だ」

「しゃもじで探ってみましたが、どの壺にも入っておりませぬ。ですが、塩はいかがでしょうか。塩を全部、『雪の花』に取り替えておくというようなことは」

差し出された塩壺から、ひとつまみ取って舌に載せた。瞼の裏に広がったのは、いつもどおりの眩い陽射し。期待をこめた目を向ける波留に、小さく首を振る。

「木藤家の塩だ」

「他にはなにかないでしょうか。徳丸さんの家の塩は……」

「待て」

ぴんと閃くものがあった。小伝馬町の牢屋敷に握り飯を差し入れたとき、最後に徳丸はこう言ったのではなかったか。

〝初七日には、おれの家に浄めの塩を撒いてくれ。それが徳丸の野辺送りだ〟

隼之助は外に飛び出した。すかさず、おとらの声が掛かる。

「いたのか、隼さん、ちょうどよかっただ。ちょいと話があるんだがよ」

「すまぬ。話はあとにしてくれ」

慌ただしく答えて、斜め向かいの家に飛びこんだ。主を失った家は、主がいなくなったときのまま、時が止まっている。土間の棚に並んだ幾つかの小さな壺を、隼之助は慎重に手に取った。波留も戸口に来て、見守っている。

「これは、醬油、これは味噌。これは」

塩壺には小さな紙切れが入っていた。たどたどしい字で書かれていたのは……。

ゆきのはな

という五文字だった。

「波留殿のお手柄だ」

「確かめてみてくださいませ、早う」

急かされて、隼之助は、塩をそっと舌に載せる。刹那、瞼の裏に浮かんだのは、慣れ親しんだあの食べ物だった。

「間違いない、この塩こそが大名家御用達の『雪の花』だ」

隼之助はにやりと笑った。

「この塩は真実の味がする」

五

翌日の午前、奉行所の評定所で、〈山科屋〉玄助の詮議が始まった。

通常、正面には奉行が座るのだが、今回は大名家が関わる騒動とあって、町奉行、寺社奉行、勘定奉行の三奉行が同席していた。特別な場合においてのみ執り行われる三手吟味である。

さらに目付や大目付を加えた五手掛という入念な吟味もあるが、そこまでは必要ないと思ったのかもしれない。蹲のところの白州には、いつもどおりに巻羽織姿の蹲同心が左右に控えているだけだった。

——さて、玄助はどう出るか。

隼之助は三奉行の後ろに置かれた衝立の陰に潜んでいる。多聞も隣にいるが、父は侍の姿、隼之助は町人姿とあって、主従という感じになっていた。『雪の花』が見つかった時点で、すぐさま多聞に知らせ、綿密に事前の話し合いを行っている。そのために、一日、詮議が日延べされていた。

「此度（こたび）は、御膳奉行よりの訴えである」

町奉行の声で、白州に座らせられている二人――〈山科屋〉玄助と、〈森川屋〉和吉が畏（かしこ）まった。

「ははっ」

本来は大名家からの訴えによって、執り行われる詮議だが、訴えようとした森越中守は、病の床にあるうえ、『雪の花』を買っていた他の大名家は、内々に詮議をしても、「当家にはいっさい関わりなきこと」の一点張り。玄助を訴えるために、鬼役自らの訴えとなったわけである。

「〈山科屋〉玄助。そのほうが扱っていた極上品の塩、『雪の花』は、瀬戸内から運ばれた下り塩、これは囲塩（かこい）や古積塩（こふるづみ）と呼ぶそうだが、これらの塩を加工した品であるというのはまことか」

町奉行が、まずは正攻法で口火を切る。玄助は面（おもて）をあげて、堂々と答えた。

「おそれながら申しあげます。『雪の花』は手間暇かけて作りあげた〈山科屋〉自慢の逸品にございます。質の悪い囲塩や古積塩を用いたなど、てまえどもを妬む者が流した偽りでございます。お奉行様におかれましては、よくよくお調べいただきたいと、お願い申しあげます次第」

「ここに『雪の花』がある」

町奉行が小さな包みを掲げると、玄助の眉がぴくりと動いた。

「雪を欺くような白さゆえ、その名をつけたそうだが、確かに輝くばかりに白いのう。美しい塩じゃ」

と、同心に包みを渡した。

「されど、この塩が古積塩を加工したものであるとすれば、人を欺く白さよの。昨日、見世の番頭や手代に確かめてみたが、みなこれこそが『雪の花』であると断言した。主も己が目でとくと確かめてみるがよい。それは『雪の花』か否か」

同心が玄助の前に、包みを持って行き、目の前で開けた。不自然なほどの白さは、だれが見ても間違えようがない。かつまた、すでに番頭や手代の証言が得られているとあっては言いのがれることなどできなかった。

「…………」

玄助はきつく唇を噛みしめている。

「なにも答えられぬか」

町奉行は言い、続けた。

「それは、下り塩である古積塩を煮詰める際に、豆腐湯を入れて釜煎りした塩であるとか。豆腐湯を入れると、白い艶がつき、まさに名前どおりの雪のような美しい白さに仕上がるそうだが」

白州は水をうったような静けさに包まれる。古積塩を白くする方法を突き止めたのは、隼之助だった。豆腐屋の若旦那、祐吉の言動や才蔵の言葉によって、この方法が閃き、さらに味見をしたとき、確信したのである。

視えたのは、だれもが知っている食べ物である豆腐。

それがはっきりとわかった時点で、〈山科屋〉と〈森川屋〉の関わりについても確信したのだった。

「〈山科屋〉玄助。いかがじゃ」

奉行に訊ねられて、玄助は平伏する。

「おそれながら申しあげます。仰せのとおり、『雪の花』は、豆腐湯を用いて作った塩でございます」

「認めるのだな」

「はい。ですが、作っていたのは、てまえどもではございません。〈森川屋〉でございます」

平伏したまま告げる。狼狽(うろた)えた様子で、和吉が訴えた。

「い、いえ、違います、お奉行様。てまえどもは、豆腐湯を渡していただけでございます。豆腐湯の代金は、確かに頂戴いたしましたが、てまえどもが作っていた、などというのは真っ赤な嘘。言いのがれるための偽りにございます」

「なにを言うんですか。堀江を含む江戸川の河口近辺の塩田は、〈森川屋〉のものじゃありませんか。下り塩を積んだ船は、河口近辺にしか停泊していませんよ。積み荷の宛名は〈山科屋〉でも、実際に扱っていたのは〈森川屋〉。本行徳には、瀬戸内からの船は来ておりません。お奉行様、よくよくお調べいただきたく思います」

「それは、ひどい、よくもそんなことが言えたもんだ。お奉行様、てまえどもは豆腐湯を渡していただけです。玄助さん、いや、玄助。なにもかも〈森川屋〉の仕業(しわざ)にするつもりかもしれないがね。うちは釜煎りなんぞ、していませんよ」

「なんだって、寝耳に水だね、そんな話は」

二人は醜い言い争いを始めた。

――やはり、そうきたか。

隼之助は多聞に目で合図する。隠居の金吾が〈森川屋〉の関わりをほのめかした時点で、もしかしたらと、この流れを察していた。これまた打ち合わせどおり、多聞の手から町奉行の手に、小さな竹筒に植えた草が届けられる。

「玄助、和吉、これを見るがよい」

と、町奉行が竹筒を掲げた。言い争っていた二人は、目を向けたものの、わからなかったに違いない。

「それは……なんの草でございますか」

おずおずと玄助が訊いた。

「アッケシソウよ。この草の話をする前に、玄助。そのほうに確かめたき儀がある」

「はい」

警戒するような素振りを見せたが、白州から逃げられるはずもない。息を殺して、次の言葉を待っていた。

「先程、瀬戸内からの船は、江戸川の河口近辺にしか停泊しないと言うたが、それはまことか」

「まことでございます。本行徳の塩田では、地元で採れた塩しか扱っておりません。下り塩を利用して、豆腐湯で煎った挙げ句、極上品として売るなど言語道断。誓って申しあげます。瀬戸内からの船が停泊したのは、江戸川の河口近辺だけ。てまえどもの塩田には、来たことがございません」

「さようか」

　奉行は頷き、もう一度、竹筒を掲げる。

「このアッケシソウは、もとは蝦夷の厚岸にしか生えておらぬ草だった由。それが瀬戸内から荷を積んで運ぶ北前船が行き来することによって、瀬戸内近辺にも生えるようになったとか。行きは塩を運び、帰りは干魚や材木などを運んで帰って来る船よ。帰る際、船の均衡を取るために、現地の土砂を積むらしゅうてな。それによって、瀬戸内に運ばれた草であるとか」

「はあ、さようでございますか」

　玄助は懸命に考えているようだったが、流石にぴんとこなかったのか。不安げな眼差しを返した。奉行はそれを受けて、答える。

「なんの変哲もない雑草のように見えるが、これは非常に珍しい草なのじゃ、玄助よ。江戸のどこででも見られるという草ではない。さて、いったい、どこから持って来たのであろうな。わかるか？」

　問いかけられて、玄助は、ぎょっとしたように目をあげた。

「まさか」

「いかにも、江戸川よ」

畳みかけるように言った。

「蝦夷から瀬戸内に運ばれて、瀬戸内から江戸川に運ばれたというわけじゃ。御膳奉行の調べによれば、この草は江戸川一帯に生えている由。下り塩とともに、土砂をも積んで来た船が、落としていった贈り物であろう。つまり、アッケシソウが生えている場所はすなわち、瀬戸内からの船が停泊していた場所ではあるまいか、と、われらは考えておる」

「…………」

玄助は蒼白になり、唇をわななかせている。つまらない草に、追いこまれるとは思ってもいなかったのだろう。鬼役にとっては贈り物となったアッケシソウも、玄助にとっては冥府(めいふ)への渡し船。ごくりと唾を呑み、震える声で訴えた。

「で、ですが、河口付近に生えていた草が、本行徳の方まで広がったということも……」

「〈山科屋〉玄助」

奉行に一喝されて、ふたたび平伏する。

「ははっ」

「この期（ご）に及んで見苦しい真似をするでない。そのほうにも、塩問屋としての誇りがあろう。このうえは素直に罪を認めるがよい。さすれば、お上にもお慈悲がある」

「恐れ入りましてございます」

白州に額をこすりつければ、一件落着となるはずだったが、

「ついては、もうひとつ、訊ねたき儀がある」

奉行が言った。

「此度の謀（はかりごと）については、いささか不審の儀あり。私腹を肥やすためばかりではなく、なにか裏があるように思えてならぬのじゃ。何者かと結託して、此度の騒動を仕掛けたのではないのか」

密談の場においては、口にされなかった話に、隼之助は耳をそばだてた。〈山科屋〉に押し入った盗人が、なにかを探していたような様子も甦っている。あれは、やはり、多聞がやらせたことなのではないか。

奇妙な沈黙の後、

「此度のことは、私（わたくし）の恨みにございます」

玄助が口を開いた。

「てまえどもの先祖は、元禄の討ち入り騒動に関わりのある医者、栗崎道有にございます。討ち取られた吉良上野介様の手当てをし、首級を獲られた後、その首と胴体を縫い繋げたという医者が先祖でございます。かねてより、赤穂藩をはじめとする大名家を忌々しく思い、一矢報いてやりたいという想いがございました」

告げられた内容に、なるほど、金吾の話はそのための前振りだったのかと得心するとともに、あらたな疑問が湧いてもいた。

――先祖の話を持ち出してまで、私の恨みだと言い張るのは、なぜだ？

何者かと結託して、という奉行の言葉が鳴り響いていた。玄助は結託している者などいないと思わせたいのかもしれない。自分ひとりの考え、私の恨み、そう言い張ることによって、これ以上の追及をかわそうとしている、ように思えたが……。

「私の恨みか」

ちらりと目を投げた奉行に、多聞が小さく頷き返した。それが今日の詮議は終わりという合図。

「本日はここまで。刑の申し渡しは、明日、行うものとする」

腑に落ちないものを残して、騒動は形だけの終わりを迎えた。『外れ公事』から始まった一連の騒ぎ。祐吉は今も行方知れずのままだった。

六

「商人は謀反を企んでおるのじゃ」

　多聞は驚くべきことを告げた。

「仕掛けたのは、商人の方が先よ。憶えているであろう、昨年、西の丸が火に包まれた大騒ぎを。あれはやつらの仕業じゃ。まずは大御所様を血祭りにあげ、次に公方様と考えたに相違ない」

「では、付け火という噂は」

　隼之助の呟きを、多聞が継いだ。

「まことじゃ。これは……侍と商人の戦よ」

　場所は通一丁目の料理屋、隼之助の他に、雪也と将右衛門も同席している。奉行所から場所を移しての話は、慰労を兼ねた宴だったが、気心の知れた盟友だけならともかくも、父が一緒となれば、心からは楽しめない。

「〈山科屋〉はどうなりましょうか」

　気の重い問いかけが出た。

「家財はすべて没収のうえ、遠島であろう」

「遠島」

自分がそこに追いこんだように思えなくもない。下り塩の古積塩を、豆腐湯で加工して、高値で売り捌いたことは、確かにあくどいやり方だが、いささか罪が重すぎるように感じている。今までは〈山科屋〉が三奉行に賄賂を贈り、それこそ互いに「持ちつ持たれつ」でやり過ごしてきたのではなかったのか。

「気に入らぬ、という顔じゃ」

多聞に言われて、隼之助は首を振る。

「いえ、そのようなことは……ただ、わたしは、過日、父上が仰せになられましたように、『江戸の食を守るため』に働く覚悟を決めた次第にございます。そのこと、お心にお留めおき願いたく思います次第」

挑むような言葉が出た。しかし、多聞はつまらなげに、ふんと鼻を鳴らしただけだった。

「此度の騒ぎによって、商人どもに、お上の威厳を示すことができた。そういう効果もある。これでおとなしく引きさがってくれれば、鬼役の出番はなくなるであろう。それこそが狙いじゃ。われらも無意味な争いはしとうない」

立ちあがりながら、軽く隼之助の肩を叩いた。

「ようやった」

「え」

「目付役がいつまでもいては、羽目を外せまい。あとは三人で存分に楽しむがよい」

「ありがとう存じます」

代表して答えた雪也に、小さく頷いて、多聞は座敷を出て行った。隼之助は父が叩いた肩にふれている。

「信じられぬ」

聞き間違いではなかろうか、多聞は本当に「ようやった」と言ったのか。

「肩を叩かれたぐらいで、なにをそんなに喜んでおるのじゃ。一銭にもならぬ褒(ほ)め言葉より、わしは小判をもろうた方が嬉しい」

「水を差すでない、将右衛門。用心棒代は頂戴したではないか。おぬしの家の米櫃(こめびつ)も、これでしばらくは潤うであろうさ。もっとも御内儀に渡る前に、酒代に消えてしまうやもしれぬがな」

「ええい、しらけるではないか、女房の話などするな。それよりも岡場所じゃ。ひさしぶりに繰り出そうぞ。木藤様から別に、その、いただいたのであろう」

舌なめずりして将右衛門は、雪也に目を向けた。

「おう、預かっておる。隼之助のお陰よ。いささか危険な役目ではあったが、うまくはたせて重畳であったわ」

いつもは冷静な友も、珍しく頰を紅潮させている。二人は奉行所には同席させてもらえなかったが、こうやって別の場をもうけてくれた多聞の気遣いに、隼之助は内心、驚いていた。鬼役についても、すべてとはいかないが、裏の役目があることを話してくれた。今までの多聞からすれば破格の待遇といえる。

「一生に一度あるかないかの大盤振る舞いであろう。次もこんな場をもうけてもらえるとは限らぬからな。使わずに、貯めておいた方がいいやもしれぬ」

喜んでいるのに、皮肉が口をついて出る。

「阿呆らしい。だれが貯めるか、小判は使うためにあるのじゃ。さあ、行こう。馴染みの岡場所に、いざ出陣よ」

のっそりと立ちあがった将右衛門は、膳に並んでいる銚子が空か確かめている。その様子を眺めながら、隼之助も腰をあげた。

「おれはちと家に行ってくる。あとで行くゆえ」

「なんじゃ、波留殿に義理立てするつもりではなかろうな。本当に来るのか、逃げるつもりではあるまいな」

追いかけて来た将右衛門の声に、片手をあげて答える。なにか話がある様子だったおとらのことが気になっていた。昨日は多聞と一緒に町奉行の屋敷へ行き、詮議の打ち合わせをしたため、家には戻っていない。髪や身なりを奉行の屋敷で整えてから、奉行所に出向いている。

――若旦那はどこにいるのか。

料理屋を出た足が、なぜか一石橋に向いていた。家財没収のうえ、遠島。わずか数日のうちに、〈山科屋〉玄助の運命は、まさに極楽から地獄へと落ちている。その家を見たところで、どうにもならないとわかっていながら……。

「あれは」

見世の近くに、千登勢（ちとせ）が立っていた。着の身着のままで役人に追い出されたのかもしれない。乱れた髪で茫然自失という状態だった。

「可哀想ですが仕方ありません」

いつの間にか、才蔵が後ろに来ていた。

「〈森川屋〉もおそらくは家財没収のうえ、遠島を申しつけられるでしょう。ですが、あの女の父親は、豆腐料理屋の料理人。帰る場所まで失ったわけではありません」

「それはそうかもしれぬが、おれはどうもすっきりせぬ。そもそも悪いのは、大名家、侍の方ではないのか。塩田を買い占め、御用商人となった〈山科屋〉から、多額の借金をして、『雪の花』を買う。おかしな話だ」

「確かに」

「もうひとつ、おかしなことがある」

一石橋のたもとに行き、隼之助はあらためて訊いた。

「あの押し込みのことだ。家中をひっくり返すようにして、なにかを探していたように、おれは感じたのだ。あれは、もしや」

「違います」

才蔵は素早く遮る。多聞の仕業ではないと、先んじて言ったのだが、鵜呑みにするほど単純ではない。

「賊はなにを探していたのであろうな」

真剣な問いかけに、才蔵は小声で答えた。

「連判状です」

だれの名が記された連判状なのか。商人との戦だと多聞は言った。では、記されているのは豪商たちの姓名だろうか。多聞は、なぜ、その連判状が〈山科屋〉にあると思ったのか。問いかけるような眼差しを見て取ったのだろう。

「これ以上はお話しできません」

　早口で告げる。

「あんたは……だれの味方だ」

「隼之助様の味方です」

　答えて、才蔵も真剣な眼差しになった。

「なにがあろうとも」

　お庭番に真実があるのか、と、皮肉のひとつも返したかったが、才蔵は会釈して、離れて行った。自分は正しいことをしたのか、鬼役は本当に江戸の民の味方なのか。答えを得られないまま、隼之助は、河岸沿いに日本橋の方へ歩いた。呉服橋の方に向かう千登勢の姿が、ちらりと目の端をよぎったが、追いかける気にはなれない。

「隼さんじゃねえか」

　おとらが前方から走って来る。

「以心伝心だな。今、家に帰ろうと思っていたとこだ」

「ああ、もう、早く戻って来ねえからよ、厄介なことになっちまってるだ」

　と、おとらは背後を見やる。お宇良（うら）とお喜多（きた）も一緒だったが、二人に挟まれるようにして、頭に手拭いを被った男が歩いて来た。

「若旦那」

「しっ、声が大きいぞ。徳丸爺さんに言われたんだとよ、おらに頼めば匿ってくれるとな。何度も隼さんに教えようとしたのに」

「それが気になったゆえ、家に戻ろうとしたんだが」

徳丸の智恵を振り絞ったはからいに、あたたかいものがあふれてくるのを覚えた。残してくれたのは『雪の花』だけではない、若旦那の明日も残してくれた。三婆にもあらためて感謝の念が湧いている。

助けたつもりが、助けられたのは、だれだったのか。

「どうしても、〈山科屋〉の様子が見たいっていうから仕方なくよ。人に見られちゃまずいって止めたんだが、聞かねえのさ」

おとらの言葉を聞きながら、隼之助は祐吉に歩み寄る。

「千登勢さんがいる。呉服橋のあたりに」

そっと囁いた。

「えっ」

「おとらさんじゃないが、人に見られないように気をつけて……」

助言など、もはや祐吉の耳には届かない。止めようとしたお宇良の手を振り切るようにして走り出した。

「そうだ、行け」

隼之助は言った。

「明日に向かって走れ」

とんだ『外れ公事』だったが、愛しい女への想いだけはだれにも負けていない。隼之助は祐吉に、自らの姿を重ねている。

——波留殿。

脳裏に、はにかんだような波留の笑顔が浮かんでいた。

あとがき

『公儀鬼役御膳帳』、十四年ぶりの新装版です。

主人公の木藤隼之助は、水や塩を舌に載せただけで〝絵〟が浮かび、水であろうとも産地がわかるという特殊な舌――『鬼の舌』の持ち主。妾腹（しょうふく）でありながらも父親の多聞は、目をかけている様子なのですが正室の息子たちがいてと、なかなか複雑に入り組んだ家族構成です。

おまけに亡くなった実の母は、元お庭番の出身であり、死因も色々と謎がありそうな感じです。木藤家は御膳（ごぜん）奉行なる職を賜（たまわ）っているのですが、この役職は一年ごとに大御所である徳川家斉の御前で膳合（ぜんあわせ）を行い、その年の鬼役を決める厳しい定めがあります。木藤家は膳之五家（ぜんのごけ）のひとつでありますが他家との対立も見え隠れしてと、非常に多彩な内容といえるでしょう。

私は今回、本当に久方ぶりに読んだのですが、非常に面白かったです。ドキドキ、ワクワクしながら楽しみました。いや、六道慧、面白い小説書くじゃないのと自画自賛。ひととき憂き世を忘れました。

大衆小説というのは、そういうものだと改めて思いました。

鬼役の重要な部分を占めるお庭番。詳細は読んでいただきたいと思いますが、私は忍び、つまり忍者が大好きです。なぜなのかはわかりません。ただ幼い頃から惹かれました。これは故・白土三平先生の作品に拠るところが大きいのかもしれませんね。『サスケ』や『忍者武芸帳』『カムイ伝』『カムイ外伝』等々、もう夢中になって読みました。特に『カムイ外伝』はアニメ化されたこともあり、カムイの格好良さに子ども心に痺れたことを今も鮮明に思い出します。

忍者ものとして色々プロットを出したりしているのですが、書いてくださいとはならず、口惜しい日々を送っております。書きたいですねえ。

さて、『公儀鬼役御膳帳』は、二巻までの刊行が決まっております（二巻は六月刊行予定）。三巻以降は動き次第となるようですが、三巻と四巻こそを読んでいただきたい。最高に面白いですから。当時、三巻がまだ増刷がかかっていないのに先に四巻が動いたという、苦笑まじりの流れになりました。三巻が「つづく」みたいな終わり方になってしまったため、読者の方々は待ちきれなかったのでしょう。

いいのか悪いのか、みたいな動きでしたが、それだけ楽しみにしていただけたことがありがたかったです。嬉しかった。

一巻と二巻は、いちおう読み切りの形を取っていますが、物語の太い軸は繋がっています。二巻の最後では水嶋家に大きな動きが出ました。隼之助と波留の明日はどうなるのだろう、父親の多聞の身体は大丈夫なのか、惚れた者同士は結ばれるのか等々、気になる方はまず一巻と二巻をお買い求めいただけると幸いです。

動きが出ればという厳しい条件付きの新装版ですから。

三巻、四巻、そして、五巻。最高に面白いです。

応援してください！

本書は2009年9月に刊行された徳間文庫の新装版です。
なお本作品はフィクションであり実在の個人・団体などとは一切関係がありません。

徳間文庫

公儀鬼役御膳帳

〈新装版〉

2023年5月15日 初刷

著者 六道慧

発行者 小宮英行

発行所 株式会社徳間書店

東京都品川区上大崎三−一−一 〒141−8202
目黒セントラルスクエア

電話 編集〇三(五四〇三)四三四九
販売〇四九(二九三)五五二一

振替 〇〇一四〇−〇−四四三九二

印刷 製本 大日本印刷株式会社

ISBN978-4-19-894856-6 (乱丁、落丁本はお取りかえいたします)